MORD IM PARK BEIM YACHTHAFEN

Von Claudine Sandoz im BoD-Verlag erschienen:

CLAUDINE SANDOZ

MORD IM PARK BEIM YACHTHAFEN

Bibliografische Information der Deutschen Nationalbibliothek:
Die Deutsche Nationalbibliothek verzeichnet diese Publikation in der Deutschen Nationalbibliografie; detaillierte bibliografische Daten sind im Internet über dnb.dnb.de abrufbar.

Verlag: BoD · Books on Demand GmbH,
In de Tarpen 42, 22848 Norderstedt

Druck: Libri Plureos GmbH,
Friedensallee 273, 22763 Hamburg

ISBN: 978-3-7583-5443-4

Alle Figuren dieses Kriminalromans
sind frei erfunden.

Ähnlichkeiten mit realen Personen
wären reiner Zufall.

CHINA
HONGKONG
KOWLOON
FLUGHAFENPISTE
CENTRAL
KENNEDY TOWN
INSEL HONGKONG
STANLEY

PERSONEN

Tim Kit	Immobilienmakler und Architekt
Wai Fong Chang	Architektin und Assistentin von Tim Kit
Dick Miller	Mitarbeiter von Tim Kit
Michael Lee	Kollege von Tim Kit
Henry Parker	Architekt, Segelkollege von Paul Ling
Daniel Po	Kollege von Henry Parker
Pamela Bright	Mitarbeiterin von Henry Parker
David Brown	Kollege von Pamela Bright
Bill Peng	Architekt, größter Konkurrent von Tim Kit
Paul Ling	Vermögensverwalter bei der South China

	Bank, kennt George und Mary
George Chen	Vermögensverwalter bei der South China Bank, Gatte von Mary Chen
Mary Chen	Gattin von George Chen, befreundet mit Geraldine Hope
Geraldine Hope	Achtzigjährige Engländerin
Amy	Freundin von Geraldine Hope
Inspektor Cheung	Bei der Kriminalpolizei, Leiter der Ermittlungen
Gregory Kong	Ex-Kriminalkommissar, Bodyguard von Tim Kit
Siu Wa	Mitarbeiter von Gregory Kong
Inspektor Hui	Leiter einer Sondereinheit der Polizei
John	Anführer der Gruppe Yu, Peter, Alan

Yu	Assistent von John
Peter	Mitarbeiter von John
Alan	Mitarbeiter von John
Cheryl Lee	Sekretärin im Financial Center

1

Es war Donnerstag, der 10. März. Um neun Uhr abends war Tim Kit an Bord seines gelben Porsches auf dem Weg zum berühmtesten Hotel von Hongkong, dem Hotel Peninsula. Es befindet sich im Stadtteil Kowloon und liegt auf dem chinesischen Festland, nur wenige Gehminuten von der Meerenge entfernt, die Kowloon von der Insel Hongkong trennt. Der Stadtteil auf der Insel mit seinen schlanken Hochhäusern bildet die weltberühmte Skyline von Hongkong.

Tim, ein fünfundvierzigjähriger Mann in dunklem Anzug und Krawatte, hatte eine letzte Besprechung mit dem Hoteldirektor. Es ging um den bevorstehenden Event in zwei Tagen. Er hatte um die hundert Gäste aus der Wirtschafts- und Finanzbranche eingeladen. Wichtige Fernsehsender wie das chinesische Staatsfernsehen, CNN und BBC hatte er ebenfalls aufgeboten.

Als einer der größten Immobilienkönige von Hongkong hatte er es geschafft, in bester Lage in Kowloon eines der wenigen noch bebaubaren Grundstücke zu erwerben. Vier Hochhäuser mit Luxuswohnungen hatte er darauf als Architekt entworfen und errichten lassen. Das begehrte Grundstück an der Wasserfront mit Sicht auf die gegenüberliegende Insel Hongkong hatte seinen größten Konkurrenten, Bill Peng, ebenfalls auf den Plan gerufen. Gegen Tim hatte dieser nicht den Hauch einer Chance gehabt. Dieses erfolgreiche Projekt sollte nun in einem rauschenden Event im Peninsula gefeiert werden.

In Hongkong zählte Tim zu den schillerndsten Persönlichkeiten. Er war ein hochgewachsener, stets elegant gekleideter Hongkong-Chinese. Sein Vater stammte aus Hongkong, seine Mutter aus Italien. Die regelmäßigen schlanken Gesichtszüge mit der schmalen Nase hatte er von seiner Mutter geerbt, die mandelförmigen Augen und die dichten schwarzen, nach hinten gekämmten Haare von seinem Vater. In seinen gepflegten Bart mischten sich seit kurzem einige weiße Haare. Sein für Hongkong exotisches Aussehen und seine gewinnende Art wusste er gut in Szene zu setzen.

Bei den Medien war er mit seinem Charme und Humor sowie als wortgewandter Gesprächspartner sehr beliebt. Sendungen mit Tim Kit führten immer zu hohen Einschaltquoten. Sein Auftreten hatte mehr von einem Schauspieler als von einem knallharten Unternehmer.

Sein nächstes Projekt hatte er bereits in Angriff genommen.

2

Zwei Tage später, am Samstag, dem 12. März, war es so weit. Das Hotel Peninsula war für diese Nacht noch festlicher geschmückt als sonst. Bentleys und Rolls-Royces fuhren unaufhörlich die Rampe hoch zum Eingang. Beim Betrachten der Damen und Herren, die ausstiegen, hätte man sich in einer Modeschau geglaubt. Die schönsten Frauen in langen und kurzen Kleidern von Armani bis Yves Saint Laurent erstrahlten in den Blitzlichtern der Fotografen, bevor sie durch den prächtigen Eingang verschwanden. Auch die Herren boten interessante Einblicke in die aktuellen Modetrends. Im langen Gang und in den großen Sälen reihten sich auf chinesischen Kommoden monumentale Blumensträuße aneinander. Die gelben und weißen Gladiolen strahlten in den eleganten Vasen, die blaue Drachen auf weißem Hintergrund aufwiesen. Gelb, Weiß und Blau waren die Lieblingsfarben von Tim.

»Der größte Event des Frühlings im Hotel Peninsula!«, verkündete am nächsten Tag die Titelseite der englischsprachigen Tageszeitung South China Morning Post in großen Buchstaben. Die Zeitschriften und Fernsehsendungen überboten sich mit Kommentaren und Fotos von Tim Kit und seinen Gästen.

»Ein voller Erfolg!«, stieß Tim freudig zu seinem Freund Michael Lee aus, der ebenfalls eingeladen war. Sie saßen in der Bar im achtzehnten Stock des Peninsula-Hotels. Die Sicht auf die Hochhäuser der Insel Hongkong war unbeschreiblich. Die berühmten weiß-grünen Star Ferrys, die beide Stadtteile miteinander verbinden, wirkten wie Spielzeuge auf dem Wasser.

»Wie hast du die Party gefunden?«, wollte Tim wissen.

»Hervorragend! Das geschichtsträchtige Peninsula bietet den besten Service aller Hotels. Deine Ausführungen über dein Projekt haben unter den Gästen viel zu reden gegeben. Zwei Finanzmanager werden sich demnächst bei dir melden. Sie wollen die Wohnungen so schnell wie möglich besichtigen. Auch zahlreiche Frauen haben ihr großes Interesse bekundet. Wohnungen in solcher Lage mitten in der Stadt wird es nicht mehr viele geben. Es war wahrlich ein Erfolg! Zwei Personen habe ich jedoch vermisst, George, Vermögensverwalter bei der South China Bank, und seine Frau Mary.«

»Du hast recht, sie haben abgesagt. Sie sind seit gestern in den Ferien. Mary hat es sehr bedauert, unsere Party zu verpassen, aber George soll nahe einem Burn-out gewesen sein.«

Tim, als guter Kunde der South China Bank, kannte George Chen seit langem. Durch ihn hatte er dessen charmante Frau Mary kennengelernt. Aus der geschäftlichen Beziehung hatte sich über die Jahre eine freundschaftliche Beziehung zwischen ihm und dem Ehepaar Chen entwickelt.

Nachdem sie sich noch einige Zeit über die Gäste unterhalten hatten, verabschiedeten sie sich voneinander.

3

Paul Ling, einer der Vermögensverwalter in der South China Bank, saß am Morgen nach der Party mit einer Tasse Kaffee in seinem Wohnzimmer. Seine Gedanken waren bei dem Fest. Er hatte sich mit der Gattin eines Botschafters blendend unterhalten. In ihrem langen, eng anliegenden blauen Kleid hatte sie bezaubernd ausgeschaut. Paul hatte sie um die vierzig Jahre alt geschätzt. Ein Lächeln ging über sein Gesicht. Ihre freche Kurzhaarfrisur hatte genau zu ihrem Humor gepasst. Er hatte sich schon lange nicht mehr so amüsiert wie mit ihr.

Dafür hatte ihn sein Segelkollege Henry Parker aus der Fassung gebracht.

Es war gegen Mitternacht, als es geschah.

Paul war im zweiten Saal allein unterwegs gewesen. Unter den vielen Gästen hatte er eine bekannte Stimme erkannt. Ein kurzer Blick in diese Richtung bestätigte ihm, dass Henry sich mit einem Mann unterhielt. Henry wirkte mit seiner hageren Gestalt und dem schmalen Gesicht älter als seine vierundvierzig Jahre. Sein grauer Bürstenschnitt und die dünnen Lippen verliehen ihm einen strengen Ausdruck. Er trug dunkelgraue Hosen, ein weißes Hemd, eine graue Krawatte und einen dunkelblauen Blazer. Paul kannte Henrys Gesprächspartner nicht. Während Paul nach einer Bekannten Ausschau hielt, hatte er sich wenig später, ohne es zu wollen, Henry genähert. Paul stand nun hinter den beiden, Rücken an Rücken.

»Tim arbeitet an seinem nächsten Projekt«, hatte Henry soeben gesagt.

»Wir müssen am Ball bleiben«, kam es so leise zurück, dass Paul sich anstrengen musste, um die Worte zu verstehen.

»Keine Sorge, er wird scheitern!«, entgegnete ihm Henry mit bissiger Stimme. »Ich sorge dafür! Ich muss jetzt weg, bis bald.«

»Was genau hast du vor?«, fragte ihn sein Gesprächspartner erschrocken.

»Wirst schon sehen«, hörte Paul den knappen Kommentar.

Was hatte Henry gesagt? Er sorge dafür, dass Tim scheitert … In diesem Augenblick war die Bekannte aufgetaucht und hatte Paul freudig begrüßt. Gleichzeitig hatte sich Henry zu ihnen umgedreht. Ihre Blicke hatten sich den Bruchteil einer Sekunde gekreuzt. Bloß weg von hier! Paul rang nach Fassung.

»Was ist los?«, hatte ihn die Frau gefragt.

Noch mehr dumme Fragen? Paul musste sich zusammennehmen.

»Nichts, ich genieße den Abend«, hatte er versucht sie zu beruhigen, während er sie nach vorne zum wundervoll angerichteten Buffet geschoben hatte. Auf großen silbernen Platten bildeten Fische, Meeresfrüchte, Fleisch und bunte Gemüse kunstvolle Muster. An beiden Enden des Tisches standen prächtige Sträuße mit gelben und weißen Blumen.

Paul war der Appetit vergangen. Die vielen Fragen, die in seinem Kopf herumschwirrten, mussten auf später verschoben werden.

Ein Mann in dunklem Anzug mit schwarz-weiß gestreifter Krawatte hatte die Worte von Henry Parker ebenfalls mitbekommen. Auch der entsetzte Blick von Paul Ling war ihm nicht entgangen. Woran hatte Paul Ling wohl gedacht? An das Gleiche wie er jetzt? An den Fall vor etwa drei Jahren?

4

Henry Parker hatte sich am Tag nach der Party auf den Weg zum Yachthafen gemacht. Er war ein leidenschaftlicher Segler. Seine Freizeit verbrachte er hauptsächlich mit diesem Sport. Das Segeln war seit seiner Jugend sein liebstes Hobby. Mit seinen vierundvierzig Jahren war er noch nie von dieser Haltung abgewichen. Seine Yacht pflegte er mit Hingabe. Da er keine Familie hatte, konnte er sich voll seinem Sport und seinem Architekturunternehmen widmen.

Seine Niederlage bei der Vergabe des Projektes, das Tim Kit gewonnen hatte, machte ihn wütend. Er konnte Tim schon als Person nicht ausstehen, seinen Erfolg noch viel weniger! Ob dies an dessen zahlreichen Auftritten im Fernsehen und vor den Medien lag? Sein Projekt war besser als dasjenige von Tim. Was ihn auch zermürbte, waren seine finanziellen Probleme. Er brauchte dieses Projekt, um sich in den kommenden Jahren über Wasser halten zu können. Seine langjährige Assistentin hatte wegen des schlechten Geschäftsgangs vor einem Jahr gekündigt. Seither arbeitete er mit einer jungen Engländerin zusammen. Jetzt stand die Flughafenpiste zur Debatte. Er hatte Bill Peng zur Zusammenarbeit gewinnen können, den erfolgreichsten Konkurrenten von Tim. Dieses Mal musste es gelingen, mit welchen Mitteln auch immer …

Der Yachthafen befand sich auf der Insel Hongkong, nicht weit von seinem Büro und seiner Wohnung. Auf seinem Weg kam er am Hotel Excelsior vorbei. Kurz entschlossen betrat er es und ging auf die Bar zu. Er musste seine Gedanken ordnen, sich beruhigen.

Was hatte Tim mit der Flughafenpiste vor? Wo und wie könnte er dies in Erfahrung bringen?

Warum hatte Tim Paul Ling eingeladen? War er ein Kunde von Paul in der South China Bank? Unter normalen Umständen wäre ihm das egal gewesen. Paul war für

Henry nur ein Segelkollege. Außer über den Sport hatten sie sich noch nie unterhalten.

Was hatte Paul von seinem Gespräch mit Daniel Po mitbekommen? Seit wann war er in ihrer Nähe gewesen? Reiner Zufall? Die Fragen quälten ihn.

Sowohl Henry als auch Daniel kannten Tim aus der Schulzeit. Drei Jahre lang waren sie in derselben Klasse gewesen. In all den Jahren danach waren sie sich nur ab und zu begegnet, und das erst noch zufällig.

Daniel hatte sich in Gartenarchitektur spezialisiert. Auch er hatte ein Interesse daran, dass Bill und Henry beim nächsten ausgeschriebenen Projekt den Auftrag bekamen. Vereinbart war, dass er die Gestaltung der Grünflächen übernehmen würde, die in Hongkong einen so hohen Stellenwert genossen.

Hätte er gewusst, was Tim in seinem nächsten Plan vorhatte, hätte sich Daniel bei ihm beworben …

5

Wie Paul war auch Pamela Bright an diesem Morgen nach dem Fest im Peninsula in ihrem Wohnzimmer und ging den Abend nochmals in Gedanken durch. Sie hatte sich auf ihrer Couch ausgestreckt, schließlich war sie erst frühmorgens nach Hause zurückgekehrt.

Dank David Brown hatte sie an der Party von Tim Kit teilnehmen können. David stammte aus Schottland und arbeitete seit einigen Jahren in Hongkong. Er war einer der leitenden Angestellten in einer Versicherungsfirma. Tim Kit gehörte zum Kreis ihrer wichtigsten Kunden. Er hatte ihnen Einladungen zu seiner Party geschickt. Eine davon hatte David erhalten. Da er Single war und die Einladung zwei Personen betraf, hatte er, ohne zu zögern, Pamela kontaktiert. Pamela war vier Jahre jünger als David. Sie hatten sich vor zwei Jahren auf der Ferry kennen gelernt.

Seither hatten sie sich öfters getroffen und immer Spaß gehabt.

Pamela hatte auf diesem Fest ihr meergrünes Cocktailkleid getragen. Mit ihrer schlanken Figur stand es ihr gut. Die halblangen braunen Haare hatte sie zu einem Knoten zusammengebunden. David hatte den obligaten dunklen Anzug mit weißem Hemd mit seiner schottischen Krawatte kombiniert. Das Tartanmuster der Krawatte in Grün, Weiß und Schwarz passte gut zu seinen rötlichen, gewellten Haaren. Da er groß gewachsen und schlank war, sah er sehr elegant aus.

Im Laufe des Abends hatte David Pamela diversen Leuten vorgestellt. Außer ihrem Vorgesetzten Henry Parker, den sie im Laufe der Party zweimal erblickte, hatte sie niemanden gekannt. Von den majestätischen Sälen mit den eleganten chinesischen Möbeln, den Vorhängen, den riesigen Blumensträußen in den blau-weißen Porzellanvasen war sie überwältigt gewesen. David und Pamela waren dann auch Paul Ling begegnet. Sie hatten sich kurz begrüßt. Für Pamela glich er vielen Männern in Hongkong. Er wirkte sportlich, war von mittelgroßer Statur und hatte dichtes schwarzes, nach hinten gekämmtes Haar.

Pamelas Gedanken schweiften nun von dem Fest in die Vergangenheit zurück. Sie war glücklich mit ihrem Leben.

Vor vier Jahren war sie von London nach Hongkong ausgewandert. Es war die beste Entscheidung, die sie mit 29 Jahren gefällt hatte. Die Arbeit in dem kleinen Architekturbüro seit einem Jahr und ihre Zweizimmerwohnung, beides auf der Insel Hongkong, begeisterten sie. Von ihrer roten Ledercouch aus fiel ihr Blick auf die schmale chinesische Truhe an der gegenüberliegenden Wand. Sie hatte sie inmitten dramatischer Ereignisse im berühmten Nachtmarkt der Temple Street erworben.

Es fror sie bei diesen Erinnerungen. Sie hatte diese Ereignisse unter dem Titel »Die chinesische Truhe« in einem Notizheft festgehalten. Sie war in eine kriminelle Geschichte verwickelt worden.

»Nie wieder!«, murmelte sie vor sich hin.

Sie täuschte sich …

6

In einem eleganten Hochhaus an der Wasserfront auf der Insel Hongkong saß Tim Kit am Donnerstag, dem 17. März, an seinem wunderschönen Schreibtisch. Seine fünf engsten Mitarbeiter hatte er zu einer Sitzung aufgeboten. Es ging um das neue Projekt auf dem alten Flughafengelände. Mit der einzigen langen Flugpiste, die auf dem Wasser zwischen beiden Stadtteilen gebaut worden war, hatte Hongkong früher einen der gefährlichsten Flughäfen der Welt. Nach dem Überfliegen der Hochhäuser mussten die Piloten in steilem Sinkflug die Piste treffen und vor deren Ende stehen bleiben. Ab und zu verpasste ein Flugzeug das Ende der Piste und landete im Wasser. Mit dem Bau des neuen Flughafens auf der Insel Lantau stand dieses Gelände nun ungenutzt. Trotz diverser Vorschläge hatte die Verwaltung von Hongkong noch keine definitive Entscheidung für seine Nutzung gefällt. Die außergewöhnliche Lage des Grundstückes, das auf drei Seiten von Wasser umgeben war, verlangte nach einem ebenso außergewöhnlichen Projekt. Tim hatte es.

Es klopfte an seiner Tür. Seine effiziente Assistentin Wai Fong Chang kam mit Kaffeegeschirr herein. Wai Fong war eine vierzigjährige hochgewachsene schlanke Chinesin. Sie kam aus Hongkong, ihr Architekturstudium hatte sie an einer Eliteuniversität in England absolviert. Danach war sie wieder in ihre Heimatstadt zurückgekehrt. Da sie ihren chinesischen Vornamen liebte, hatte sie sich keinen englischen Vornamen verpasst wie viele Hongkong-Chinesen. Die von Tim ausgeschriebene Stelle als seine Assistentin hatte sie auf Anhieb erhalten und arbeitete nun seit bald zehn Jahren in seinem renommierten Unternehmen. Mit ihrem halblangen Haarschnitt, hinten kürzer als vorne, wirkte sie jünger als ihr Alter. Sie war stets elegant gekleidet, was auch Tim gefiel, dem Mode nicht unwichtig war.

Wenig später trafen seine Mitarbeiter ein. Am runden Tisch beim Fenster mit

der atemberaubenden Aussicht nach Kowloon hinüber setzten sie sich. Tim wollte
das Projekt mit seinen Experten nochmals durchgehen. So ergab sich einmal
mehr eine rege Diskussion mit weiteren
bestechenden Ideen. Das zuständige Gre-
mium der Stadtverwaltung sollte schließlich nicht enttäuscht werden …

7

Während Tim Kit mit seinen Mitarbeitern das Projekt nochmals besprach, hatte wiederum eine Star Ferry die Insel Hongkong verlassen und steuerte auf Kowloon zu. An Bord befand sich eine bunte Mischung aus Touristen, chinesischen Frauen mit Kindern sowie Geschäftsmännern in maßgeschneiderten dunklen Anzügen. Mobiltelefone, die die unterschiedlichsten Melodien von sich gaben, waren immer wieder zu hören.

Pamela saß inmitten dieser Leute. Ihr Blick war starr nach links gerichtet und schien etwas Ungewöhnliches zu fixieren. Dem Mann, der rechts neben ihr saß, war dies nicht entgangen. Er betrachtete die junge Frau, von der er sehr angetan war. Sein Blick folgte nun demjenigen seiner Nachbarin. Es musste sich wohl um die ältere Dame handeln, die neben einer jungen Chinesin saß. Die Frau hatte eine außergewöhnliche Ausstrahlung, musste er eingestehen. Unter ihrem weißen Hut kamen weiße, gewellte Haare hervor. Ihre schneeweiße Haut ließ auf eine aristokratische Engländerin schließen. Sie schien über achtzig Jahre alt zu sein. Sie trug einen weißen Rock und eine weiße Bluse. Ihre langen, schmalen Hände ruhten übereinander auf dem schwarzen Gehstock mit dem silbernen Knauf, den sie vor sich als Stütze benutzte.

Was sie wohl in ihrem Leben alles erlebt hatte? Warum war sie in Hongkong? Pamela liebte es, Leute zu beobachten. War sie von einer Person fasziniert, überschlugen sich ihre Gedanken. Nicht selten endeten sie in wildesten Biografien. Sie wurde aus ihren Gedanken herausgerissen, als sich die Frau zu ihrer Nachbarin beugte und zu ihr sprach. Diese stand sofort auf und stützte die große Frau, während sie sich erhob. Der große goldene Anhänger an ihrer langen Kette, der den Kopf einer Raubkatze darstellte, setzte sich ebenfalls in Bewegung. Die Frau blickte kurz zu Pamela herüber. *Diese ausdrucksvollen hellen Augen*

*werde ich wohl nicht so schnell ver-
gessen*, war sich Pamela sicher.

Die Ferry hatte unterdessen die Anlegestelle erreicht. Der Mann neben Pamela
hatte sich ebenfalls erhoben. Enttäuscht begab er sich zum Ausgang. Pamela hatte ihn
keines Blickes gewürdigt. Beim Aussteigen
achtete sie darauf, die beiden Frauen nicht
aus den Augen zu verlieren. Sie schritten in
Richtung Nathan Road, der wichtigsten Geschäftsstraße in diesem Stadtteil. Als ein Taxi
langsam vorbeifuhr, winkten sie es herbei.
Es war einer der unzähligen roten Toyotas
mit weißem Dach, die das Straßenbild von
Hongkong prägen. Das Taxi hielt an. Sie
stiegen hinten ein, und weg war der Wagen.
Gebannt hatte Pamela die Szene verfolgt.

Ein Blick auf ihre Uhr verriet ihr, dass sie
sich beeilen musste. Sie hatte sich mit einer
Freundin in diesem Quartier verabredet.

»Ich will diese Frau kennen lernen«,
murmelte sie noch ganz benommen vor
sich hin.

*Hongkong zählt über sieben Millionen
Einwohner*, überlegte sie kurz. *Ich werde
sie trotzdem finden!*

Diese Frau, Geraldine Hope, die Pamela so fasziniert hatte, war eine achtzigjährige Engländerin. Sie hatte sich mit ihrer Freundin Amy im Stadtteil Central auf der Insel Hongkong getroffen. Amy, die bald 35 Jahre alt wurde, brauchte ein neues Kleid für ihre Geburtstagsfeier. Sie hatte Geraldine gebeten, ihr dabei zu helfen. Beide waren vor einem smaragdgrünen, ärmellosen Kleid in einem der zahlreichen Schaufenster an der verkehrsreichen Des Voeux Road stehen geblieben. Hinter ihnen brausten unaufhörlich Wagen und Lastwagen vorbei. Nur die vielen schmalen, zweistöckigen Trams kamen langsamer und ratternd daher. Die gab es nur hier, auf der Insel Hongkong.

»Das ist genau das Kleid für dich. Gehen wir hinein!«, rief Geraldine ganz aufgeregt.

Ohne zu antworten, stürmte Amy in den Laden. Geraldine, die mit ihren achtzig Jahren noch gut zu Fuß war, trotz des Stockes, der sie überall begleitete, folgte ihr, so schnell sie konnte. Das Kleid war genau auf Amy, die zierliche Hongkong-Chinesin, zugeschnitten. Der tiefe V-Ausschnitt passte gut zu ihren langen pechschwarzen Haaren. Mit der schmal geschnittenen Taille sah sie umwerfend aus.

»Hast du Zeit für eine kleine Mahlzeit?«, fragte Geraldine, nachdem sie den Laden verlassen hatten.

»In zwei Stunden habe ich einen Termin in Kowloon. Wenn wir die Ferry in anderthalb Stunden nehmen, reicht es«, erwiderte Amy. »Gehst du danach nach Hause?«

»Ja, dann fahren wir zusammen mit der Ferry zurück.«

Wie fast alle Leute hier hatte sich Amy einen englischen Vornamen zugelegt.

Nach einem schmackhaften Fischgericht hatten sie sich zur Ferry aufgemacht. In Kowloon angekommen, stiegen sie in ein Taxi. Zehn Minuten später hielt es vor einem großen Wohnblock in der Canton Road an. Hier stieg Geraldine aus. Das Taxi fuhr mit Amy weiter.

Mit dem Aufzug fuhr Geraldine in den dritten Stock dieses Wohnblockes. In ihrer Wohnung angekommen, zog sie ihren weißen Hut aus und begab sich in das

Wohnzimmer. Den Stock mit dem silbernen Panther als Knauf stellte sie in den Schirmständer. Seit dem Tod ihres Mannes hatte sie den Schirmständer zum Stockständer umfunktioniert und neben ihren antiken Sessel gestellt. In seiner Nähe fühlte sie sich sicher. Mit Genuss ließ sie sich in den Sessel fallen.

Zusammen mit ihrem Mann hatte sie im alten Quartier von Hongkong immer wieder nach antiken chinesischen Möbeln gestöbert. So kamen über die Jahre einige wundervolle Sessel, Tischchen und Schränke zusammen, die ihr Wohnzimmer schmückten. Entspannt lehnte sie sich zurück und betrachtete den zweitürigen schmalen Schrank mit dem großen ovalen Messingschloss in der Mitte, der zwischen beiden Fenstern stand. Die weiß und türkis gestreiften Vorhänge passten hervorragend zum hübschen Möbel aus dunklem Holz. Ihre Gedanken schweiften in vergangene Zeiten.

Fünfzig Jahre lang hatte Geraldine mit ihrem Mann in einer stattlichen Villa aus der Kolonialzeit auf der Insel Hongkong gelebt. Sie befand sich an einem Hang über den Hochhäusern unterhalb des Peaks, des dicht bewachsenen Hausberges von Hongkong. Die Sicht auf die Meerenge und nach Kowloon hinüber war überwältigend. Die Villa nebenan war im gleichen Stil gebaut. Beide Gebäude waren von prächtigen Gärten mit Palmen und dichten tropischen Pflanzen umgeben. Wie ihr Mann war auch der Nachbar vor Jahrzehnten als englischer Armeeoffizier nach Hongkong versetzt worden. Wie oft hatten sich die beiden kinderlosen Ehepaare zu fröhlichen Grillabenden eingeladen. Leider waren sie nach England zurückgekehrt.

Ein Jahr später war ihr Mann gestorben. Sie seufzte. Geraldine hatte danach die Villa verkauft und die Wohnung an der mehrspurigen Canton Road in Kowloon gekauft, in der Nähe der großen Schiffsanlegestellen nach Shanghai. Das Gebäude war kurz zuvor fertig gestellt worden. Sie hatte eine Wohnung im dritten Stock des dreißigstöckigen Hochhauses ausgewählt. Sollte der Fahrstuhl eine Panne haben, war

die Wohnung immer noch zu Fuß erreichbar.

Sie liebte die Sicht auf die kleine Parkanlage auf der gegenüberliegenden Straßenseite, die sie sowohl aus dem Wohnzimmer
wie aus dem Schlafzimmer genießen
konnte. Hübsche chinesische Eingangs-
tore trennten den Park vom Gehsteig und
verkündeten auf einer Messingtafel: »King
George V Memorial Park«. In der sehr gepflegten Anlage mit den hohen Bäumen
stand ein sechseckiger Pavillon aus roten
Säulen und einem elegant geschwungenen
grünen Dach. Spazierte man am Pavillon
vorbei, stieß man auf ein tempelartiges
offenes Gebäude. Dieses wies wiederum
das charakteristische grüne Dach auf und
war von roten Säulen getragen. Von hier
aus gelangte man zum dritten Tor, das in
die geschäftige Jordan Road führte, die im
rechten Winkel zur Canton Road verlief.

8

Am nächsten Tag, Freitag, spazierte Geraldine in der Nathan Road. Die Nathan Road ist die wichtigste Geschäftsstraße in Kowloon. Sie führt von Norden nach Süden und endet beim Peninsula-Hotel, in der Nähe der Ferry-Anlegestellen.

In der Crawford Lane, dem Abschnitt der Nathan Road mit dem sehr breit angelegten Gehsteig, gab es Sitzbänke. Sie hatte Glück und den letzten freien Platz auf einer der vier Bänke ergattert. Außer in Parks waren Sitzbänke in Hongkong Mangelware. Sie lehnte sich zurück. Vor ihr erstreckten sich der breite Gehsteig und die kleinen einstöckigen Geschäfte. Hochhäuser gab es hier nicht. Die Leute gingen teils flanierend, teils in Eile ihren Zielen nach. In ihrem Rücken brauste der Verkehr unaufhörlich vorbei. Glücklich und entspannt hatte sie dem Treiben auf dem Gehsteig zugeschaut, bis zwei chinesische

Männer auftauchten, die ihre ganze Aufmerksamkeit weckten. Der eine, etwa dreißigjährig, ein sportlich wirkender Chinese, sprach ganz aufgeregt zum Größeren. Dieser wirkte älter als sein Begleiter und war ihr mit seinem Lederhut und der dunklen Sonnenbrille aufgefallen. Eine Tarnung? Geraldine versuchte die Worte zu verstehen. Der Mann hatte englisch gesprochen. Offensichtlich hatten beide nicht die gleiche Sprache. Kantonesisch, die Sprache der Region Hongkong, und Mandarin, das traditionelle Chinesisch, unterscheiden sich stark voneinander und müssen mühsam erlernt werden.

»Wer führt die Tat aus?«, waren die Worte des größeren Mannes, die sie von ihrer Sitzbank aus vernehmen konnte.

Die Antwort war zu leise gewesen für Geraldine.

»Wo?«, fragte der Größere weiter, der lauter sprach als sein Begleiter.

»Heute Abend erfahren wir mehr«, antwortete der Kleinere mit leiser, aber für Geraldine gerade noch wahrnehmbarer Stimme.

Sichtlich nervös sah er sich kurz um. Sein Blick richtete sich den Bruchteil einer Sekunde auf Geraldine, bevor er sich wieder seinem Begleiter zuwandte und sie sich davonmachten. Geraldine erhob sich und folgte ihnen.

»Es muss sich um einen gut situierten Mann handeln«, hörte sie die Worte des Kleineren.

»Sei endlich still!«

Der Größere drehte sich blitzschnell um und blieb stehen.

»Können Sie nicht aufpassen!«, stieß Geraldine, die dicht hinter ihnen herging, wütend aus.

Reflexartig hielt sie ihren Gehstock schräg vor sich als Bremse, während der Kleinere darüberstolperte.

In diesem Moment schoss jemand ein Bild von ihnen.

»Die spioniert uns nach, vorher saß sie noch auf der Bank«, waren die letzten Worte, die sie mitbekommen hatte, bevor die Männer davonstürmten. Eine Narbe auf der rechten Wange des Jüngeren war ihr aufgefallen.

Zu Hause machte sie sich Notizen über diese seltsame Begegnung. Sie notierte sich sorgfältig das Datum, Freitag, 18. März, sowie die Worte »die Tat« und »ein gut situierter Mann«.

Sie nahm sich fest vor, die Zeitungsberichte in nächster Zeit genauer unter die Lupe zu nehmen.

Man wusste ja nie …

Pamela war zu dieser Zeit ebenfalls in der Nathan Road unterwegs. Sie genoss ihren Spaziergang, bis sie wie vom Blitz getroffen stehen blieb. Auf einer der vier Sitzbänke in der Crawford Lane saß genau die Frau, die sie gestern auf der Ferry so fasziniert hatte. Zwei Bänke weiter wurde ein Platz frei. Sie setzte sich. Da die Bänke in einer Reihe standen, musste sie sich nach vorne lehnen, um die Frau sehen zu können. Sie war wieder ganz in Weiß gekleidet. Wie auf der Ferry stützte sie sich mit beiden Händen auf den silbrigen Panther des schwarzen Gehstockes vor ihr.

Keine zehn Minuten später schritten zwei asiatische Männer die Sitzbänke entlang in Richtung Ferry. Die Frau stand plötzlich auf und folgte ihnen, bis es zum Zusammenstoß kam. Die Männer ergriffen die Flucht. Die Frau gab die Verfolgung auf. Sie kehrte um und folgte der Nathan Road in der entgegengesetzten Richtung.

Warum war die Frau diesen Männern gefolgt? Reflexartig hatte Pamela ihr Smartphone gezückt und den Zusammenstoß fotografiert. Leider war die Frau nur von hinten zu sehen. Schade, dass auch die Männer auf dem Bild waren. Sie mussten aus dem Bild verschwinden. Sie nahm sich vor, das Foto zu Hause zu korrigieren.

Das war der Tag, an dem Pamela zum ersten Mal ihr neues goldgelbes Kleid trug.

9

Die zwei Männer hatten nach der Begegnung mit Geraldine die Ferry zur Insel Hongkong genommen und waren weiter mit einem Ausflugsboot zur Insel Peng Chau gefahren.

Drei Viertelstunden später stiegen sie dort aus und begaben sich zu einem kleinen, einstöckigen Haus. John, ein älterer Chinese, sowie ein etwa vierzigjähriger Mann, der sich Yu nannte, warteten auf sie. Peter, der Jüngere mit der Narbe auf der Wange, und Alan, der Größere mit dem Hut, setzten sich zu ihnen um den alten rechteckigen Holztisch. Yu, der seine Haare nach hinten zu einem Knoten gebunden hatte, lehnte sich gespannt in seinem Sessel zurück.

»Das ist der Plan«, begann John.
Nach seinen Ausführungen herrschte Totenstille im kargen Raum.
»Noch Fragen?«
Es kamen keine Fragen. Nach einer

Weile erwähnte Peter die Begegnung mit Geraldine.

»Wie sah sie aus?«, fragte John scharf.

John und Yu machten sich genaue Notizen zur Beschreibung von Geraldine.

»Warum hat sie euch verfolgt?«, fragte John weiter.

»Das wissen wir nicht«, kam die zögernde Antwort von Alan.

»Ihr wisst es nicht?«, schrie John die beiden an.

Sie schwiegen. Sie kannten die Wutausbrüche von John. Jedes weitere Wort hätte die Lage nur verschlimmert.

Wenig später kehrten Peter und Alan zum Pier zurück und warteten auf die nächste Schiffsverbindung nach Hongkong Central.

Sie wussten jetzt, was zu tun war am folgenden Abend.

10

Am Tag nach der seltsamen Begegnung mit den beiden Männern beschloss Geraldine, den Abend im italienischen Restaurant des Hotels Marco Polo zu verbringen. Es war Samstag, der 19. März. Das Hotel lag neben den Ferryanlegestellen in Kowloon. Die Aussicht auf die gegenüberliegende berühmte Skyline der Insel Hongkong war unbeschreiblich. Elegant streckten sich die Hochhäuser zum Himmel hoch. Sie kam oft zum Nachtessen hierher. Sie liebte dieses Lokal wegen seiner einmaligen Lage, wegen der vorzüglichen Gerichte und des netten Servicepersonals. Sie setzte sich an ein Tischchen draußen vor dem Restaurant und bestellte einen weißen Martini. Bald würde die Sonne untergehen. Vor ihr lagen der lange Steg, der die Anlegestelle der Kreuzfahrtschiffe der Star Cruises war, sowie ein großes Parkfeld.

Ein weißer BMW hielt wenig später auf dem Parkfeld zwischen einem Porsche und einem Jaguar an. Ein Mann in dunklem Anzug stieg aus und schritt zum Steg des Kreuzfahrtschiffes Virgo hinüber, das in wenigen Augenblicken loslegen würde. Der Sonnenuntergang stand jetzt kurz bevor. Gebannt verfolgte Geraldine die Szene vor ihr. Die riesige Heckklappe wurde hochgezogen und geschlossen. Auf beiden Seiten waren Lotsen auf ihren Booten damit beschäftigt, die Ausfahrt der Virgo aus der engen Wasserstraße ins offene Meer vorzubereiten. Der Mann stand breitbeinig auf dem Steg und verfolgte das emsige Treiben. Langsam, scheinbar lautlos bewegte sich nun das Schiff. Es bog nach links ab und glitt majestätisch in Begleitung der beiden Lotsenboote zwischen Kowloon und der Insel Hongkong davon. Die Sonne verabschiedete sich in einem atemberaubenden Spektakel. Lichtketten beleuchteten nun die Virgo. In der Dunkelheit begannen die Fassaden der Hochhäuser in bunten Farben zu leuchten. Der Mann blieb reglos stehen, während er das unbeschreibliche Schauspiel betrachtete, welches die Virgo auf der engen Wasserstraße zwischen den Hochhäusern bot. Langsam drehte er sich um und schritt zur Restaurantterrasse des Hotels, das das Ende des Steges bildete. Er setzte sich an ein Tischchen vor Geraldine und bestellte einen Fruchtsaft.

Der Mann genoss die Sicht auf die gegenüberliegende Insel und atmete tief durch. Die Umrisse des von üppiger Vegetation umsäumten Peaks, des Hausbergs von Hongkong, waren dank der Warnlichter für Flugzeuge und Helikopter gut zu erkennen. Obschon der Mann aus Hongkong stammte und hier lebte, überwältigte ihn dieser Anblick jedes Mal von neuem.

Er betrachtete das Hochhaus, das genau gegenüber dem Hotel stand, das Financial Center, das für ihn seit einiger Zeit ein Rätsel darstellte. In bestimmten Stockwerken blinkten grüne und weiße Lichter an beiden Seiten des Gebäudes. Er nippte an seinem Glas, während er die Fassade nicht aus den Augen ließ. Würde es heute kommen? Er wartete gespannt. Immer noch nichts! Er wartete weiter. Endlich! Ein kleines gelbes Licht im sechzigsten Stockwerk leuchtete kurz dreimal auf. Er wollte diesem Signal auf die Spur kommen. Wem galt es? Was hatte es zu bedeuten, und wer stand dahinter? Er hatte dieses Mal für alle Fälle Vorkehrungen getroffen. Sein stechender Blick konzentrierte sich jetzt auf das Wasser. Ein kleines Fischerboot tauchte auf, das sich zwischen dem Hotel und dem Hochhaus bewegte und aufs offene Meer zusteuerte. Dieses Boot war ihm schon die letzten Male aufgefallen. Kurz darauf fuhr ein Motorboot in die gleiche Richtung wie das Fischerboot. Der Mann bezahlte sein Getränk und verließ die Terrasse.

Geraldine hatte die Szene ebenfalls verfolgt und mit einem Lächeln dem kleinen Fischerboot nachgeschaut. Schön, dass es sie hier noch gab, diese alten Fischerboote, freute sie sich. Nur das kleine gelbe Licht war ihr entgangen.

Während sie sich in das Restaurant begab, zogen Wolken auf. Der Wetterdienst hatte für diese Nacht einen schweren Sturm vorausgesagt.

Eine halbe Stunde später saß der Mann in seinem Wohnzimmer und starrte auf sein Smartphone. Gespannt wartete er auf eine kodierte Mitteilung seines Mitarbeiters Siu Wa. Eine Stunde später traf sie ein. »Interessant«, sagte er nachdenklich, nachdem er sie gelesen hatte. Siu Wa hatte das kleine Fischerboot in seinem Motorboot verfolgt. In Kennedy Town, einem Vorort von Hongkong auf der Insel Hongkong, hatte es angelegt. Ein jüngerer chinesischer Mann war ausgestiegen. Ob sich im hinteren Teil des Bootes, das aus drei Holzwänden und einer Holzdecke bestand, weitere Leute befanden, hatte Siu Wa in der Dunkelheit nicht erkennen können. Er war dem Mann bis zu einer engen Werkstatt gefolgt. Dort verschwand dieser im hinteren Bereich. Siu Wa hatte eine Skizze der Lage des Gebäudes angefertigt. Für ein Foto ohne Blitz war es zu dunkel gewesen. »Wir treffen uns morgen um zehn«, schrieb er Siu Wa zurück.

11

Am Montag, dem 21. März, verließ Paul Ling erst gegen einundzwanzig Uhr die South China Bank. Die Besprechung mit einem großen Kunden hatte länger gedauert als geplant. Der Kunde war mit einem Aktienpaket, das ihm Paul empfohlen hatte, sehr unzufrieden. Der Kurs war im letzten Monat um über fünf Prozent gefallen. Eine Erholung des Aktienkurses schien in nächster Zeit unwahrscheinlich. Sie vereinbarten einen weiteren Termin. Paul sollte ihm eine erfolgversprechende Alternative vorlegen, um den erlittenen Verlust aufzufangen. Ansonsten würde er die Bank wechseln, hatte er gedroht. Frustriert war Paul danach noch ein paar Stunden im Büro geblieben. Einen Monat zuvor war er von seinem Vorgesetzten für brillante Leistungen befördert worden. Und jetzt dies … Er schlenderte wenig später langsamen Schrittes auf den Yachthafen zu, der sich ganz in der Nähe befand. Er hatte keine Lust, nach Hause zurückzukehren, er war viel zu aufgewühlt. Er wusste aber auch nicht, wohin er wollte. Zu seiner Yacht? Er hatte zu miese Laune.

Die Worte von Henry Parker, die er auf der Party gehört hatte, kamen ihm wieder in den Sinn. Hätte er Tim warnen sollen? Henry konnte brutal sein. Er war schon einmal in einen undurchsichtigen Unfall verwickelt gewesen, der tödlich ausgegangen war. Jetzt war es zu spät, befand er. Neun Tage waren seit der Party vergangen. Zum Frust kamen Zweifel und ein schlechtes Gewissen hinzu. Er fühlte sich von seinen Gedanken erschlagen. Ziellos war er im Quartier herumgeirrt. Er blieb stehen und schaute sich um. Er stand vor dem Eingang des Hotels Park Lane. Ein Whisky, ein gutes Essen, vielleicht noch einen Cognac, darauf hatte er jetzt Lust. Er warf einen Blick auf seine Uhr. Zweiundzwanzig Uhr dreissig, stellte er mit Erstaunen fest. In Hongkong konnte man zu jeder Zeit essen. Er betrat das Hotel und suchte das Restaurant auf.

Dass ihm zwei dunkle Gestalten gefolgt waren, hatte er nicht bemerkt.

Auf dem Heimweg durch den schönen Victoria Park beschloss er, am nächsten Tag Tim zu kontaktieren.
Die dunklen Gestalten hatten seine Verfolgung wieder aufgenommen ...

12

Am nächsten Tag gegen sieben Uhr morgens spazierte Linda, eine junge Chinesin, mit ihrem Beagle Bobby durch den Victoria Park. Sie schlug denselben Weg ein wie jeden Morgen. Sie wusste, dass Jasmin, eine junge Bekannte, jeden Moment mit ihrem Pudel Madonna von der anderen Seite auftauchen würde. Sie trafen sich jeden Morgen. An diesem Tag schnüffelte Bobby intensiv abseits des Weges zwischen den Bäumen und schien eine Spur zu verfolgen. Er riss an seiner Leine. Hatte er einen toten Vogel aufgespürt? Als Jagdhund wäre dies nicht das erste Mal. Widerwillig folgte ihm Linda, bis er bellend stehen blieb. Sie erstarrte. Vor ihnen lag ein Körper im Gebüsch unter einem großen Baum. Dem dunklen Anzug nach war es ein Mann. Er lag auf dem Bauch. War er tot? Zitternd alarmierte sie die Polizei, die wenig später eintraf. Sie beantwortete die Fragen des Beamten, so gut sie konnte, während sich seine Kollegen um die Leiche und um mögliche Spuren kümmerten. Er war tot, wurde ihr auf ihren fragenden Blick hin bestätigt. Zusammen mit Bobby kehrte sie ganz aufgewühlt nach Hause zurück. Bobby verstand die Welt nicht mehr. Was war aus seinem Spaziergang geworden? Und Madonna? Er mochte sie sehr …

Später, als Henry Parker mit seiner Mappe unter dem Arm im Victoria Park unterwegs war, staunte er. Die vielen Menschen, die herumstanden, fand er ungewöhnlich. Die geparkten Polizeiwagen hatte Henry gar nicht bemerkt. Erst als er einige Polizeibeamte vor sich sah, begriff er, dass etwas passiert war. Diese hielten ihn gleich auf.

»Wer sind Sie?«, wurde er in rauem Ton von einem Beamten gefragt.

»Henry Parker ist mein Name.«

»Ihre Ausweise bitte! Warum sind Sie hier?«

»Ich bin auf dem Weg zu meiner Firma an der Causeway Road. Bei diesem schönen

Wetter habe ich die Abkürzung durch den Park gewählt. Was ist passiert?«

Henry hatte ihm in der Zwischenzeit seine Identitätskarte überreicht. Ohne auf seine Frage einzugehen, stellte ihm der Beamte die nächste Frage.

»Wohnen Sie auch hier im Quartier?«

»Ja.«

»Kann ich jetzt wissen, was los ist?«, wiederholte Henry ungeduldig seine Frage.

»Ein Mann mit Messerstichen im Rücken wurde heute früh da vorne im Gebüsch entdeckt.«

»Oh!«

»Kennen Sie diesen Mann?«, wollte der Beamte wissen, während er ihm ein Bild zeigte.

Paul Ling! Henry war fassungslos.

»Ich kenne ihn nur flüchtig. Paul Ling ist sein Name«, antwortete Henry kopfschüttelnd.

»Wann haben Sie ihn zuletzt gesehen?«

Das kurze Zögern war dem Beamten nicht entgangen. Er machte sich eine Notiz.

»Vor einigen Wochen vielleicht, ich weiß es nicht so genau. Wir begegneten uns jeweils nur im Yacht Club oder beim Segeln. Wir waren nicht befreundet. Wenn wir uns unterhielten, ging es nur um das Segeln. Ich kann Ihnen nicht mehr über ihn sagen, aber wenn ich Ihnen behilflich sein kann, dann gerne. Sie haben meine Koordinaten.«

Es ging um Mord. Paul war ermordet worden.

»Kommen Sie mit uns zum Polizeiposten, wir fahren Sie danach zu Ihrer Firma zurück.«

Pamela saß unterdessen an ihrem Schreibtisch im zwanzigsten Stock eines der vielen Hochhäuser auf der Insel Hongkong. Sie war allein im Büro. Ihr Vorgesetzter Henry Parker hatte einen Termin bei einem Kunden. Er sollte demnächst eintreffen. Eine Stunde später war sie noch immer allein. Sie stand auf und schritt zum Fenster hinüber, das eine unbeschreibliche Aussicht nach Kowloon bot. Diverse Schiffe waren in beiden Richtungen unterwegs, dazwischen schlängelte sich eine Ferry von Kowloon auf die Insel zu. Beim Betrachten dieses Schauspiels dachte sie an die Dame in Weiß. Warum war sie den beiden Männern gefolgt? Diese Frage beschäftigte sie seither.

Mit dem Eintreffen von Henry waren ihre Gedanken mit einem Schlag weggefegt. Sein Gesichtsausdruck gefiel ihr nicht. Er war blass, wirkte nervös, was nicht seiner Art entsprach.

»Ist etwas passiert?«, fragte sie besorgt.

»Im Victoria Park ist ein Mann erstochen worden. Die Polizei befragt jeden, der dort vorbeigeht.«

Pamela schwankte kurz.

»Ein Mord in Hongkong?«

»Ja, hier in Hongkong«, wiederholte er mit gereizter Stimme ihre Worte.

Er wollte offensichtlich nicht darüber sprechen.

Er ging in sein Büro und schloss die Tür. In seinem Bürostuhl lehnte er sich zurück und führte sich nochmals die Szene im Park vor Augen.

Ausgerechnet Paul Ling ...

13

Mord im Victoria Park!« war in großen Buchstaben auf der Titelseite der englischsprachigen Tageszeitung von Hongkong vom Mittwoch, dem 23. März, zu lesen.

Geraldine sprang fast von ihrem Sessel auf. Gestern früh war ein Mann im Gebüsch tot aufgefunden worden, las sie. Eine Bewohnerin des Quartiers war mit ihrem Hund im Park unterwegs gewesen. Intensiv schnüffelnd hatte der Hund sie zur Leiche geführt. Sie alarmierte die Polizei. Das Opfer soll mit Messerstichen in den Rücken getötet worden sein. Die Frau kannte das Opfer nicht, war weiter zu lesen. Der Bericht endete mit dem Kommentar: »Die Polizei ermittelt.«

Sie runzelte die Stirn. Hatten die zwei seltsamen Männer etwas damit zu tun? Sie war ihnen letzte Woche in der Nathan Road begegnet. Sie stand auf und holte ihre Notizen aus dem Schrank. Es war am

Freitag gewesen. Sie lehnte sich in ihrem antiken Sessel zurück und führte sich die Szene nochmals vor Augen. War das Opfer ein gut situierter Mann, wie der Kleinere der beiden gesagt hatte?

Soll ich zur Polizei gehen? Der große Polizeiposten mit dem Gefängnis befand sich an der Nathan Road, in der Nähe der Crawford Lane. Kurzerhand griff sie nach ihrem Stock und ihrem Hut und verließ die Wohnung.

Wenig später saß sie Inspektor Cheung gegenüber. Er hatte leicht gewellte, graumelierte Haare. Sein längliches Gesicht, das spitze Kinn und sein stechender Blick wiesen auf eine Autoritätspersönlichkeit hin. Geraldine berichtete über die beiden Männer. Der Inspektor zeigte ihr eine Aufnahme des Opfers.

»Ist dies einer der Männer?«

Sie beugte sich über das Bild.

»Nein«, antwortete sie. »Der Mann mit dem Hut und der Sonnenbrille hatte schmalere Lippen. Der andere hatte eine Narbe im Gesicht.«

Der Inspektor hatte sich während der Befragung Notizen gemacht.

»Wer ist das Opfer?«, fragte Geraldine.

»Darüber geben wir noch keine Informationen.«

»Ein gut situierter Mann vielleicht?«
Der Inspektor blickte sie erstaunt an.

»Wie kommen Sie darauf?«

»Der Kleinere der beiden hatte dies erwähnt«, antwortete sie.

»Sie haben außer ›die Tat‹ noch mehr gehört? Was genau?«, fragte der Inspektor weiter und beugte sich zu ihr hin.

»Ja, ›die Tat‹ und ›ein gut situierter Mann‹ waren die Worte, die ich gehört habe. Ich habe dies vorher vergessen zu erwähnen«, entschuldigte sich Geraldine.

»Seltsam«, flüsterte der Inspektor vor sich hin.

Geraldine blickte ihn stumm an.

»Bei Bedarf werde ich Sie kontaktieren«, sprach der Inspektor und übergab Geraldine seine Visitenkarte.

Nachdem sie ihm ihre Adresse und Handynummer aufgeschrieben hatte, verließ sie das riesige Gebäude. Ein seltsames

Gefühl der Unsicherheit überfiel sie. »Jemand spioniert mir nach«, sagte sie leise vor sich hin. Sie drehte sich mehrmals um. Sie erinnerte sich an die junge Frau im goldgelben Kleid, die ebenfalls dort gesessen hatte. Eine Europäerin oder Australierin, überlegte sie. Das Kleid hatte ihr gut gefallen. Unter den vielen Leuten, die hinter ihr hergingen, schien niemand verdächtig zu sein, befand sie und begab sich zu Fuß nach Hause.

Zu Hause angekommen, ging sie nochmals das Gespräch mit Inspektor Cheung in Gedanken durch, während sie aus einem der beiden Fenster ihres Wohnzimmers zur kleinen Parkanlage blickte. Ein Mann stand vor dem hübschen chinesischen Pavillon. Er trug wie viele Leute Jeans und ein Polohemd. Sie drehte sich um und setzte sich. Hatte sie nichts vergessen? *Der Reaktion des Inspektors nach könnte das Opfer tatsächlich ein gut situierter Mann sein*, überlegte sie. *Der Name des Opfers wird wohl in den nächsten Tagen bekannt gegeben werden*, war sie sich sicher.

»Ich jedenfalls bleibe am Ball!«, sagte sie

vor sich hin. Sie schritt wieder zum Fenster hin und warf einen letzten Blick auf die Parkanlage. Der Mann im Park stand jetzt unter einem großen Baum und schien die gegenüberliegende Fassade des Wohnblockes zu studieren. Erschrocken wich sie zurück. *Spioniert er mir nach? Dieses Gefühl hatte ich schon beim Verlassen des Polizeipostens. Wahrscheinlich mache ich mir zu viele Gedanken …*

Auch Pamela hatte den Zeitungsbericht gelesen. Ob ihr Vorgesetzter ihn auch gelesen hatte? *Besser, ich spreche ihn nicht darauf an, er ist so gereizt in letzter Zeit …*

14

Henry holte vor seinem Frühstück wie immer die Zeitung aus dem Briefkasten.

Gebannt las er den Artikel über das Verbrechen. Der Name des Opfers wurde nicht erwähnt. Er hatte ihn doch dem Polizeibeamten genannt, überlegte er. Es standen keine weiteren Einzelheiten darin als das, was er bereits wusste. »Die Ermittlungen laufen«, hieß es. Er war ebenso gespannt auf weitere Informationen wie viele andere Leute auch.

Auf dem Weg zu seinem Büro waren die Schlagzeilen der diversen Zeitungen an den Kiosken nicht zu übersehen. Es war das Tagesthema schlechthin in Hongkong. Im Büro hatte ihn Pamela nicht darauf angesprochen. Mitte Vormittag verabschiedete er sich bei ihr für die nächsten paar Stunden. Die erste Besprechung zur Flughafenpiste bei Bill Peng stand kurz bevor. Er war nervös. Er musste sich auf die Besprechung konzentrieren, obwohl seine Gedanken mit dem Mord beschäftigt waren. Wenigstens erübrigte sich die Suche nach der Identität des Opfers, sagte er sich.

Bill saß unterdessen an seinem Arbeitsplatz. Er hatte sich einige Notizen zum Flughafenprojekt gemacht, die er später in seine Pläne einfügen wollte. Bill war ein stets fröhlich wirkender, groß gewachsener Chinese. Er hatte ein rundes Gesicht und stets ein breites Lächeln auf den Lippen. Seine dunklen Haare standen wie die Stacheln eines Igels nach allen Seiten ab. Er strahlte eine ungeheure Vitalität aus. Man fühlte sich in seiner Nähe immer willkommen, was jetzt aber nicht der Fall war. Er ärgerte sich, dass er diesen Termin mit Henry Parker vereinbart hatte. »Reine Zeitverschwendung«, schimpfte er vor sich hin.

Wenig später begrüßte Bill Henry mit den Worten »Was für ein Tag heute, ein solches Verbrechen!«. Henry pflichtete ihm bei.

»Wer ist wohl der arme Kerl?«, fragte Bill.

Dass er das Opfer identifiziert hatte und in der Polizeistation gewesen war, ging Bill nichts an, fand Henry. Bill war nur ein wichtiger Konkurrent von ihm, kein Kollege.

»Legen wir los«, schlug Henry erwartungsvoll vor, ohne auf seine Frage einzugehen.

»Stell mir mal deine Pläne vor«, bat ihn Bill, während sie sich an den runden Tisch vor Bills Pult setzten.

Henrys Projekt bestand aus einem Komplex von niedrigen Gebäuden mit Luxuswohnungen, umgeben von diversen Tennisplätzen und Schwimmbädern. Henry wollte noch keine Einzelheiten preisgeben, bevor ihm Bill sein Projekt vorstellte.

Bill hatte ihm schweigend zugehört und ab und zu genickt.

»Was hältst du davon?«, fragte Henry ungeduldig.

»Es ist ein guter Ansatz«, erwiderte Bill. »Es gibt aber noch viel zu tun«, ergänzte er seinen kurzen Kommentar.

Bill schien sich nicht weiter äußern zu wollen.

»Was habt ihr euch ausgedacht?«, fragte Henry voller Erwartung.

»Wir sind noch nicht so weit. Die Planung hat sich leider verzögert.«

Henry wusste, dass dies eine Ausrede war. Bill, der erfolgreiche Unternehmer, wollte offensichtlich seine Pläne nicht verraten. Er war sich wie in einer Prüfung vorgekommen. Was Bill von seinem Projekt hielt? Seiner Haltung nach nicht viel Positives, musste er sich eingestehen. Oder war es nur Taktik? Hatte Bill noch weitere Konkurrenten für eine Zusammenarbeit aufgeboten? Verunsichert und frustriert war Henry in seine Firma zurückgekehrt. Wenigstens hatte er Bill zu einem weiteren Termin bewegen können mit der Überarbeitung seines Planes.

»Ich brauche dieses Projekt, sonst geht meine Firma unter«, fauchte er vor sich hin. Er brauchte Bill.

Seine Gedanken schweiften zu Paul Ling. Ein Problem weniger …

15

Zwei Tage später, als Henrys Gedanken und Sorgen voll auf das Projekt fokussiert waren, holte ihn das Verbrechen wieder ein. Das Telefon hatte Mitte Nachmittag bei Pamela geklingelt. Inspektor Cheung von der Polizeistation in Kowloon meldete sich.

»Kann ich bitte mit Herrn Henry Parker sprechen?«

»Einen Moment bitte.«

Pamela eilte zur gegenüberliegenden Tür, klopfte und trat ein. Henry Parker saß an seinem Schreibtisch. Vor ihm lagen die Pläne der Flughafenpiste.

»Inspektor Cheung will dich sprechen, soll ich durchstellen?«

Normalerweise hätte sie dies gleich getan, aber ein Inspektor der Polizei?

»Ja!«

Wenig später kam Henry aus dem Büro herausgeschossen.

»Ich habe einen Termin und muss gleich los!«

Pamela war vor Schrecken aufgestanden und reglos stehen geblieben. Er hielt sie stets über seine Termine auf dem Laufenden, damit sie telefonische Anfragen richtig beantworten konnte. Ihrer Agenda nach hatte Henry an diesem Tag keinen Termin. Verwirrt setzte sie sich wieder an ihr Pult.

Henry Parker brauchte frische Luft. Er musste sich das Telefongespräch mit dem Inspektor nochmals durch den Kopf gehen lassen, dabei hatte er jetzt wichtigere Sorgen. Er wusste, dass er Bill nicht hatte überzeugen können. Und jetzt dieser Inspektor! Er war wütend. Es hatte sich um die Frage gehandelt, die er schon einmal beantwortet hatte. Wann hatte er Paul Ling zum letzten Mal gesehen? Warum war dies so wichtig, fragte er sich. »Vor einigen Wochen«, hatte er wiederholt geantwortet. Die Party von Tim Kit hatte der Inspektor mit keinem Wort erwähnt. Sie hatte vor dreizehn Tagen stattgefunden.

Ohne die Party stimmte seine Antwort. Auf die nächste Frage »Wann genau?« hatte er gesagt, dass er es eben nicht genau sagen könne. *Mache ich mich damit etwa verdächtig?* Er schüttelte den Kopf. Etwas anderes bedrückte ihn aber in dieser Sache.

An diesem Nachmittag kehrte er nicht mehr in seine Firma zurück.

16

Am Dienstag, dem 29. März, überflog Pamela beim Frühstück die Titel der Zeitung. Sie suchte gezielt nach einem Kommentar zum Verbrechen im Victoria Park. An diesem Tag wurde wieder darüber berichtet. Die Polizei war weiter am Ermitteln, hieß es, aber der Name des Opfers wurde jetzt genannt. Paul Ling war sein Name. Sie erschrak. Sie hatte mit David auf der Party einen Paul Ling kurz begrüßt. Handelte es sich um denselben Mann? In dem Fall könnte ihn Henry gekannt haben. Waren sie befreundet? Das würde seine miese Laune der letzten Zeit erklären, überlegte sie. *Ich werde ihn danach fragen*, beschloss sie und machte sich auf den Weg zur Firma.

Henry saß bereits an seinem Arbeitsplatz, als Pamela eintraf. Sie begrüßten sich kurz.

»In der heutigen Tageszeitung steht der

Name des Opfers. Hast du es auch gelesen?«, fragte Pamela.

»Nein.«

»Er hieß Paul Ling.«

»Ach so! Kennst du ihn?«

»Nein«, antwortete Pamela.

»Na dann«, war sein einziger Kommentar dazu, und er richtete seinen Blick wieder auf das Dokument, das ihm weiterhin Kopfzerbrechen bereitete.

Damit gab er Pamela zu verstehen, dass das Thema für ihn abgeschlossen war und er weiterarbeiten wollte. Verunsichert kehrte sie an ihren Arbeitsplatz zurück. Sie hatte Henry auf die Party im Peninsula ansprechen wollen, dass sie dort einem Paul Ling begegnet war. Offensichtlich kannte er ihn nicht.

Damit war auch für sie das Thema vom Tisch.

17

An diesem Tag war auch Geraldine der Zeitungsbericht mit dem Namen des Opfers nicht entgangen. »Paul Ling«, sprach sie nachdenklich den Namen vor sich hin. *Dieser Name sagt mir etwas, aber was?* Sie strengte sich an, während sie sich in ihrem Sessel zurücklehnte. Das plötzliche Schrillen des Telefons riss sie aus ihren Gedanken. Sie eilte zum Tisch mit dem Apparat und nahm den Hörer ab.

»Mary! Schön, wieder von dir zu hören. Wie geht es euch?«

Mary Chen war eine gute Freundin von Geraldine. Sie und ihr Mann George stammten beide aus Hongkong und waren um die vierzig Jahre alt. George war in der Vermögensverwaltung der South China Bank tätig.

»Wir sind letzten Donnerstag, am 24. März, aus unseren Ferien zurückgekehrt. Es war so schön, wieder einmal richtig zu entspannen. Vor allem George hat es gutgetan. Er war völlig abgekämpft. Aber jetzt ist bei ihm die Hölle los!«

»Was ist passiert?«, fragte Geraldine besorgt.

»Ein Arbeitskollege von George ist Dienstagnacht, also vor einer Woche, gestorben.«

»Was sagst du? Gestorben?«

»Er wurde im Victoria Park tot aufgefunden. Die Polizei hat jetzt auch noch George verhört, obwohl wir nicht hier waren. Sie schwirren jeden Tag in der Bank herum«, berichtete Mary mit erstickter Stimme.

»Wie ist sein Name?«

»Paul. George und das ganze Team mochten ihn sehr. Es ist einfach schrecklich!« »Paul Ling?«, fragte Geraldine aufgeregt.

»Ja! Warum fragst du?«, wollte Mary wissen.

»Sein Name wurde heute in der Zeitung genannt. Er soll das Opfer des Verbrechens gewesen sein. Wofür war er in der South China Bank zuständig?«

»Er war wie George Vermögensverwalter.«

»Mach dir nicht solche Sorgen, Mary. Es ist während eurer Ferien geschehen. Versuch George zu beruhigen«, riet ihr Geraldine.

Nach diesem Gespräch musste Geraldine ihre Gedanken ordnen. Das Opfer ein Arbeitskollege von George? Ein Mann in leitender Position in einer der größten Banken in Hongkong? Geraldine griff nach ihrem Stock und ihrem Hut und machte sich zu einem Spaziergang auf. Sie brauchte frische Luft.

Sie ging in den kleinen Park und setzte sich auf eine Bank vor dem hübschen chinesischen Pavillon. Ihre Gedanken schwirrten wild durcheinander. Hatten die Männer nicht von einem gut situierten Mann gesprochen und von einer Tat? Es passte. Aber warum sollte ein Vermögensverwalter ermordet werden? Hatte er einem Kunden einen Verlust eingefahren? Falsch beraten? Es machte keinen Sinn.

Soll ich Inspektor Cheung nochmals aufsuchen, fragte sie sich. Noch nicht, befand sie. Sie wollte zuerst mit George sprechen. Sie wollte wissen, wonach die Polizeibeamten in der Bank suchten.

Sie hatte vor einiger Zeit eine Einladung von Mary und George erhalten. Als sie wieder zu Hause war, lief sie zu ihrem kleinen Schreibtisch hinüber. Die Einladung lag in der mittleren Schublade, wo sie kommende Arzttermine und eben Einladungen aufbewahrte. *Am zweiten April findet die Cocktailparty statt*, las sie. *In vier Tagen*, überlegte sie.

Bis dahin werde ich mit meinen Fragen warten können …

18

Nachdem Mary Geraldine angerufen hatte, machte sie sich auf den Weg zur Ferry. Sie war mit Henry Parker auf der Insel Hongkong verabredet. Ihre schulterlangen braungefärbten Haare hatte sie zu einem Pferdeschwanz zusammengebunden. Mit ihrer zierlichen Figur und der schlanken Taille wirkte sie wie eine dreißigjährige Frau, acht Jahre jünger, als sie war. Sie trug hellblaue Jeans und ein dunkelblaues Oberteil. Sie trafen sich in der Cafeteria des Hotels Mandarin Oriental. Henry und Mary kannten sich von früher, sie waren im gleichen Quartier aufgewachsen, in Kennedy Town, einem Vorort von Hongkong auf der Insel Hongkong. Es ist ein altes Handwerkerquartier mit zahlreichen engen, kleinen Werkstätten für Fahrräder, Motorräder und kleine Lieferwagen. Sanitäre Installationen sowie Auslagen für allerlei Haushaltsgeräte waren ebenfalls in garageähnlichen Schuppen zu finden. Seit ihrer Schulzeit trafen sie sich gelegentlich.

Sie erschrak, als sie Henry sah. Mit den eingefallenen Wangen, der fahlen Haut und den zusammengepressten blassen Lippen wirkte er fast krank.

»Wie geht es dir?«, fragte Mary besorgt. »Dass du einen Segelkollegen verloren hast, ist schrecklich, ermordet noch dazu!«

»Ich kann es auch noch nicht fassen«, murmelte er mit gesenktem Kopf.

Mary hatte Henry noch nie in einer solchen Verfassung gesehen.

»George und das ganze Team in der Bank sind entsetzt. Paul fehlt ihnen allen.«

Als die Bedienung kam, bestellte Mary ein Wasser, Henry einen Kaffee.

George und Henry kannten sich nicht. Mary hatte ihrem Mann nie von früheren Schulkollegen erzählt. Sie kannte die Schulkollegen von George auch nicht.

»Wie geht es George?«, fragte Henry, nachdem sie die Getränke erhalten hatten.

Er wusste, dass Paul Ling in der South China Bank tätig gewesen war wie George.

»Es finden sicher Ermittlungen in der Bank statt?«, fügte er seiner Frage an.

»Ja, die Kriminalbeamten sind fast täglich dort. Das ist alles, was ich weiß«, erwiderte Mary. »Du hast keine Ahnung, warum Paul getötet wurde?«

»Nicht die geringste. Ich kannte ihn nicht so gut. Wir unterhielten uns jeweils nur über das Segeln«, antwortete Henry.

»Es ist doch in der Nacht vom 21. auf den 22. März passiert, Montag auf Dienstag, nicht wahr?«

»Ja, dieses Datum werde ich nicht so schnell vergessen. Ich will wissen, wer das getan hat und warum!«

»Wir waren damals noch in den Ferien. Wir sind erst letzten Donnerstag, zwei Tage nach dem Verbrechen, zurückgekehrt«, sagte Mary nachdenklich. »Warum wurde George in der Bank nochmals verhört, wir waren noch gar nicht hier«, sagte Mary leise vor sich hin.

»Was, George wurde auch verhört?«
Mary erschrak. Es war ihr nicht bewusst gewesen, dass sie ihre Gedanken laut ausgesprochen hatte.

»Ja«, kam die kurze Antwort.

»Was wollten sie von ihm wissen?«, fragte Henry aufgeregt.

»Ach, ich weiß es auch nicht.«

»Die Polizei muss einen Verdacht haben. Jemanden in der Bank? Unglaublich!«

Henry ging ihr jetzt auf die Nerven.

Mit den Worten »Ich muss mich beeilen« beendete sie das Gespräch. Sie stand auf, verabschiedete sich und eilte verstört auf die Straße hinaus.

Ein Ende des Chaos in der South China Bank war nicht in Sicht. Auch ein Ende des Chaos mit George, mit seiner unausstehlichen Laune seit dem Urlaub, war nicht in Sicht, und das Wasser hatte sie auch nicht bezahlt …

Henry bestellte einen zweiten Kaffee. *Wenn die Beamten dauernd in der Bank sind, könnte George wissen, wonach sie suchen*, überlegte er. Mit einem Ruck setzte er die Tasse, die er in der Hand hielt, auf den Unterteller zurück. Verdächtigten sie etwa George? George? Das wäre ungeheuerlich und würde heißen, dass er schon Montagnacht in Hongkong zurück war, nicht erst Donnerstag, wie Mary behauptete. In diesem Moment klingelte Henrys Mobiltelefon. Es war Inspektor Cheung. Er wollte ihm noch einige Fragen stellen. Sie vereinbarten einen Termin übermorgen Donnerstag in der großen Polizeistation in der Nathan Road.

19

Kaum zu Hause angekommen, stand George mit hochrotem Kopf im Flur. Trotz seines kurzen Haarschnitts standen seine Haare vom vielen Durcheinanderstreichen wild nach allen Seiten ab. Er, der immer auf eine gepflegte Erscheinung achtete … Mary musste sich bei seinem Anblick zusammennehmen, sie durfte nicht lachen.

»Wo warst du?«, fragte er Mary forsch.

»Ich war im Stadtteil Central auf der Insel Hongkong und bin mit der Ferry zurückgekommen.«

»Was hast du dort gemacht?«

Seine Stimme wurde immer bedrohlicher.

»Ich musste raus! Die Stimmung hier ist so bedrückend. Hat dich die Polizei wieder verhört?«, wollte sie wissen und versuchte damit das Thema zu wechseln.

»Sie haben nochmals nach meinem Terminkalender gefragt.«

»Wirklich?«, fragte sie fassungslos.

»Warum wollen sie nicht glauben, dass wir nicht hier waren?«

»Wenn ich das nur wüsste«, murmelte George verzweifelt und raufte sich nochmals die Haare. »Ich habe mit dem Verbrechen nichts zu tun. Ich habe Paul nicht umgebracht, warum sollte ich?«

George schien am Rande eines Nervenzusammenbruchs zu sein.

»Warum sollten sie ausgerechnet dich verdächtigen? Das ist lächerlich! Du warst der Einzige des Teams, der zu dieser Zeit im Urlaub war«, versuchte Mary ihn zu beruhigen. »Stell dir vor, wir wären zur Tatzeit nicht in den Ferien gewesen!«, sagte sie weiter. »Alles wäre wahrscheinlich noch viel schlimmer!«

»Wir sind aber am Nachmittag des Verbrechens von Stanley nach Hongkong gefahren«, stammelte George. »Der Yachthafen und Stanley befinden sich beide bekanntlich auf der Insel Hongkong«, fügte er leise hinzu.

»Keine neunzig Minuten waren wir dort!«, zischte Mary. »Niemand weiß es. Das geht auch niemanden etwas an! Und überhaupt, wir können tun und lassen, was wir wollen, in unseren Ferien!«, schrie sie jetzt George an.

»Und ausgerechnet einige Stunden später geschieht beim Yachthafen ein Mord ...«, murmelte George.

»Wer hätte das gedacht!«, stieß Mary aus. »Wir konnten das nicht wissen!«

Sie war außer sich.

George ging ins Wohnzimmer hinüber, während sie sich der Küche zuwandte.

Warum diese Schnüffelaktionen im Terminkalender von George, fragte sich Mary nervös.

Ihre Gedanken ließen sie nicht mehr los. Gemäß George hatte sich der Konflikt zwischen ihm und Paul in der Bank in letzter Zeit arg zugespitzt, auch wegen der Beförderung von Paul. Eigentlich sollte er froh sein, dass Paul nicht mehr in der Bank war! Jetzt würde endlich George befördert werden! Laut aussprechen durfte sie dies natürlich nicht.

Später beim Nachtessen traute sich Mary, George auf die bevorstehende

Cocktailparty anzusprechen. Vor ihren Ferien hatten sie ein paar Freunde und Bekannte für den zweiten April eingeladen. Mit dem Verbrechen hatte niemand gerechnet.

»Am Samstag, in vier Tagen, findet unsere Cocktailparty statt. Neben Blätterteigköstlichkeiten werde ich einige Platten mit Fisch, Fleisch und Gemüse zubereiten. Für den Wein bist du als großer Kenner wie immer zuständig. Was meinst du?«

»Cocktailparty? Wer denkt denn jetzt an Cocktailpartys!«

»Vor unseren Ferien haben wir doch ein paar Freunde eingeladen! Weißt du das nicht mehr?«, fragte Mary.

Sie war verzweifelt.

»Wir können die Gäste nicht wieder ausladen. Außerdem wird es dir guttun, einen Abend mit Leuten zu verbringen, die nichts mit dem Verbrechen zu tun haben. Ich jedenfalls freue mich darauf!«

»Wenn du meinst«, kam die knappe Antwort.

20

Henry hatte zwei Tage später, am Donnerstag, dem 31. März, den Termin bei Inspektor Cheung. Es war wieder ein schwülwarmer Tag wie so oft im März. Er beschloss, mit der Ferry und nicht mit der Untergrundbahn nach Kowloon hinüberzufahren. Auf der Ferry genoss er die kühle Brise. Über die atemberaubende Sicht auf die berühmte Skyline von Hongkong konnte er sich heute aber nicht freuen. Von der Anlegestelle bis zur Polizeistation war es ein Spaziergang von fünfzehn Minuten, überlegte er. Was der Inspektor wohl noch wissen wollte?

In der Crawford Lane machte er eine Pause. Genau ein Platz war noch frei auf einer der Bänke. Er setzte sich. Die Hitze machte ihm zu schaffen. Es blieben noch zwanzig Minuten bis zum Termin. Er nahm den Notizblock aus seiner Mappe heraus und ging die Liste seiner Fragen nochmals durch. Er hatte vor, den Inspektor zum

Stand der Ermittlungen auszufragen. Vor allem, ob sie in der South China Bank auf eine Spur gestoßen waren.

Wenig später saß er im mächtigen Gebäude Inspektor Cheung gegenüber.

»In welcher Verfassung befand sich Paul Ling in der Zeit vor seinem Tod?«, war die erste Frage des Inspektors.

»Er schien mir wie sonst«, antwortete Henry.

»Hatte Herr Ling Probleme in der Bank? Mit der Arbeit oder mit seinen Mitarbeitern?«

»Ich weiß es nicht, ich bin schließlich nicht in dieser Bank tätig«, erwiderte Henry verärgert.

»Sie sind Paul Ling im Hotel Peninsula auf dem Fest von Herrn Kit begegnet, oder täusche ich mich?«

»Ich bin ihm nicht begegnet.«

»Sie waren aber auf der Party?«

»Ja!«, musste Henry zugeben.

Das war eine klare Aussage. Henry Parker war in die Falle getappt und hatte zugegeben, auf der Party gewesen zu sein.

»Sie sind Paul Ling wirklich nicht auf diesem Event begegnet?«

Der scharfe Blick des Inspektors durchbohrte Henry. Dieser wirkte nervös und verunsichert.

»Nein!«, verkündete er nach einer kurzen Pause.

Der Inspektor schüttelte den Kopf.

»Sie können gehen, aber bleiben Sie in nächster Zeit in Hongkong«, sagte der Inspektor und beendete damit das Gespräch.

»Sind Sie in der South China Bank auf eine mögliche Spur gestoßen?«, konnte Henry endlich fragen, während er sich erhob.

Ohne auf seine Frage einzugehen, führte Inspektor Cheung Henry zum Hauptausgang, wo sie sich verabschiedeten. Nachdenklich kehrte der Inspektor in sein Büro zurück.

In seinem vorläufigen Rapport fasste er die Lage wie folgt zusammen: Zwei Verdächtige, Henry Parker und George Chen. Sie kennen sich, wenn auch nur flüchtig, wie er von George Chen wusste.

Zu Henry Parker notierte er folgende

drei Fragen: »Was ist auf der Party vorgefallen, dass er es verheimlichen will? Ist er Paul Ling dort wirklich nicht begegnet? Warum hat er nach einer möglichen Spur in der Bank gefragt?«

Die nächste Frage betraf George Chen. »Er ist am Montag vor dem Mord gegen siebzehn Uhr in Hongkong gesehen worden. Warum gibt er es nicht zu?«

Nach kurzer Überlegung griff der Inspektor zum Telefon. Eine halbe Stunde später parkte ein weißer BMW bei der Polizeistation. Gregory Kong stieg aus und eilte zum Empfangsschalter. Er hatte einen Termin bei Inspektor Cheung.

21

Gregory Kong saß nun Inspektor Cheung gegenüber. Er war ein hochgewachsener Mann mit sportlicher Figur. Er wirkte jünger als seine fünfundfünfzig Jahre. Zu seinem dunklen Anzug und dem weißen Hemd trug er sein Markenzeichen, die schmale schwarz-weiß horizontal gestreifte Krawatte. Die dichten grauen Haare trug er nach hinten gekämmt.

»Ich habe soeben Henry Parker nochmals verhört«, sagte Inspektor Cheung. »Er hat zugegeben, dass er auf der Party von Tim Kit war. Er behauptet aber, Paul Ling dort nicht gesehen zu haben. Sie waren dort, soviel ich weiß. Sind Sie Henry Parker begegnet?«

»Und ob ich ihm begegnet bin!«, stieß Gregory Kong entrüstet aus.

Der Inspektor beugte sich zu ihm hin. Gregory atmete tief durch. Er schilderte, wie er Henry und Paul Ling Rücken an

Rücken gesehen hatte, während Henry sich mit einem Mann unterhielt.

»Und sie haben sich nicht begrüßt oder miteinander gesprochen?«

»Begrüßt! Drohungen gegenüber Tim Kit hat er zu seinem Gesprächspartner ausgestoßen.«

»Drohungen, sagen Sie?«

Nachdem Gregory dem Inspektor die Worte von Henry Parker wiederholt hatte, schilderte er, wie sich Henry plötzlich umgedreht hatte. Er hatte offensichtlich nicht mit Paul Ling gerechnet. Was danach folgte, hatte auch Gregory schockiert, das wutverzerrte Gesicht von Henry und das blanke Entsetzen bei Paul. Er erzählte weiter, wie in diesem Augenblick eine Frau aufgetaucht und auf Paul zugegangen war. Nachdem sie sich herzlich begrüßt hatten, hatten sie sich zum Buffet aufgemacht.

»Jetzt verstehe ich, warum Henry Parker diese Begegnung verschweigen wollte«, sagte der Inspektor. »Warum hat er nach dem Stand der Ermittlungen in der South China Bank gefragt?«

»Hat er das? Ich weiß es auch nicht«, antwortete Gregory nachdenklich.

»Können Sie sich an den Segelunfall vor etwa drei Jahren erinnern?« fragte er nun den Inspektor.

»Bei dem Unfall ist eine Frau von einem Segelschiff ins Wasser gefallen und tot geborgen worden. Es war während einer Regatta, wenn ich mich richtig erinnere.«

»Ja, der Fall hat hohe Wellen geworfen. Ob es sich um einen Unfall, Selbstmord oder Mord gehandelt hatte, wurde nie zweifelsfrei bewiesen«, ergänzte Gregory Kong.

»Warum sprechen Sie von diesem Fall?«, wollte der Inspektor wissen.

»Henry Parker war der Mann auf dem Segelschiff, die Frau war seine Gattin«, antwortete Gregory.

War Henry Parker der Mann im Segelboot? Seine Frau die Tote? Der Inspektor versuchte sich an den Fall zu erinnern. Nachdenklich musterte er dabei seinen Gesprächspartner.

»Ja, das stimmt«, erwiderte der Inspektor nachdenklich.

»Der Verdacht lastete von Anfang an auf Henry Parker«, sprach Gregory weiter. »Hatte er seine Frau über Bord gestoßen, ermordet? Einen Grund hätte er gehabt. Frau Parker hatte sich bei Herrn Ling über die Brutalität ihres Mannes beklagt. Für Paul Ling war es weder ein Unfall noch Selbstmord gewesen, sondern kaltblütiger Mord. Die Ermittlungen wurden schließlich mangels Beweisen gegen Henry Parker eingestellt und als Unfall protokolliert. Henry Parker wurde freigesprochen.«

»Fehlende Beweise … Ich werde die Unterlagen zu diesem Fall unter die Lupe nehmen«, versprach der Inspektor. »Inspektor Ko leitete damals die Ermittlungen, erinnere ich mich.«

»Das ist richtig«, antwortete Gregory. »Aber zurück zu unserem aktuellen Fall. Falls Henry Parker seine Gattin kaltblütig ermordet hat und er sich als unschuldig aus der Affäre gezogen hat, bleibt er gefährlich«, sagte Gregory. »Hat er Paul Ling ermordet? Henry wusste, dass Paul ihn für den Mörder hielt, aber er war freigesprochen worden. Der Mann muss rund um die Uhr beobachtet werden. Ein zweites Mal soll er nicht davonkommen!«, sprach er weiter und klopfte dabei mit seiner Faust auf den Tisch. »Und jetzt spricht er Drohungen gegen Tim Kit aus!«

Gregory war außer sich.

»Wissen Sie, warum er Drohungen ausgesprochen hat?«, fragte der Inspektor.

»Nein, noch nicht«, sprach Gregory mit fester Stimme, »aber ich werde es herausfinden!«

Der Inspektor versuchte ihn zu beruhigen und versprach, den Mann unter scharfe Beobachtung zu stellen. Wenig später begleitete er Gregory zum Ausgang.

Zurück in seinem Büro, ergänzte der Inspektor seinen Rapport mit der Frage: »Wusste Henry Parker, dass George Chen ein paar Stunden vor der Tatzeit in Hongkong war?«

22

Am nächsten Tag traf sich Inspektor Cheung mit Pamela zu Mittag in einer Cafeteria. Sie trug ein blaues Kleid und hatte ihre Haare zu einem Knoten mit einer blauen Schleife zusammengebunden. Der Inspektor saß schon an einem Tischchen und erhob sich zur Begrüßung. Sie setzten sich und bestellten Kaffee.

»Wie geht es Ihnen?«, fragte er Pamela.

»Gut«, antwortete sie leicht zögernd, was dem Inspektor nicht entging.

»Wissen Sie, ob Ihr Vorgesetzter an dem großen Event im Peninsula-Hotel teilgenommen hat?«, fragte der Inspektor.

»Ja, ich weiß, dass er dort war«, antwortete Pamela nachdenklich.

»Warum wissen Sie es?«

»Ich war auch dort. Ich habe ihn gesehen. Auch Herrn Paul Ling bin ich kurz begegnet, ich wurde ihm von meinem Kollegen vorgestellt. Ich habe sie später nochmals Rücken an Rücken in einem der großen Säle gesehen.«

»Hat er das Fest nie erwähnt?«

»Nein«, erwiderte sie langsam. »Ich wollte ihn an dem Tag darauf ansprechen, als der Zeitungsartikel mit dem Namen des Opfers erschienen ist. Ich wollte wissen, ob er Paul Ling gekannt hat. Ich fragte ihn, ob er die heutige Zeitung gesehen habe. ›Nein‹, hat er geantwortet. Als ich ihm den Namen Paul Ling nannte, zeigte er keine Reaktion. Ich ging davon aus, dass er ihn nicht kannte.«

»Dass sie Segelkollegen waren, hat er nie erwähnt?«, fragte der Inspektor weiter.

»Nein! Waren sie das? Das würde seine miese Laune in letzter Zeit erklären. Einen Kollegen zu verlieren ist schon schlimm genug. Dass er ermordet wurde, ist noch viel schlimmer! Armer Henry!«

Wenig später kehrte Pamela in die Firma zurück.

Der Inspektor hatte sich in die Cafeteria des nahe gelegenen Hotels Park Lane begeben, um das interessante Gespräch mit

Pamela schriftlich festzuhalten. Erst hatte Henry Parker verschwiegen, dass er auf der Party gewesen war, und später gesagt, dass er Paul Ling dort nicht getroffen habe. Seiner Mitarbeiterin hatte er zu verstehen gegeben, dass er Paul Ling gar nicht kannte. Wenigstens stimmten die Aussagen von Gregory Kong mit denjenigen von Pamela Bright überein …

Was steckt hinter diesem Mann? Hat er mit dem Mord von Paul Ling zu tun? War der Unfall seiner Frau doch kein Unfall? War es Mord, wie Paul Ling vermutete? Ich muss die Unterlagen zu diesem Fall nochmals studieren.

23

Nachdem Pamela nach ihrem Treffen mit Inspektor Cheung in die Firma zurückgekehrt war, versuchte sie vergeblich, sich auf ihre Arbeit zu konzentrieren. Paul Ling ein Segelkollege von Henry? Sie konnte es nicht fassen. Der Inspektor jedenfalls wusste es, überlegte sie, ihr gegenüber hatte Henry es nicht zugegeben. Warum?

Henry ging es nicht besser. Er hatte sich den ganzen Nachmittag mit seinem Entwurf zum Flughafenprojekt auseinandergesetzt. Jedenfalls hatte er es versucht. Was hatte Bill mit »Es gibt noch viel zu tun« gemeint? Was genau? Warum wollte er ihm sein Projekt nicht wenigstens ansatzweise vorführen? *Will er mit mir zusammenarbeiten? Alles andere wäre eine Katastrophe ...*

Über das gestrige Gespräch mit dem Inspektor war er weiterhin wütend. *Warum war ich so dumm zuzugeben, dass ich auf der Party von Tim Kit war?* Wenigstens hatte er seine Begegnung mit Paul Ling abgestritten. Er war wütend, dass dieser Inspektor ihm seine kostbare Zeit raubte. Und Pamela! Wenn sie nur bald ginge! Er musste allein sein. Es war schließlich Freitag … der erste April noch dazu … Gegen siebzehn Uhr verabschiedete sie sich endlich. Sie wünschten sich ein schönes Wochenende. Er atmete tief durch. Er wartete noch eine Weile, bevor er sein Dokument zusammenfaltete und einen Notizblock aus seiner Schublade hervorzückte.

»Und nun zu dir, Tim«, stieß er laut aus und lehnte sich in seinem Bürostuhl zurück. Seine Gedanken überschlugen sich nur so. Er musste systematisch vorgehen. Langsam begann er einen Plan aufzustellen. Eine Stunde später machte er sich auf zum nahe gelegenen Hotel Excelsior beim Yachthafen. In der Bar wählte er einen kleinen Tisch im hinteren Bereich aus und setzte sich. Er bestellte einen Gin Tonic. Wenig später beugte er sich wieder über seine Notizen. Es wurde ein längerer Aufenthalt, weitere Gin Tonics folgten …

24

Am nächsten Tag, Samstag, wachte Henry mit Kopfschmerzen auf. Die diversen Gin Tonics ..., aber es hatte sich gelohnt. Er wusste jetzt, was zu tun war. Nur wann genau, war noch offen. Er wusste, es musste in nächster Zeit geschehen. »Dazu brauche ich noch Informationen«, sagte er laut vor sich hin. *Wie komme ich zu diesen Informationen? Erst mal einen Kaffee*, beschloss er und machte sich auf zur Küche. Dort überprüfte er nochmals seine Notizen. Hatte er an alles gedacht?

Wenig später, in blauen Jeans und einem hellgelben Polohemd, begab er sich auf einen Spaziergang im Victoria Park. In Gedanken versunken, hatte er den Mann, der ihm entgegenkam, kaum wahrgenommen. Sie streiften sich. Erschrocken entschuldigte sich Henry.

»Sie sind doch Henry Parker«, sagte der Mann.

Henry musterte ihn. Sein Gesicht erhellte sich, als er ihn erkannte.

»Herr Dick Miller«, sagte Henry. »Wie geht es Ihnen?«

»Sehr gut und Ihnen?«

»Mir geht es auch gut, und wie geht es Tim?«

Henry hatte diesen Mitarbeiter von Tim Kit ab und zu in Sitzungen des Verbandes der Architekten getroffen.

»Er ist sicher mit dem Projekt der Flughafenpiste sehr beschäftigt«, wagte Henry zu fragen.

»Oh, das Projekt ist praktisch fertig! Eine Perle, sage ich Ihnen!«

»Ach ja? Denken Sie, ich könnte ihn mal treffen?«, fragte Henry.

Dick überlegte kurz.

»Nächsten Dienstag hat er einen Termin in Stanley.«

»Das trifft sich gut, wissen Sie, wann er dort sein wird?«

»Es geht um eine Luxusvilla in der Bucht von Stanley. Um elf Uhr hat er den Termin. Am Nachmittag gegen fünfzehn Uhr könnten Sie ihn dort treffen. Soll ich ihm

das ausrichten und einen Termin vereinbaren? Wenn Sie mir Ihre Handynummer
geben, rufe ich Sie an«, bot Dick Miller
hilfsbereit an.

»Nein, nein, so dringend ist es nicht. Zudem fällt mir ein, dass ich Dienstag eine
längere Besprechung bei einem Kunden
habe«, versuchte sich Henry zu retten.
»Aber vielen Dank für Ihre Hilfsbereit-
schaft. Ich muss jetzt leider weiter. Ein
schönes Wochenende wünsche ich Ihnen.«

»Das wünsche ich Ihnen auch, auf
Wiedersehen!«

Stutzig blickte er Henry Parker nach,
bevor er seinen Weg fortsetzte und sein
Mobiltelefon zückte.

»Hallo, hier ist Dick«, meldete er sich.

»Gibt es Neuigkeiten?«, kam es zurück.

»Ja, ich denke, er wird nach Stanley
kommen.«

»Gut!«

Sie hatten sich an ihre Vereinbarung gehalten, telefonische Gespräche so kurz wie
möglich zu führen.

Unterdessen hatte Henry die nächste
Sitzbank erreicht. Er blickte zurück. Dick

Miller war nicht mehr in Sicht. Er ließ sich auf die Bank fallen. Er atmete tief durch. Ein Glück, dass Tim so gutgläubige Mitarbeiter hatte, sagte er sich zufrieden. Vielleicht hätte ihm Dick sogar Tims Projekt verraten, wenn er danach gefragt hätte …

»Also Dienstag in Stanley!«, sagte er mit einem Lächeln leise vor sich hin.

25

An diesem Samstag saß Mary am Küchentisch mit geschnittenem Gemüse vor sich. Die Platten mit Fisch und Fleisch waren vorbereitet. Sie freute sich auf ihre Gäste, die in etwa zwei Stunden eintreffen würden. George war mit Rotwein- und Weißweinflaschen beschäftigt. Mary hatte später ihr lachsfarbenes kurzes Kleid angezogen, George einen hellen Anzug mit hellblauer Krawatte.

Kathy, eine Schulkollegin von Mary, und ihr Mann Andrew trafen als Erste ein. Es folgten Tom und Lara. Tom und George waren seit langem befreundet. Es kamen noch drei weitere Ehepaare. Als es wieder klingelte, wurde es laut im Flur. Es war Geraldine. Sie trug ein weißes halblanges Kleid mit Dreiviertel-Ärmeln. Sie umarmte Mary frenetisch und küsste George auf beide Wangen.

»Ich habe mich auf diesen Abend mit

euch so gefreut!«, sagte Geraldine mit ihrer klangvollen tiefen Stimme.

Sie überreichte Mary einen weißen Blumenstrauß und nahm ihren Hut ab. Mary führte ihren Gast mit dem Stock ins Wohnzimmer.

»Dein Kleid ist reizend, Mary!«, sagte Geraldine, während sie sich setzte und den Stock neben sich auf den Boden legte. Mary lächelte. Sie wusste, wie wichtig ihr der Stock mit dem silbernen Knauf war. Mit dem Strauß eilte Mary wieder in die Küche.

Die Wohnung befand sich im obersten Stockwerk eines Hochhauses. Die Aussicht auf die belebte Nathan Road mit der Insel Hongkong im Hintergrund war umwerfend. Das Wohnzimmer mit den drei großen Fenstern war sehr geschmackvoll mit modernen Möbeln ausgestattet. Geraldine und die weiteren Gäste saßen in den hellen Ledersesseln um einen niedrigen Clubtisch herum, der eine Tischplatte aus Glas hatte. Die gekreuzten Tischbeine waren aus glänzendem Metall. George kam aus dem Esszimmer mit einem Silbertablett mit diversen Gläsern, die er auf die Kommode stellte, die zwischen zwei Fenstern stand. Es klingelte wieder an der Tür.

Dieses Mal standen David und Pamela im Flur. David hatte Mary ein paar Jahre zuvor im Tennisclub kennen gelernt. Sie begrüßten sich herzlich und traten ins Wohnzimmer ein. Die Dame in Weiß! Pamela blieb wie vom Blitz getroffen stehen. Auch Geraldine schien überrascht. Schweigend musterte sie Pamela, die in ihrem meergrünen Cocktailkleid wie angewurzelt dastand, während David die anderen Gäste begrüßte.

»Ihr kennt euch?«, fragten Mary und George gleichzeitig beim Anblick dieser Szene.

»Nein«, antwortete Geraldine.

Pamela schwieg.

»Ihr seid euch offenbar schon begegnet?«, fragte Mary weiter.

Pamela wartete auf die Antwort von Geraldine.

»Ich wüsste nicht, wo«, entgegnete ihr Geraldine.

Mary drehte sich zu Pamela hin und

wollte ihr eine Frage stellen, als George ihr zuvorkam.

»Setzt euch doch«, sagte George zu Pamela und David und wies auf die zweite elegante Ledercouch.

Pamela atmete tief durch. Was wollte Mary von ihr wissen? Was hätte sie antworten sollen? George hatte sie gerettet.

Wenig später unterhielten sich die Gäste bei diversen Getränken und Blätterteigköstlichkeiten über Weine. Trotz der regen Diskussion war Pamela in ihre Gedanken versunken. Wusste Geraldine nicht mehr, dass sich ihre Blicke auf der Ferry vor sechzehn Tagen kurz gekreuzt hatten? Ihre zweite Begegnung war nur einen Tag später gewesen. Die seltsame Szene mit den Männern. Das beschäftigte Pamela weiterhin. *Ich habe sogar ein Bild von ihr, wenn auch nur von hinten*, sagte sie sich. Jetzt fiel ihr ein, dass sie die beiden Männer auf der Aufnahme noch nicht gelöscht hatte. Pamela spürte, wie Geraldines Blick auf ihr ruhte.

Wenig später riss die tiefe Stimme von Geraldine Pamela schlagartig aus ihren Gedanken.

»George, du arbeitest doch in der South China Bank. Hast du auch mit den laufenden Ermittlungen zu tun?«

George hatte sich mit Tom köstlich amüsiert, als die Frage ihn wie ein Blitz traf. Gebannt starrten ihn die Gäste an. Regungslos saß er da. Totenstille.

»Das Verbrechen ist kein Thema!«, fuhr Mary erzürnt dazwischen, während sie die Tür zum Esszimmer öffnete. Sie hatte sie geschlossen, nachdem George die Gläser ins Wohnzimmer gebracht hatte.

»Das Buffet ist eröffnet!«, verkündete sie mit feierlicher Stimme.

Das Thema war vom Tisch …

»Oh«, stieß Geraldine beim Anblick der drei reich garnierten Platten aus.

George atmete auf, während er seine Frau voller Stolz betrachtete. *Diese Selbstbeherrschung! Wenn ich das nur auch hätte …*

Dieses Mal hatte Mary die missliche Situation gerettet. In Pamelas Kopf schwirrten jetzt noch mehr Fragen herum. Was für Ermittlungen? Das Verbrechen? Der Mord im Victoria Park beim Hafen etwa? Hatten

George und Mary mit dem Verbrechen zu tun? Warum wusste Geraldine mehr, als in der Zeitung stand?

Die Gäste schritten zum Esszimmer hinüber, wo die wundervoll angerichteten Platten auf dem Tisch standen. Pamela versuchte in die Nähe von Geraldine zu kommen, erfolglos. Wich ihr Geraldine aus?

Der Abend verlief ohne weitere Pannen. Weder Geraldine noch die anderen Gäste hatten das heikle Thema nochmals angesprochen.

Zu Hause angekommen, ließ sich Pamela seufzend auf die Couch fallen. Sie war völlig aufgewühlt. Einerseits war sie hocherfreut über den Abend, andererseits bitter enttäuscht. Zum dritten Mal war sie der faszinierenden Frau begegnet. Jetzt wusste sie wenigstens, dass sie Geraldine hieß, aber warum hatte sie nicht mit ihr sprechen können? Sie hatte es den ganzen Abend versucht. *David kennt Mary, und Mary kennt Geraldine*, überlegte Pamela weiter. David könnte über Mary die

Telefonnummer von Geraldine ausfindig machen … David würde sie aber nach dem Grund fragen. Sie hatte ihm ihre Begegnungen mit Geraldine mit keinem Wort erwähnt und würde es auch weiterhin nicht tun. Warum auch? Sie wusste aber, dass damit das Problem nicht gelöst war.

Warum interessierte sich Geraldine für das Verbrechen? Hatten die Männer etwas damit zu tun? Was hatte es mit der South China Bank zu tun, fragte sie sich weiter. *Ich muss die Männer auf dem Bild endlich löschen*, fiel ihr wieder ein. *Nicht jetzt!* Fragen über Fragen überschlugen sich in ihrem Kopf. Geraldine schien mehr zu wissen, als ihnen lieb war. Mary wollte unter keinen Umständen über das Verbrechen und die Ermittlungen reden, George schon gar nicht. Der war förmlich zu Eis erstarrt … Das musste einen Grund haben … Würde sie Geraldine die brennenden Fragen jemals stellen können? *Ich muss diese Fragen sorgfältig der Reihe nach auflisten*, beschloss sie und holte ihren Notizblock.

Dieser Abend hatte auch Geraldine aufgewühlt. Mary hatte ihr ein Taxi bestellt, um nach Hause zu fahren. In ihrem Lieblingssessel analysierte sie die Ereignisse dieses Abends. Warum war George bei ihrer Frage so erstarrt? Warum hatte Mary umgehend das Thema gewechselt? War es wegen der anderen Gäste? Und diese junge Frau, die sie so angestarrt hatte … Sie hatte sich als Pamela vorgestellt.

Wo bin ich ihr schon mal begegnet?

Sie strengte sich an. Wo war sie ihr begegnet? Ein Ruck ging durch sie hindurch. In der Crawford Lane! Die Frau mit dem goldgelben Kleid! An dem Tag, als sie den beiden Männern gefolgt war oder es zumindest versucht hatte …

26

Am Montag, dem 4. April, begab sich Henry Parker in seine Firma. Pamela war bereits am Arbeiten, als sie ihn hörte. Nach einer kurzen Begrüßung schritt Henry in sein Büro und schloss die Tür hinter sich. *Er hat wieder schlechte Laune*, sagte sie sich grimmig. *Vermisst er etwa seinen Segelfreund Paul Ling? Soll ich ihm einen Kaffee ans Pult bringen?*

Eine halbe Stunde später klopfte sie leise an seine Tür und öffnete sie. Den Kopf in beide Hände gestützt, saß er an seinem Arbeitstisch vor einem Dokument. Er erschrak, als sie ihn fragte, ob er eine Tasse Kaffee möchte. Er blickte kurz zu ihr auf.

»Es ist schrecklich, was deinem Segelfreund passiert ist«, begann Pamela.

Weiter kam sie nicht.

»Ein Segelfreund?«, brüllte er. »Ich habe zu tun, lass mich arbeiten!«, schrie er.

Sie stürmte zurück in ihr Büro. Sie hatte genug.

»Die Kündigung muss jetzt her«, zischte sie vor sich hin und griff nach ihrem Notizblock. *Von Hand werde ich sie ihm schreiben*, beschloss sie in ihrer Wut.

Auch Henrys Nerven lagen blank. In einer Stunde hatte er den zweiten Termin bei Bill Peng. Er begutachtete nochmals sein Projekt. Die flachen Dächer der Luxuswohnungen hatte er jetzt zu Gärten mit Sträuchern und Blumen umgestaltet. Die Schwimmbäder waren nicht mehr rechteckig, sondern wiesen verschiedene geschwungene Formen auf. Auf dem Papier sah die Anlage jetzt lockerer aus. Gerade war ihm eine gute Idee eingefallen, als Pamela hereingestürmt kam. Nachdem er sie schreiend weggeschickt hatte, versuchte er krampfhaft sich daran zu erinnern. Erfolglos. In einer Wut packte er die Unterlagen in seine Mappe und verließ das Gebäude.

Auf dem Weg zu Bill schwirrten noch immer die Worte von Pamela in seinem Kopf herum. *Wie kommt sie darauf, dass Paul Ling mein Segelfreund war? Was weiß*

*sie noch? Woher? Nach dem aufdring-
lichen Inspektor jetzt seine Mitarbeiterin!*
Er schäumte. *Und was ist mit George?*

Schlechter hätte die Besprechung mit Bill
nicht verlaufen können. Als Henry ihn
bat, sein Projekt mit seinem eigenen zu
vergleichen und Ideen aus beiden Plänen
zusammenzufügen, war Bill ausgerastet.

»Erst wenn du mir ein brauchbares Projekt vorstellst, werde ich mich entscheiden,
mit dir zusammenzuarbeiten. Also, wie
steht's jetzt?«

»Es kommt überhaupt nicht in Frage,
dir meine neuen Gedanken vorzuführen.
Für wen hältst du dich eigentlich?«, schrie
ihn Henry an. »Entweder wir arbeiten von
Anfang an zusammen, oder wir lassen es
bleiben!«

Und wieder packte Henry seine Unterlagen in die Mappe und erhob sich.

Mit den Worten »Überleg es dir nochmals« verabschiedete er sich von Bill.

Er hatte noch einen wichtigen Termin an
diesem Tag und machte sich auf den Weg.

Geduldig hatte Gregory Kong in der Nähe des Geschäftshauses, in dem sich das Architekturunternehmen von Bill Peng befand, gewartet. Als Henry aus dem Gebäude auftauchte, war er in seinen Wagen gestürmt und davongebraust. Nicht lange. Gregory hatte seine Verfolgung aufgenommen. Im dichten Verkehr sah er den weißen Nissan zwischen zwei Mercedes in der Kolonne vor der Ampel stehen. Er überquerte wenig später die Kreuzung und fuhr weiterhin geradeaus, an der Abzweigung zum Straßentunnel nach Kowloon vorbei. *Er bleibt auf der Insel Hongkong*, stellte Gregory fest. *Fährt er etwa nach Kennedy Town?* Den Stadtteil Central hatten sie auf der Schnellstraße durchquert. Die ersten Hochhäuser vor Kennedy Town waren in Sicht. Henry fuhr weiter bis zum alten Kern des Ortes mit seinen niedrigen Häusern und den zahlreichen Werkstätten. Er bog zum Meer ab, stellte seinen Wagen auf einem Parkplatz ab und eilte davon. Gregory hatte Glück. Auch er fand einen freien Parkplatz. Er wartete eine Weile, bevor er ausstieg.

Er folgte nun Henry Parker, der die Straße überquert hatte und um die Ecke verschwunden war. Weiter vorne erblickte er Henry wieder. Scheinbar flanierend, folgte er ihm. Wie ein Tourist hielt er einen Plan von Hongkong und Umgebung vor sich und blickte nach rechts und nach links, ohne Henry aus den Augen zu lassen. Er durfte ihm nicht entwischen. Gregory konzentrierte sich. Plötzlich kam ihm eine große Gruppe Chinesen von rechts her auf dem Gehsteig entgegen. Sie waren laut, die Frauen auffällig gekleidet. Sie benutzten die ganze Breite des Gehsteiges für sich.

Gregory wurde auf die Seite geschubst. Fast wäre ihm der Plan aus der Hand geglitten. Endlich war er an ihnen vorbei. Henry war verschwunden. Gregory fluchte. »Hongkong wird von solchen Gruppen von Festlandchinesen überschwemmt«, schimpfte er vor sich hin. *Wo ist Henry?* Wütend ging er bis zur nächsten Kreuzung weiter.

Der Schuppen, den sein Mitarbeiter Siu Wa damals beschrieben hatte, als er mit dem Motorboot dem kleinen Fischerboot gefolgt war, musste in der Nähe sein, überlegte Gregory vor einer Motorradwerkstatt. Er blickte sich um. Von Henry keine Spur mehr ...

Gregory kehrte zu seinem Wagen zurück. In seinem Notizbuch, das er immer bei sich trug, blätterte er zurück. Es war am Samstag, dem 19. März, gewesen, als er auf der Terrasse des Marco Polo die Blinklichter gesehen hatte und Siu Wa dem Fischerboot gefolgt war. Drei Tage später wurde Paul Ling im Victoria Park erstochen aufgefunden. Und nun Henry Parker in Kennedy Town?

Nichts wie los zum Hotel Marco Polo, sagte er sich und schaltete den Motor ein. Der Verkehr war dichter geworden. Endlich erreichte Gregory das Parkfeld vor der Terrasse des Hotels Marco Polo. Die Uhr hinter seinem Steuerrad zeigte halb acht. Er setzte sich an ein Tischchen und bestellte ein Bitter Lemon.

Er nippte an seinem Glas, während er die majestätische Kulisse mit den gegenüberliegenden Hochhäusern betrachtete. Sie begannen in verschiedenen Farben zu leuchten. Obschon er das gegenüberliegende Financial Center nicht aus den Augen ließ, erschrak er. Die gelben Lichter! Zwei Mal hatten sie geblinkt! »Donnerwetter«, stieß er aus und fixierte nun die Wasserfläche. Das kleine Boot? Er wartete. Nichts. Er wartete weiter. Kein Boot weit und breit. »Das Licht hat nur zwei Mal geblinkt«, sagte er nachdenklich vor sich hin. Das letzte Mal waren es drei Mal gewesen. Ein Code, war Gregory überzeugt. Was hatte es zu bedeuten? Etwa dass Henry Parker in Kennedy Town war? Gregory bezahlte und schritt zu seinem BMW. Er setzte sich, schloss die Tür und zückte sein Smartphone. Nach wenigen Klingeltönen meldete sich Inspektor Cheung.

»Wir müssen uns sehen«, sagte Gregory.

»Ich bin im Büro, ich warte auf Sie«, kam die kurze Antwort.

Sekunden später war Gregory zu ihm unterwegs.

27

Am folgenden Tag, Dienstag, begab sich Pamela zum letzten Mal in Henrys Firma. Er hatte eine Notiz auf ihrem Schreibtisch hinterlassen. »Ich bin heute den ganzen Tag abwesend«, las sie. »Glück gehabt!«, stieß sie erleichtert aus. Sie nahm ihr Kündigungsschreiben aus ihrer Mappe heraus und legte es ihm in sein Postfach. Danach packte sie ihre Sachen, warf den Schlüssel in den Briefkasten und huschte davon. Endlich frei …

An diesem Tag machte sich Henry Parker auf den Weg nach Stanley. Laut Dick Miller hatte Tim Kit heute um elf Uhr einen Termin dort. Die Strecke war kurvenreich und verlief zum Teil hoch über den kleinen malerischen Buchten im Süden der Insel Hongkong. Erst kurz vor Stanley führte die Straße in engen Kurven zum Meer hinab. In Stanley parkte er seinen Wagen auf dem großen Parkfeld und stieg aus. Er hielt Ausschau nach dem gelben Porsche von Tim. Eine ganze Kolonne von Wagen kam die Straße herunter. Ein gelber Wagen! War es Tim? Sie waren so schnell am Parkplatz vorbeigefahren und so dicht aufeinander, dass er nicht sicher war, ob der gelbe Wagen ein Porsche war. Achselzuckend drehte er sich um und beobachtete den Hang über der Straße, an dem sich eine Villa neben der anderen zwischen Palmen reihte. Eine luxuriöser als die andere. In der Bucht sollte Tims Baustelle sein? Kein Kran weit und breit, stellte er fest. Wahrscheinlich war auch diese Villa hinter Palmen vor fremden Blicken geschützt, sagte er sich und konzentrierte sich wieder auf sein Vorhaben.

Wenig später fuhr Gregory Kong in seinem weißen BMW langsam auf das Parkfeld, drehte um und verschwand wieder hinter dem Gebäude, von wo er gekommen war. Henry schlenderte zu den Bäumen hinüber und setzte sich auf eine Bank im Schatten. Einen Augenblick später schritt ein Mann in Jeans und einem weißen Polohemd auf das Parkfeld. Er trug eine tannengrüne Mütze. Er schien nach jemandem Ausschau zu halten. Gregory hatte Henrys weißen Nissan vorher auf dem Parkfeld gesehen. *Er muss in der Nähe sein*, sagte er sich und schritt langsam weiter, bis er Henry Parker auf der Bank erblickte. Gregory schritt wieder zur Bucht zurück, von wo er gekommen war. Henry hatte ihn geistesabwesend wahrgenommen. Er war mit seinen Gedanken beschäftigt. *Soll ich zu Fuß nach dem gelben Wagen Ausschau halten?* Er war unschlüssig.

Ein Bus mit einer Schar Touristen bog auf den Busparkplatz ein. Bunt gekleidete Männer und Frauen, mit Kameras bewaffnet, stiegen aus und begaben sich in Richtung des bekannten Marktes. Mit ihren Mützen und Sonnenbrillen sahen sie aus der Ferne alle gleich aus. Wo war der gelbe Porsche? Es war halb drei. Um elf sollte Tim den Termin gehabt haben. Gegen fünfzehn Uhr würde Tim am Parkfeld entlang zurück nach Hongkong fahren. »Du wirst nicht weit kommen, Tim«, murmelte Henry boshaft vor sich hin und ging in Gedanken seinen Plan nochmals durch. *Es geht alles auf*, befand er, *sofern kein tropischer Platzregen einsetzt.* Vor sechzehn Uhr war laut dem Wetterdienst kein Regen zu erwarten. Er blickte zum Himmel hoch. Wolken begannen sich aufzutürmen.

Henry fuhr wenig später aus dem Parkfeld heraus in die Hauptstraße, die zwischen den Pubs und dem Meer entlangführte. Er starrte auf die wenigen geparkten Wagen. Keiner war gelb. Gregory, der Mann mit der grünen Mütze, beobachtete ihn vom Gehsteig aus. Sein Mitarbeiter Siu Wa hatte den Porsche von Tim gleich um die Ecke in der Seitengasse geparkt. Der Nissan bog ein. »Der gelbe Porsche!«, stieß Henry aus. War Tim in seinem Wagen? Henry suchte nach einer Parklücke. Gregory verfolgte ihn auf dem Gehsteig. Hinter Henry hupte ein aufgeregter Fahrer in einem schwarzen Ford. Er verwarf seine Hände und gab Henry zu verstehen, er solle endlich schneller fahren. Völlig genervt beschleunigte Henry, obwohl er vorne die enge Kurve auf ihn zukommen sah, und hinter ihm der Wahnsinnige, der ihn weiterhin bedrängte. Henry bremste vor der Kurve. »Einen Unfall kann ich jetzt zuletzt brauchen«, fauchte er vor sich hin. In diesem Moment quietschte es hinter ihm. Er erschrak. In der Aufregung streifte er in der Kurve einen geparkten Wagen. Er fuhr weiter. Endlich eine Kreuzung! Er bog nach links ab, der Wagen hinter ihm ebenfalls. Hier gab es die Straße entlang freie Parkplätze. Der schwarze Ford parkte ein. Tief aufatmend fuhr Henry weiter. *Wenn er mich nur nicht anzeigt*, flehte er. »Wo bin ich denn hier?«, fragte er sich. Er kannte sich in Stanley nicht aus. »Bloß weg von hier«, stieß er aus, »Hauptsache, ich werde nicht angezeigt!« Er fuhr noch eine Weile im Quartier herum, bis er endlich ein Schild erblickte, das die Richtung nach Hongkong auswies. Wenig später befand er sich wieder auf der steilen Straße, die aus Stanley den Hang hinaufführte.

Völlig erledigt erreichte er eine Stunde später seine Wohnung. In der Garage begutachtete er den Schaden an seinem Wagen. Die rechte Wagenseite wies von

der Türe bis hinten dunkle breite Kratz-
spuren auf. Er wusste, das wird teuer ...

Eine halbe Stunde später klingelte sein
Telefon in der Wohnung.

»Hier ist Inspektor Cheung.«

»Oh, Inspektor! Guten Tag.«

»Ich habe versucht, Sie heute in der
Firma zu erreichen.«

»Ich hatte Termine auswärts. Worum
geht es?«

»In Stanley wurde heute Nachmittag ein
geparkter Wagen bei einer Streifkollision
beschädigt.«

»Ach so?«

»Der Täter ist einfach weitergefahren.«

Henry bekam weiche Knie. *Hat mich
der Mann im schwarzen Ford angezeigt?*
Er war wütend. *Hätte er mich nicht derart bedrängt, wäre das Missgeschick nicht
passiert, ich hätte die Polizei nicht am Hals
und ich hätte meinen Plan durchführen
können!*

*Der ist an allem schuld. Und jetzt aus-
gerechnet Inspektor Cheung!* Er schäumte.

»Was sagen Sie dazu?«, forderte ihn der
Inspektor auf.

»Wie kommen Sie auf mich?«

Henry versuchte Zeit zu gewinnen. Die dunklen Kratzer an seinem weißen Wagen waren nicht zu übersehen.

»Kommen Sie unverzüglich zum Polizeiposten in die Nathan Road, ich warte auf Sie!«

Gregory Kong hatte den Vorfall, den er beobachtet und gefilmt hatte, gleich Inspektor Cheung mitgeteilt.

»Wir mussten ihn nicht in unsere vereinbarte Falle locken, es hat sich von selbst erledigt«, sprach Gregory und schmunzelte.

»Umso besser«, antwortete der Inspektor. »Kommen Sie vorbei, wenn Sie zurück sind. Wir werden Henry Parker vernehmen.«

Gregory hatte früher als Kriminalkommissar gearbeitet. Seit zwei Jahren war er als Bodyguard tätig. Seit den Drohungen gegen Tim Kit im Peninsula-Hotel hatte er Henry Parker im Visier. Als Bodyguard von Tim Kit …

Gregory hatte mit Tim und seinen Mitarbeitern Vorsichtsmaßnahmen besprochen. Er hatte Henry praktisch rund um die Uhr beobachten lassen. Mal war er selbst dran, mal sein Mitarbeiter Siu Wa. Letzten Samstag hatte sich Dick Miller dazu anerboten. Er war Henry gefolgt, als dieser seine Wohnung verließ und sich in Richtung Victoria Park begab. Gregory hatte eine Skizze des Parkes angefertigt und mit Dick am Abend vor seinem Einsatz besprochen. Dick hatte einen Weg eingeschlagen, auf dem er Henry Parker entgegenkommen würde. Genau nach Anleitung hatte Dick ihm einen Termin in Stanley vorgetäuscht.

Als Henry Parker das riesige Gebäude endlich erreichte, wurde er von einem Beamten zu Inspektor Cheung geführt. Kurz danach stieß Gregory zu ihnen. Als er das Sitzungszimmer betrat, erschrak Henry. Der Mann mit der grünen Mütze!

»Gregory Kong«, stellte sich dieser vor und zog seine Mütze aus.

»Henry Parker«, stammelte Henry.

»Sie waren heute in Stanley«, begann der Inspektor die Vernehmung. »Ist das richtig?«

»Ja!«

Er musste es zugeben, da dieser Mann ihn auf dem Parkfeld gesehen hatte.

»Warum sind Sie nach Stanley gefahren?«, fragte der Inspektor forsch.

»Ich musste einen Bekannten treffen.«

»Haben Sie ihn getroffen?«

»Nur kurz, dann bin ich nach Hongkong zurückgefahren.«

»Sie waren mit Ihrem Wagen unterwegs?«

Sichtlich verunsichert nickte Henry, ohne ein Wort zu sagen. Er hatte Angst, seine Stimme würde ihn verraten. Er riss sich zusammen.

»Kann es sein, dass Sie einen geparkten Wagen in einer Seitengasse gestreift haben?«

»Ich habe nichts bemerkt«, sagte Henry mit ruhiger Stimme.

»Jeder Fahrer würde das bemerken und sicher hören!«

»Sie haben mich gebeten hierherzukommen, nachdem Sie mir von einem

beschädigten Wagen erzählt haben. Nur
weil ich heute in Stanley war, heißt das
noch lange nicht, dass ich etwas damit zu
tun habe!«

»Wo ist Ihr Wagen?«, fragte jetzt Gregory Kong, der bis anhin geschwiegen
hatte.

Vor dieser Frage hatte er am meisten
Angst gehabt.

»Ich habe ihn einem Kollegen aus-
geliehen, als ich zurückkam«, hörte er sich
antworten.

»Wem?«, fragte nun der Inspektor wieder.

»Das muss ich Ihnen nicht sagen«, erwiderte er völlig genervt. »Was soll das
Ganze?«, schrie er die Männer an.

»Herr Kong wird Ihnen schildern, was
er heute Nachmittag in Stanley beobachtet
hat.«

Gregory beschrieb, wie ein weißer Nissan in der Seitengasse einen dunklen geparkten Wagen streifte und weiterfuhr,
ohne sich um den Schaden am fremden
Wagen zu kümmern.

»Es stimmt, dass ich einen weißen Nissan

besitze, aber davon gibt es viele. Warum sollte ich es gewesen sein?«

»Weil es einen stichfesten Beweis gibt«, antwortete Gregory langsam, während sein Blick Henry durchbohrte.

»Wo?«

Henry fiel gerade nichts anderes ein.

»Hier«, antwortete Gregory und zückte seine kleine Filmkamera.

Henry starrte auf das Gerät, auf dem er zu sehen war, wie er den Wagen streifte und weiterfuhr. Die Schäden am geparkten Wagen sowie am Nissan waren gut zu erkennen.

»Haben Sie auch den Wagen hinter mir gefilmt?«, fiel Henry ein.

Gregory ließ den Film nochmals laufen. Der Wagen war kurz zu sehen. Sein Kennzeichen war nicht auf dem Bild.

»Dieser Wagen hat mich derart bedrängt, dass mir das Missgeschick passiert ist«, gab Henry wütend zu.

»Das Missgeschick! Dass Sie einfach weitergefahren sind, hat mit diesem Verkehrsteilnehmer nichts zu tun!«, gab der Inspektor mit zorniger Stimme von sich.

»Der Geschädigte wird sich übrigens bei Ihnen melden, wir haben ihm Ihre Koordinaten gegeben. Wegen Fahrerflucht bleiben Sie vorläufig ein paar Tage hier!«, fuhr der Inspektor fort.

»Das geht nicht! Was ist mit meiner Firma?«

»Sie haben eine Assistentin, einen Moment ... Pamela Bright, wenn ich mich richtig erinnere. Ich werde sie morgen kontaktieren.«

Mit diesen Worten beendete Inspektor Cheung diese erste Vernehmung. Henry schien der Boden unter den Füßen wegzugleiten. Zwei Beamte kamen herein und führten Henry ab. Er wurde in eine Zelle gesteckt. Da sich Polizeiposten und Gefängnisse in Hongkong immer im selben Gebäude befinden, war es kein weiter Weg dorthin.

»Ich rufe Sie demnächst an«, sagte der Inspektor zu Gregory, bevor dieser sich verabschiedete.

Gregory war danach zu Tim in die Firma geeilt.

Tim erwartete ihn gespannt.

»Wie ist es dir ergangen?«

»So wie erwartet«, erwiderte Gregory. »Henry war gegen halb drei Uhr auf dem großen Parkfeld am Eingang von Stanley.«

Tim schüttelte den Kopf.

»Hat er es tatsächlich auf mich abgesehen?«

»Es sieht so aus! Jedenfalls ist er voll in die Falle von Dick getappt«, sagte Gregory nicht ohne Stolz.

»Was ist dann passiert?«, wollte Tim ungeduldig wissen.

Gregory schilderte ihm, wie Henry den Porsche entdeckt hatte und verzweifelt nach einer Parklücke im Seitengässchen gesucht hatte.

»Der Wagen hinter ihm hat ihn derart bedrängt, dass er in der Kurve einen geparkten Wagen gestreift hat. Er ist weitergefahren, ohne sich um den Schaden zu kümmern. Er ist nach Hongkong zurückgefahren. Mein Mitarbeiter ist ihm auf sicherer Distanz in deinem Porsche gefolgt. Ich habe den Vorfall sowie die Schäden an beiden Wagen genau gefilmt und Inspektor

Cheung darüber informiert. Zusammen haben wir Henry Parker beim Inspektor vernommen. Er wollte alles abstreiten, bis ich ihm den Film gezeigt habe. Er ist jetzt für ein paar Tage in Haft.«

»Das wird eine saftige Strafe geben! Ich möchte nicht in seiner Haut stecken«, sagte Tim kopfschüttelnd.

»Ist er am Mord von Paul Ling beteiligt oder gar der Mörder? Viele Fragen sind noch offen, was ihn betrifft«, sagte Gregory nachdenklich.

»Hast du Lust auf ein Gläschen Wein?«, fragte ihn Tim.

»Gute Idee nach diesem ereignisreichen Tag, aber ich muss noch fahren. Ein ganz kleines Gläschen nur. Übrigens wird dir morgen mein Mitarbeiter Siu Wa deinen Wagen zurückbringen.«

Eine Stunde später fuhr Gregory nach Hause.

28

Pamela war am nächsten Tag, Mittwoch, spät aufgestanden. Nach dem köstlichen Frühstück, das sie sich zubereitet hatte, holte sie die Zeitung aus dem Briefkasten.

In der Rubrik »Weitere lokale Meldungen« war unter anderem von einem weißen Nissan die Rede. Er hatte gestern Nachmittag in Stanley einen geparkten Wagen gestreift und war einfach weitergefahren, ohne sich um den Schaden am fremden Wagen gekümmert zu haben. Es handelte sich um einen Mann, war weiter zu lesen. »Ein weißer Nissan?«, sprach sie vor sich. *Henry hat auch einen weißen Nissan*, überlegte sie. *Aber solche Wagen gibt es zu Tausenden in Hongkong. Gestern war er den ganzen Tag abwesend.* Seine Notiz hatte sie in der Eile in ihrer Tasche verstaut. *Alles Zufall? Er wird jetzt wohl meine Kündigung gelesen haben, falls er nicht im Gefängnis sitzt …*

In diesem Augenblick klingelte ihr Telefon. Sie eilte ins Wohnzimmer.

»Inspektor Cheung, guten Morgen, Frau Bright.«

Pamela verschlug es die Sprache.

»Guten Morgen, Inspektor«, begrüßte sie ihn mit fragender Stimme.

»In der Firma von Herrn Parker hat niemand das Telefon beantwortet, deshalb melde ich mich bei Ihnen privat. Gehen Sie heute noch hin?«

»Nein«, antwortete sie mit erstickter Stimme. »Ich habe ihm gestern meine Kündigung in sein Postfach gelegt.«

»Ach ja? Weiß er das?«

»Ich nehme an, er war heute früh im Büro und hat seine Post durchgesehen«, antwortete Pamela verunsichert.

»Er war nicht dort und wird in den nächsten Tagen auch nicht kommen. Darf ich Sie bitten, einmal pro Tag vorbeizuschauen und das Nötigste zu erledigen?«

Ein unheimlicher Gedanke überfiel sie.

»Wo ist er?«

»Ich kann Ihnen zurzeit keine weiteren Informationen geben«, kam die Antwort.

»Ist er der Mann mit dem weißen Nissan, der gestern in Stanley war?«

Ihre Stimme zitterte.

»Wir werden Sie zu gegebener Zeit informieren«, versprach der Inspektor. »Machen Sie sich keine Sorgen, ich melde mich wieder.«

So verabschiedete sich Inspektor Cheung.

Regungslos blieb Pamela stehen. Was hatte der Inspektor gesagt? Henry würde in den nächsten Tagen nicht mehr kommen? *Ich muss weiterhin in die Firma gehen? Wozu? Was ist das Nötigste?* Sie war wütend, aber gleichzeitig machte sie sich Sorgen um Henry. Er hatte sich in letzter Zeit verändert. Seit wann eigentlich? Sie konzentrierte sich. »Seit dem Mord an Paul Ling!«, sagte sie nach einer Weile laut vor sich hin. Er hatte Paul Ling gekannt, wollte es ihr aber nicht zugeben. Der Inspektor hatte es gesagt. Hat er etwa mit dem Verbrechen im Victoria Park zu tun? Und jetzt das … Ihr wurde schwindlig. Sie versuchte sich zu beruhigen. »Ein paar Tage« hieß wahrscheinlich, dass er nächsten Montag wiederkommen würde.

Sie beschloss, nach Kowloon zu fahren anstatt in die Firma. Die frische Luft auf der Ferry würde ihr guttun.

Wenig später stieg sie aus der Ferry aus und begab sich in die Nathan Road. Aber die Worte des Inspektors ließen sie nicht los. Selbst die wundervollen Schmuckauslagen in den Schaufenstern konnten sie nicht ablenken, obschon sie Schmuck liebte.

Bei den Sitzbänken in der Crawford Lane sah sie sich nach einem freien Platz um, als sie sie erblickte. Geraldine! Ganz in Weiß mit dem Stock vor sich saß sie wieder da. Neben ihr war ein Platz frei. Pamela ging zu ihr hin und stellte sich vor. Geraldine erkannte sie dieses Mal.

»Darf ich mich zu Ihnen setzen?«, fragte Pamela schüchtern.

»Ja! Setzen Sie sich!«

Ob Geraldine sich darüber freute, dessen war sich Pamela nicht so sicher. Sie schien verärgert, als sie sie ansprach.

»Es war ein wunderbarer Abend bei Mary und George, nicht wahr?«

»Ja, ein schönes Fest«, antwortete Geraldine und schwieg wieder.

Geraldine tat so, als konzentriere sie sich auf die vorbeispazierenden Leute. Pamela ihrerseits versuchte mit der schweigsamen Frau ins Gespräch zu kommen.

»Ich war auf der Party von Herrn Kit im Peninsula-Hotel.«

Konnte sie auf diesem Weg die Aufmerksamkeit der Frau gewinnen? Gespannt wartete sie auf ihre Reaktion.

»Ach so«, war ihr einziger Kommentar.

Verzweifelt versuchte Pamela den Mordfall im Victoria Park ins Gespräch zu bringen.

»Ich habe dort Herrn Paul Ling getroffen.«

Dieser Versuch schien Geraldines Interesse zu wecken.

»Kennen Sie ihn?«, fragte sie.

»Nein, ich kenne ihn nicht, ich wurde ihm nur vorgestellt«, antworte Pamela. »Aber mein Vorgesetzter kannte ihn«, sprach sie weiter.

»Ach so«, kam in mürrischem Ton.

Pamela startete einen letzten Versuch.

»Das letzte Mal, als ich Sie hier sitzen sah, sind Sie zwei Männern gefolgt.«

»Und?«

»Ich habe ein Bild von Ihnen und den Männern gemacht. Ich kann es Ihnen zeigen.«

Sie zückte ihr Smartphone aus der Tasche und zeigte Geraldine die Aufnahme.

»Fotografieren Sie immer fremde Leute?«, fragte Geraldine in gereiztem Ton und blickte kurz darauf.

»Eigentlich nicht«, stammelte Pamela und verstaute das Telefon wieder in ihrer Tasche.

Sie hatte genug. Sie stand auf, verabschiedete sich und drehte sich um.

»Warten Sie, zeigen Sie es mir nochmals«, hörte sie Geraldines aufgeregte Stimme.

Erstaunt drehte sich Pamela um und griff nochmals nach dem Telefon in ihrer Tasche.

»Das ist interessant«, murmelte Geraldine nachdenklich beim Betrachten des Bildes. »Könnte ich eine Kopie haben?«

»Da vorne ist ein Fotogeschäft. Die können es sicher kopieren und auf Papier drucken«, sagte Pamela hilfsbereit. »Ich gehe schnell hin.«

»Das wäre sehr nett von Ihnen«, sagte Geraldine jetzt in freundlichem Ton.

Wenig später kam Pamela zurück und überreichte ihr das Bild.

»Sagen Sie mir, was ich Ihnen schulde.«

»Das ist nicht der Rede wert. Ich bin froh, dass ich Ihnen dienen konnte. Kennen Sie die Männer?«

»Nein!«, antwortete Geraldine wieder in gereiztem Ton.

»Auf Wiedersehen«, sagte Pamela und drehte sich um, ohne auf eine Erwiderung zu warten. Wütend kehrte sie nach Hause zurück und rief David an.

»Hallo David, hier ist Pamela!«

»Oh, hallo Pamela, wie geht es dir?«

»Nicht gut, können wir uns sehen?«

»Ich schlage vor, wir essen heute Abend zusammen. Wie wäre es mit dem Golden China Restaurant in der Jubilee Street, um zwanzig Uhr? Du weißt, wo?«

»Ja, wir waren auch schon dort, nicht weit von der Ferry-Anlegestelle.«

»Genau, bis dann!«

Geraldine hingegen freute sich über die Aufnahme. *Ich werde sie George und Mary zeigen. Vielleicht wissen sie, wer die Männer sind. Aber zuerst gehe ich gleich zu Inspektor Cheung damit*, beschloss sie und machte sich auf den kurzen Weg zu ihm.

Der Inspektor holte Geraldine beim Empfang selber ab. Da sie ohne Voranmeldung gekommen war, hatte sie vielleicht interessante Informationen, sagte er sich. Er hoffte es. Wenig später saß sie dem Inspektor gegenüber und erzählte von ihrer Begegnung mit Pamela Bright.

»Sie kennen sie?«, fragte der Inspektor erstaunt.

»Ich habe sie nur einmal getroffen, bei einer Cocktail-Party«, erklärte Geraldine. »Sie kennen sie offensichtlich auch!«

»Ja, das hat aber mit den laufenden Ermittlungen zu tun, mehr kann ich nicht sagen.«

»Sie meinen den Mord im Victoria Park?«

»Wie gesagt, solange die Ermittlungen nicht abgeschlossen sind, kann ich nichts dazu sagen.«

Das werde ich mir merken, sagte sie sich aufgeregt. *Was hat Pamela mit dem Verbrechen zu tun?*, rätselte Geraldine und zückte das Bild hervor.

»Sie hat mir heute dieses Bild gezeigt und war so freundlich, eine Kopie anfertigen zu lassen. Das sind die beiden Männer, die mir so verdächtig vorgekommen sind.«

Inspektor Cheung beugte sich über die Aufnahme.

»Das ist bemerkenswert«, sagte er. »Gut, dass Sie gekommen sind. Ich hoffe, es wird uns weiterhelfen. Kann ich sie behalten?«

»Ich nehme sie wieder mit, aber machen Sie sich eine Kopie«, schlug Geraldine vor.

»Wer ist der Mann, der gestern in Stanley Fahrerflucht begangen hat?«, wollte Geraldine wissen. »Ich habe es in der Zeitung gelesen.«

»Auch dazu geben wir noch keine Informationen an die Öffentlichkeit«, antwortete der Inspektor.

»Ich hoffe, das Bild hilft Ihnen weiter«, sagte Geraldine. »Ich bin gespannt, ob diese Männer beim Mord von Herrn Ling eine Rolle gespielt haben. Sollte ich auf weitere Informationen stoßen, komme ich wieder«, versprach sie.

»Sehr gerne, ich danke Ihnen«, sagte Inspektor Cheung und begleitete Geraldine zum Ausgang.

Nachdem Geraldine sich verabschiedet hatte, schrieb er folgende Notiz: »Warum hat Pamela Bright die Szene mit Geraldine fotografiert?« Danach wählte er die Nummer von Gregory Kong.

»Können Sie morgen um siebzehn Uhr bei mir sein?«, fragte der Inspektor.

»Ich komme«, war seine kurze Antwort.

Als Geraldine aus dem Gebäude herauskam, hatte sie wieder das Gefühl, dass sie beobachtet wurde.

Es war nicht nur ein Gefühl. Ein Mann hatte sie und Pamela auf der Bank in der Crawford Lane aus sicherer Distanz beobachtet. Er hatte gesehen, wie die junge Frau der älteren ihr Smartphone zeigte und wie sie später zum nahe gelegenen Fotogeschäft geeilt war. Das Blatt Papier, mit welchem sie das Geschäft verlassen hatte, übergab sie der Frau in Weiß, die auf der Bank auf sie gewartet hatte.

Wenig später hatte er beobachtet, wie sie in dem großen Polizeiposten verschwunden war. Er war ihr danach bis zur Canton Road gefolgt, wo sie den großen Wohnblock betrat. Vom gegenüberliegenden Park aus hatte er das Gebäude beobachtet.

Ein paar Stunden später begab sich Pamela ins Golden China Restaurant. Sie hatte ihre schwarzen weiten Hosen angezogen und ein enges schwarzes Oberteil. Ihre Haare hatte sie hochgesteckt. Sie wurde zu einem Tisch im hinteren Bereich geführt, wo sie sich setzte. Wenig später schritt David auf ihren Tisch zu. Mit seinen dunkelblauen Hosen, dem dunkelroten Ledergurt mit goldener Schnalle und dem hellblauen Hemd fiel er auf in Hongkong, wo die Männer in höheren Positionen stets dunkle Anzüge tragen. Nach ihrer Begrüßung setzte er sich zu ihr und musterte sie fragend.

»Du siehst gut aus, sagst mir aber, es gehe dir nicht gut?«

»Hast du die Zeitung heute gelesen?«, fragte Pamela.

»Meinst du den kurzen Bericht über den Vorfall gestern in Stanley?«

»Ja, genau.«

»Auf solche Schlagzeilen stürzen sich die Medien, danach hört man nichts mehr darüber. So war es auch mit dem Mord im Victoria Park. Es wurde nie viel darüber berichtet. Aber warum fragst du?«

»Ich habe das Gefühl, ich kenne den Mann!«, sagte Pamela mit gequälter Stimme.

»Du meinst den, der Fahrerflucht begangen hat, nicht den Geschädigten?«, fragte David erstaunt.

»Ich habe gestern meine Arbeitsstelle gekündigt, es war nicht mehr auszuhalten«, begann Pamela.

David unterbrach sie.

»Was hat das mit dem Fall von gestern zu tun?«

»Mein Vorgesetzter war gestern den ganzen Tag abwesend, und er fährt einen weißen Nissan.«

»Und deswegen sollte er es gewesen sein?«

»Heute Morgen hat mich Inspektor

Cheung angerufen, Henry Parker würde für ein paar Tage nicht mehr kommen, ich soll mich weiterhin jeden Tag in seiner Firma um das Nötigste kümmern.«

»Eigenartig«, erwiderte David nachdenklich. »Wo ist er?«

»Die Frage habe ich dem Inspektor auch gestellt. Er würde mir zu gegebener Zeit Auskunft geben, war seine Antwort.«

»Also der Inspektor weiß, wo er steckt«, fasste David die Sachlage zusammen. »Vielleicht geht es um etwas ganz anderes, das mit dem Zeitungsartikel nichts zu tun hat«, sagte er weiter.

»Vielleicht, aber es ändert nichts daran, dass er in nächster Zeit nicht in seiner Firma sein wird«, wiederholte Pamela die Worte des Inspektors. »Das Flughafenprojekt war ihm so wichtig«, sprach sie weiter. »Es muss etwas Schlimmes vorgefallen sein! Jetzt fällt mir ein, dass ich gestern den Schlüssel zur Firma in den Briefkasten geworfen habe. Ich komme gar nicht mehr hinein.«

Die Fischgerichte, die sie bestellt hatten, wurden ihnen vorgesetzt. Ein herrlicher

Curryduft breitete sich über dem Tisch aus. Der Rosé-Wein, den David bestellt hatte, stand schon auf dem Tisch.

»Na, lassen wir uns die Laune nicht verderben und stoßen wir auf deine neue Freiheit an!«, schlug David vor, während er zum Glas griff. »Was hast du vor?«

Damit war Henry Parker vorläufig kein Thema mehr.

»Gib mir Bescheid, sobald du Neues erfährst«, sagte David später, als sie das Restaurant verließen.

»Auf jeden Fall«, versprach Pamela. »Morgen werde ich den Inspektor anrufen! Beschafft er mir den Briefkastenschlüssel, damit ich wieder Zugang zur Firma habe, wissen wir, wo sich Henry Parker befindet. Ich halte dich auf dem Laufenden! Vielen Dank, dass du dir für mich Zeit genommen hast.«

»Es war mir ein Vergnügen, pass auf dich auf!«

Zu Hause löschte sie das Bild von Geraldine mit den beiden Männern.

Während Pamela mit David im Restaurant war, hatte sich George nach der Arbeit auf einen entspannten Abend zu Hause gefreut. Bis das Telefon klingelte.

»Hier ist Geraldine«, hörte Mary.

»Oh, hallo Geraldine, wie geht es dir?«

»Kann ich kurz vorbeikommen?«

»Ja klar, komm zu einem weißen Martini, den liebst du doch!«

»Nein!«, stieß George im Hintergrund zu spät aus. Seit langem war er nicht mehr so entspannt gewesen. Musste das sein!

»Danke, ich nehme gleich ein Taxi!«

Eine halbe Stunde später saß Geraldine mit George und Mary im Wohnzimmer.

»Was gibt es Neues?«, fragte Mary gespannt.

»Stellt euch vor, ich bin heute dieser Pamela in der Crawford Lane begegnet. Außer Belanglosigkeiten, die sie von sich gegeben hat, hat sie mir ein Bild auf ihrem Smartphone gezeigt. Es handelt sich um die zwei Männer, die mir verdächtig vorgekommen sind.«

»Welche Männer?«, fragten Mary und George gleichzeitig.

Geraldine schilderte ihnen die Szene, die sich damals abgespielt hatte, wie sie versucht hatte, den Männern zu folgen, und die Worte, die sie gehört hatte.

»Wann war das?«, fragte Mary.

»Am Freitag, dem 18. März, drei Tage vor dem Verbrechen im Victoria Park.«

»Und Pamela hat die Szene fotografiert?«, fragte Mary erstaunt weiter.

»Ja!«

»Daher kennt ihr euch also«, fuhr George dazwischen.

»Ich kannte sie vor eurer Cocktailparty nicht«, korrigierte sie George.

»Hat Pamela einen Bezug zu den Männern?«, wollte Mary wissen.

»Sie kennt sie auch nicht, hat sie gesagt«, antwortete Geraldine.

»Dann ist ja alles gut«, sagte George. »Leider konnten wir dir nicht weiterhelfen.«

Wenig später verabschiedete sich Geraldine. Dass sie eine Kopie des Bildes hatte und sie sie der Polizei gezeigt hatte, hatte sie ihnen bewusst verschwiegen.

29

Am nächsten Tag, Donnerstag, den 7. April, klingelte das Telefon bei Inspektor Cheung.

»Inspektor Cheung hier.«

Eine aufgeregte Stimme meldete sich.

»Guten Morgen, Herr Inspektor. Als ich in die Firma von Herrn Parker gehen wollte, merkte ich, dass ich den Schlüssel nicht mehr habe. Ich habe ihn in den Briefkasten geworfen, als ich die Firma vorgestern verlassen habe. Was soll ich tun?«

Der Inspektor überlegte kurz.

»Ich melde mich bei Ihnen, ich muss jetzt kurz weg«, antwortete er.

»Ja, vielen Dank, auf Wiederhören.«

Der Inspektor war verärgert. Er hatte nicht mehr daran gedacht, dass Pamela Bright gekündigt hatte. Er musste von Henry Parker den Briefkastenschlüssel verlangen, der noch gar nicht wusste, dass seine Mitarbeiterin gekündigt hatte. Zudem würde er Pamela preisgeben, dass

Henry Parker verhaftet worden war. Er hatte ihr mitgeteilt, dass dieser in nächster Zeit nicht in der Firma erscheinen würde und dass er somit wusste, wo Henry Parker sich befand. Er lehnte sich in seinem Sessel zurück und atmete tief durch.

Pamela beschloss, später zum alten Quartier von Hongkong zu spazieren, das sich nicht weit weg von ihrer Wohnung befand. Unterwegs klingelte ihr Mobiltelefon. David war am Apparat.

»Mary hat mich nach deiner Mobiltelefonnummer gefragt. Ich habe sie ihr gegeben, ich hoffe, das ist in Ordnung?«

»Mary? Ja klar. Ich bin gespannt, was sie will.«

Wenig später klingelte ihr Telefon wieder.

»Hier ist Mary. Ich habe David nach deiner Nummer gefragt.«

»Hallo Mary, welche Überraschung!«, meldete sich Pamela.

»Wo bist du zurzeit?«

»Im alten Quartier, beim kleinen Man Mo Tempel. Warum fragst du?«

»Ich dachte, wir könnten uns in Kowloon zu einem Kaffee treffen, aber da du auf der Insel Hongkong bist, melde ich mich ein anderes Mal wieder.«

»Gerne, vielen Dank und auf bald«, verabschiedete sich Pamela.

Sie spazierte in der Hollywood Road am Tempel vorbei und versuchte sich auf die Schaufenster der zahlreichen Antiquitätengeschäfte zu konzentrieren. Ihre Gedanken drifteten aber unaufhörlich zu Henry Parker. Zur Entspannung kaufte sie eine Zeitschrift und setzte sich draußen an einen Tisch eines der zahlreichen kleinen Restaurants. Sie bestellte ein Mineralwasser und vertiefte sich in die Seiten, die Mode betrafen. Wolken zogen auf, die etwas Abkühlung brachten, trotz der hohen Luftfeuchtigkeit. Nachdem sie auch die Kochrezepte studiert hatte, die gesunde Ernährung versprachen, wurde es immer dunkler. Sie bezahlte und setzte ihren Spaziergang fort. Sie versuchte ihre zurückgewonnene Freiheit seit ihrer Kündigung vor zwei Tagen zu genießen. Es gelang ihr aber nicht. Sie beschloss, nach Hause zurückzukehren. Ein Platzregen hatte eingesetzt. Sie flüchtete unter einen riesigen Baum. Sie zückte ihr Smartphone aus der Handtasche und wählte die Nummer einer Freundin. Nach dem kurzen Gespräch wartete sie, bis der Regen aufhörte, und setzte ihren Weg fort.

Ihr Mobiltelefon hielt sie noch immer in der Hand, als sie von einem Mann forsch weggestoßen wurde. Sie hatte ihr Gleichgewicht verloren. Obwohl sich immer viele Leute in dieser Gegend herumtummelten, war sie über diese Rücksichtslosigkeit entrüstet. »Wo bleibt der Anstand!«, schimpfte sie vor sich hin. Ihre Handtasche war dabei von ihrer Schulter heruntergeglitten. Reflexartig hatte sie sie mit der Hand aufgefangen, bevor sie auf den Boden schlug. Sie zupfte ihr weißes Oberteil und ihren tannengrünen kurzen Rock zurecht und schritt langsam weiter. Mit einem Ruck blieb sie stehen. »Wo ist mein Smartphone?«, stieß sie laut aus. Sie hatte es in der Hand gehalten, als der Mann sie umgestoßen hatte. Schnell ging sie die paar Schritte zurück. Das Telefon lag zertrümmert auf dem nassen Gehsteig. Ihr rotes Smartphone!

»Haben Sie den Mann gesehen, der mich umgestoßen hat?«, fragte sie die Person, die in ihrer Nähe stand.

»Nein«, antwortete der Mann freundlich, den sie um die vierzig Jahre alt schätzte.

»Mein Smartphone ist mir dabei aus der Hand gefallen! Jemand muss daraufgetreten sein«, sagte sie und zeigte es ihm.

Der Mann blickte kurz darauf und überreichte ihr seines.

»Falls Sie jemanden informieren möchten ...«

»Vielen Dank, ich rufe die Polizei an, und wenn ich darf, einen Kollegen, damit er Bescheid weiß«, sagte sie dem hilfsbereiten Mann.

»Ja, klar!«

Sie wählte zuerst die Nummer von David, die sie zum Glück auswendig kannte, und informierte ihn über die Geschehnisse.

»Ich rufe jetzt Inspektor Cheung an.«

»Ja, mach das und melde dich, sobald

du ein neues Mobiltelefon hast. Du willst sicher wieder ein rotes …«, fügte er hinzu.

Sie wählte nun die Nummer von Inspektor Cheung.

»Inspektor Cheung«, meldete er sich.

»Hier ist Pamela Bright. Mein Mobiltelefon ist zertrümmert«, sagte sie in einem Atemzug.

Er ahnte nichts Gutes.

»Was ist passiert?«

»Ich wurde von einem Mann umgestoßen, dabei ist mir das Telefon aus der Hand gefallen. Jemand muss daraufgetreten sein.«

»Kommen Sie gleich vorbei, ich erwarte Sie.«

»Vielen Dank, aber es wird etwas dauern. Ich bin auf der Insel Hongkong, und Sie sind in Kowloon.«

»Macht nichts, ich warte auf Sie.«

Etwa eine Stunde später erreichte Pamela das riesige Gebäude und wurde zu Inspektor Cheung geführt. Sie saßen sich am langen Tisch gegenüber. Der Inspektor hatte einen Notizblock vor sich und machte sich immer wieder Notizen zu den Aussagen von Pamela. Er hörte ihr aufmerksam zu, als sie berichtete, wie sie rücksichtslos umgestoßen worden war und ihr das Handy aus der Hand gefallen war.

»Können Sie den Mann beschreiben?«

»Leider nein, er war schon weg, als ich mein Gleichgewicht wiedergefunden hatte.«

»Schildern Sie mir genau, was ab dem Moment, als Sie Ihre Wohnung verlassen haben, bis zu diesem Vorfall passiert ist«, forderte er sie auf.

»Nachdem Sie mich zu Hause angerufen haben«, begann Pamela, »habe ich beschlossen, einen Spaziergang durch das alte Quartier zu machen. Ich musste meine Gedanken ordnen.«

Sie schilderte, wie David Brown sie auf dem Weg dorthin angerufen hatte. Eine Bekannte hatte von ihm ihre Smartphone-Nummer verlangt, und David hatte sie ihr gegeben. »Später rief sie tatsächlich an«, erzählte Pamela.

»Wie heißt diese Bekannte?«, fragte der Inspektor.

»Mary Chen«, kam es wie aus der Pistole geschossen.

Der Inspektor stockte kurz, bevor er die nächste Frage stellte.

»Ist sie verheiratet?«

»Ja, ihr Mann George soll in einer Bank tätig sein«, antwortete Pamela, erstaunt über diese Frage, was dem Inspektor nicht entging.

Er wollte sich vergewissern, dass es sich um die Frau von George Chen handelte, denn der Familienname Chen kommt in Hongkong häufig vor.

»Was wollte sie von Ihnen?«, fragte er.

»Wir sollten uns mal treffen, aber da ich auf der Insel Hongkong war und sie in Kowloon, sagte sie, sie werde sich ein anderes Mal wieder melden.«

»Das ist alles?«

»Ja! Sie wollte wissen, wo ich gerade war. ›Vor dem Man Mo Tempel‹, habe ich geantwortet«, schilderte Pamela.

»Haben Sie oft Kontakt mit ihr?«

»Nein, eigentlich nie.«

»Wie haben Sie Mary Chen kennengelernt?«, wollte der Inspektor wissen.

Pamela schilderte den Abend, den sie dort mit weiteren Gästen verbracht hatte. Als sie die seltsame Reaktion von George auf die Frage nach den Ermittlungen in der Bank beschrieb, beugte sich Inspektor Cheung zu ihr hin.

»Wer hat die Frage gestellt, wissen Sie das noch?«

»Sicher, eine ältere Dame, eine Engländerin. Sie schienen sich sehr gut zu kennen«, fügte Pamela hinzu.

Geraldine Hope, wusste der Inspektor gleich und machte sich eine Notiz.

»Kommen wir zum heutigen Vorfall zurück«, sagte er nach einer kurzen Pause. »Jemand ist auf Ihr Smartphone getreten, sagen Sie?«

»Es lag zertrümmert auf dem Gehsteig«, sagte sie und griff danach in ihre Handtasche. »Hier ist es!«

»Haben Sie wichtige Informationen darin gespeichert, Mails oder etwa Fotografien?«

Gespannt wartete er auf ihre Antwort.

»Nein, nur kurze, belanglose Mitteilungen an Bekannte. Ich gehöre nicht zu den Leuten, die ständig auf ihre Smartphones starren oder schreiben.«

»Auch keine Fotografien?«, fragte er und blickte sie scharf an.

»Nein … das heißt, ich hatte ein Bild«, gestand Pamela. »Ich habe es gestern Abend gelöscht.«

»Was war auf dem Bild?«

Pamela errötete.

»Ich habe eine Szene in der Crawford Lane aufgenommen. Einen Zusammenstoß zwischen einer Frau und zwei Männern.«

»Warum haben Sie das Bild gemacht?«

Pamela wirkte sichtlich nervös und verunsichert.

»Die Frau hat mich beeindruckt. Ich habe sie vor einiger Zeit auf der Ferry zum ersten Mal gesehen. Ihre Ausstrahlung hat mich fasziniert. Sie war die ältere Frau, die bei der Cocktailparty von Mary und George die Frage nach den Ermittlungen in der Bank gestellt hatte.«

»Kennen Sie die beiden Männer?«

»Überhaupt nicht. Ich hatte immer vor, die Männer zu löschen. Die Frau war der

Grund für die Aufnahme«, erklärte Pamela.

»Und jetzt haben Sie das ganze Bild gelöscht, warum?«

»Gestern habe ich sie zufällig in der Nathan Road getroffen. Als ich ihr das Bild zeigte, war sie zuerst verärgert, dann wollte sie eine Kopie des Bildes. Ich habe ihr im nächsten Fotogeschäft eine Kopie anfertigen lassen und sie ihr überreicht. Ich habe dann beschlossen, das Bild zu löschen, was ich an diesem Abend auch tat. Jetzt fällt mir ein, dass ein Mann an mir vorbeirannte, als ich bemerkte, dass ich mein Smartphone nicht mehr hatte.«

»Ich werde Ihre Aussagen in einem Rapport festhalten.«

»Was ist mit Henry Parker los? Was geschieht mit seiner Firma, da ich keinen Schlüssel mehr habe?«, konnte Pamela endlich fragen.

»Ich gebe Ihnen demnächst Bescheid«, war die Antwort des Inspektors.

»Denken Sie daran, dass ich zurzeit nur auf meinem Festnetz erreichbar bin.«

Etwas erleichtert machte sich Pamela auf den Heimweg.

30

Kaum hatte sich Pamela von Inspektor Cheung verabschiedet, parkte Gregory Kong seinen BMW vor dem imposanten Gebäude und saß wenig später Inspektor Cheung gegenüber. Es war genau siebzehn Uhr.

»Mir wurde gestern diese Aufnahme vorgelegt«, begann der Inspektor, während er Gregory das Bild zuschob.

»Sagen Ihnen diese Männer etwas?«

Gregory nahm sich Zeit beim Betrachten des Bildes.

»Nein«, sagte er schließlich. »Wer sind sie, wer ist die Frau?«

»Diese Frau, Geraldine Hope, hat mir berichtet, was sie in der Crawford Lane beobachtet hatte, nachdem sie den Zeitungsbericht über den Mord im Victoria Park gelesen hatte.«

»Woher stammt die Aufnahme?«, wollte Gregory wissen.

»Von der Assistentin von Henry Parker, Pamela Bright«, antwortete er.

»Ich verstehe gar nichts mehr«, gab Gregory kopfschüttelnd von sich.

Inspektor Cheung schilderte ihm die Begegnung von Geraldine mit den Männern und wiederholte die Worte, die sie gehört hatte, die er aus seinen Notizen vorlas.

»Die Männer waren ihr verdächtig vorgekommen«, erklärte er weiter. »Die Begegnung fand Freitag, den 18. März, statt. Herr Ling wurde am darauffolgenden Dienstag frühmorgens tot aufgefunden.«

»Interessant«, sagte Gregory nachdenklich. »Wie ich Ihnen schon berichtet habe, habe ich am Samstag, zwei Tage vor dem Mord, kurz blinkende Lichter am Financial Center beobachtet. Mein Mitarbeiter ist dem Fischerboot gefolgt, das Sekunden später nach Kennedy Town gefahren ist. Er beobachtete, wie ein Mann aus dem alten Boot stieg und im Hinterhof einer Werkstatt verschwand, Am Montag, dem 4. April, bin ich Henry Parker gefolgt. Er ist nach Kennedy Town gefahren und dort auch in einem Hinterhof verschwunden, wie ich Ihnen danach geschildert habe. Ich frage mich, hat Henry Parker mit diesem Signal zu tun?«

»Henry Parker muss noch viele offene Fragen beantworten«, sagte der Inspektor und machte sich eine Notiz. »Er ist ja hier …«

»Wenn er wüsste, dass Pamela Bright vorher hier bei mir war!«

»Was!«, stieß Gregory verwundert aus. »Warum, wenn ich fragen darf?«

»Sie wurde heute Nachmittag beim Man Mo Tempel von einem Mann umgestoßen. Ihr Smartphone wurde dabei zertrümmert. Ich frage mich, ob es mit der Aufnahme zu tun hat.«

»Sie meinen diese hier?«, sagte Gregory und zeigte auf das Bild, das vor ihm lag.

»Ja! Sie hat dieses Bild mit ihrem Smartphone aufgenommen«, erklärte der Inspektor. »Gestern hat sie zufällig Geraldine Hope getroffen und ihr das Bild gezeigt.«

»Ich verstehe nicht …«, Gregory Kong kam nicht weiter.

Der Inspektor fiel ihm ins Wort und schilderte den gestrigen Besuch von Geraldine.

»Pamela Bright, die Assistentin von Henry Parker, hat sich gestern zu Geraldine auf die Bank in der Crawford Lane gesetzt und ihr auf ihrem Smartphone die Aufnahme gezeigt, die sie damals gemacht hat. Zufällig hat sie die seltsame Begegnung der Frau mit den Männern beobachtet und mit ihrem Smartphone das Bild geschossen. Und jetzt wurde ihr Smartphone beim Man Mo Tempel zertrümmert! Ein Mann soll sie umgestoßen haben, als sie das Telefon in der Hand hielt. Sie hat mich mit dem Telefon eines Passanten angerufen.«

»Warum hat sie diese Aufnahme gemacht?«, wollte Gregory wissen.

»Es ging nur um die Frau, von der sie so fasziniert ist, wie sie erzählte. Ich habe noch ein anderes Problem, das Pamela Bright betrifft«, sagte Inspektor Cheung seufzend. »Ich musste ihr mitteilen, dass ihr Vorgesetzter in nächster Zeit nicht in seiner Firma erscheinen würde. Ich habe ihr geraten, jeden Tag das Nötigste dort zu verrichten. Ich hatte vergessen, dass sie gekündigt hatte und keinen Schlüssel mehr zur Firma besitzt. Den Schlüssel hat sie Dienstag, als wir ihn verhaftet haben, in seinen Briefkasten geworfen, bevor sie die Firma verlassen hat. Wenn ich ihr den Briefkastenschlüssel übergeben hätte, hätte sie gleich gewusst, wo ihr früherer Vorgesetzter ist. Sie vermutet es zwar. Die Identität des Täters muss aber offiziell über die Presse bekanntgegeben werden. Erst dann werde ich ihr den Schlüssel übergeben. Er weiß auch noch nicht, dass sie ihm vor zwei Tagen die Kündigung eingereicht hat ...«

»Verzwickte Situation«, gab Gregory von sich.

»Haben Sie Henry Parker die Aufnahme gezeigt?«, fragte Gregory nach einer Pause.

»Ja, er meinte, er kenne weder die Männer noch die Frau. Seiner Körpersprache nach glaube ich ihm das. Er hatte sich ganz anders benommen, als er abgestritten hatte, auf dem Fest von Tim Kit gewesen zu sein und dort Paul Ling begegnet zu sein.«

»Wie gesagt, müssen wir mit Henry Parker über die Blinklichter am Financial

Center sprechen und ihn über seine Verbindungen zu Kennedy Town ausfragen. Wen hat er diesen Montag dort getroffen und weshalb?«, sagte Gregory.

»Ich möchte ihn morgen nochmals vernehmen. Könnten Sie morgen um neun Uhr hier sein? Es wäre gut, wenn wir ihn gemeinsam befragen«, schlug der Inspektor vor.

»Ich werde um neun hier sein«, antwortete Gregory und machte sich in der Agenda seines Smartphones eine Notiz.

»Ich möchte Sie jetzt über die nächsten Schritte informieren«, sagte der Inspektor. »Ich werde George Chen nächste Woche mit der Aussage eines Mitarbeiters konfrontieren, der ihn und seine Frau am Nachmittag vor dem Verbrechen in Hongkong gesehen hat. Ich will wissen, warum er an diesem Nachmittag in Hongkong war. Die Aufnahme von Pamela Bright wird ebenfalls Gegenstand unserer Ermittlungen sein. Morgen wird ein kurzer Bericht zum Verbrechen im Victoria Park in der Zeitung erscheinen. Es wird lediglich zu lesen sein, dass der oder die Täter

des Mordes an Herrn Ling noch nicht gefasst wurden, dass aber weiterhin diverse
Spuren verfolgt werden.«

»Ich danke Ihnen für diese Informationen«, sagte Gregory. »Ich bin gespannt
auf Henry Parkers Aussagen morgen!«

Wenig später verabschiedete er sich.

Zu dieser Zeit versuchte Mary Henry
Parker auf seinem Mobiltelefon zu erreichen. Henry hatte sein Smartphone zu
Hause vergessen, als er sich auf den Weg
zum Polizeiposten gemacht hatte.

31

Am nächsten Tag, Freitag, war Geraldine der kurze Artikel in der South China Morning Post aufgefallen. *Sie wissen also noch nicht, wer Paul Ling umgebracht hat*, war zu lesen. *Ermittelt Inspektor Cheung weiterhin in der South China Bank?* Warum war George so erstarrt bei ihrer Frage nach den Ermittlungen in der Bank? Er war ja noch in den Ferien gewesen, als das Verbrechen geschah. *Ich muss mit George sprechen. Vielleicht unterhalte ich mich besser mit Mary*, überlegte sie. *Aber ohne Gäste dieses Mal.* Sie beschloss, Mary nächste Woche zu einem Kaffee oder einem kühlen Getränk bei sich einzuladen.

Während Geraldine die Zeitung las, fragte sich Pamela besorgt, wie lange sie noch auf den Briefkastenschlüssel warten musste. Die Post stapelte sich sicher in der Firma, von den unbeantworteten Telefonanrufen gar nicht zu reden …

Sie zog ihren weit schwingenden dunkelblauen Rock und ein hellgelbes Oberteil an und machte sich früh auf den Weg zu einem elektronischen Geschäft.

Dort zeigte sie dem Verkäufer ihr kaputtes Smartphone.

»Ich möchte dasselbe Modell wieder«, sagte sie, »in der gleichen Farbe«, fügte sie hinzu.

»Einen Moment«, sagte der Verkäufer und verschwand im hinteren Bereich des Geschäftes. Er kam mit einer Schachtel zurück.

»Das ist dasselbe Modell mit dem roten Rahmen. Wir haben es auch mit einem blauen und einem grünen Rahmen.«

»Danke, aber ich bleibe bei der roten Version«, sagte Pamela.

Wenig später machte sie sich mit ihrem neuen Mobiltelefon auf den Heimweg. Sie hatte sich alle Nummern und Mailadressen, die auf der alten SIM-Karte gespeichert waren, in eine Agenda aufgeschrieben. Zu Hause machte sie sich an die Arbeit. Eine halbe Stunde später waren alle Daten wieder gespeichert. Ihre Telefonnummer hatte sie behalten können.

Henry Parker ging zu dieser Zeit in seiner Zelle rastlos schnaubend auf und ab. Er hatte bei Bill Peng den nächsten Termin. Den durfte er nicht verpassen. Ein Wächter kam. Er wurde in ein Sitzungszimmer geführt. Dort warteten schon Inspektor Cheung und Gregory Kong.

»Nicht schon wieder!«, seufzte er.

»Ich habe einen wichtigen beruflichen Termin«, verkündete Henry zornig, ohne die Männer zu begrüßen. »Ich muss dringend weg!«

»Sobald Sie unsere Fragen beantwortet haben, sind Sie vorläufig entlassen«, verkündete der Inspektor. »Nehmen Sie Platz!«

Henry Parker wirkte noch bleicher als sonst.

»Herr Kong, schildern Sie uns bitte, was Sie auf dem Fest von Herrn Kit beobachtet und gehört haben.«

Henry Parker wurde noch einen Ton

bleicher. »Also doch …«, ging es durch seinen Kopf.

Nachdem Gregory Kong die Begegnung von Henry Parker und Paul Ling beschrieben hatte und die Worte »Er wird scheitern, ich sorge dafür« wiederholt hatte, hatten sie beide Henry Parker scharf im Blick. Regungslos saß er da.

»Mit ›er‹ haben Sie Tim Kit gemeint«, sagte Gregory weiter.

»Haben Sie Beweise?«

»Außer mir haben wir einen zweiten Zeugen«, sagte Gregory mit vielsagender Stimme.

»Wer?«

»Sie haben diese Worte zu Ihrem Gesprächspartner Herrn Daniel Po gesagt. Bei Ihrem Gespräch mit ihm ging es um das neue Projekt von Herrn Kit. Sie wollten nicht, dass er das prestigeträchtige Projekt bekommt.«

»Warum sollte ich das?«, fragte Henry mit leiser Stimme.

Er war wütend auf Daniel.

»Weil Sie das Projekt unbedingt brauchen. Wir haben die finanzielle Lage Ihrer

Firma überprüft. Ohne dieses Projekt würden Sie in nächster Zeit in Konkurs gehen«, sagte der Inspektor.

»Warum hätte ausgerechnet ich das Projekt erhalten, wenn Tim Kit ausgefallen wäre? Es gibt zahlreiche gute Architekturfirmen in Hongkong«, erwiderte Henry Parker.

»Auch das haben wir untersucht. Darum haben Sie laut Ihrer Mitarbeiterin versucht, mit Herrn Bill Peng zusammenzuarbeiten.«

Schweigend betrachtete Henry die beiden Herren mit hasserfülltem Blick.

»Warum sind Sie nach Stanley gefahren?«, fragte der Inspektor scharf.

»Ich musste einen Bekannten treffen, wie schon gesagt!«

»Wen genau?«

»Das muss ich Ihnen nicht sagen. Es geht doch nur um die Streifkollision.«

»Kann es sein, dass Herr Kit der Grund war? Sie hatten Samstag, den 2. April, von seinem Mitarbeiter Herrn Dick Miller vernommen, dass Herr Kit am folgenden Dienstag einen Termin in Stanley hatte.«

»Ich hatte keinen Termin mit Herrn Kit«, wehrte sich Henry Parker.

»Wir sprechen nochmals darüber«, versicherte ihm der Inspektor. »Kommen wir zu einem anderen Thema. Sagen Ihnen blinkende Lichter an der Fassade des Financial Centers etwas?«

Der Inspektor beobachtete Henry scharf, während er diese Frage stellte.

»Was? Financial Center? Lichter?«

Dieses Mal wirkte Henry Parker sichtlich verblüfft.

»Sagt Ihnen das nichts?«, doppelte Gregory nach.

Henry Parker lehnte sich zurück und verwarf die Hände.

»Und das alte Fischerboot?«

»Ich weiß wirklich nicht, wovon Sie sprechen!«, sagte Henry. »Erzählen Sie mir wenigstens, worum es geht«, forderte er Gregory Kong auf.

Er schilderte ihm seine Beobachtungen vom Steg des Hotels Marco Polo aus. Henry Parker hörte ihm aufmerksam zu.

»Es tut mir leid, dass ich Ihnen nicht weiterhelfen kann. Ich habe diese

Blinklichter weder gesehen noch von ihnen gehört!«

»Aber Sie gehen ab und zu nach Kennedy Town«, sagte Gregory.

»Ja!«

»Das Fischerboot ist nach dem Signal nach Kennedy Town gefahren, wo ein Mann ausgestiegen ist.«

»Sie wollen mir sagen, dass ich in dem Boot war?«

Seine Entrüstung war nicht nur zu hören, sie war ihm förmlich anzusehen.

»Waren Sie das nicht?«

»Wenn ich nach Kennedy Town fahre, dann mit dem Wagen«, antwortete Henry Parker. »Vor vier Tagen war ich dort«, fügte er hinzu.

»Was haben Sie dort gemacht?«, fragte der Inspektor.

»Ich fahre ab und zu hin«, sagte er entspannt und freute sich über die Ungeduld der beiden Männer.

»Und wozu?«, wiederholte der Inspektor seine Frage.

»Ich besuche meine Eltern. Ich bin in Kennedy Town aufgewachsen. Meine

Eltern wohnen immer noch dort«, antwortete er mit einem zufriedenen Lächeln. »Montag hatte meine Mutter ihren siebzigsten Geburtstag, deshalb bin ich hingefahren. Um nach Kennedy Town zu fahren, brauche ich keine Blinklichter!«, fügte er grinsend hinzu. Er freute sich, die beiden Männer sichtlich überrascht zu haben.

»Haben Sie Kontakte zur South China Bank?«, fragte der Inspektor und behielt Henry Parker scharf im Blick.

»Nein«, antwortete Henry.

»Aber Sie kennen Leute, die dort arbeiten?«

»Ich kannte nur Paul Ling«, antwortete Henry.

»Und Herrn George Chen?«

»Ich kenne ihn nicht«, sagte Henry Parker nach kurzem Zögern, das sowohl dem Inspektor als auch Gregory Kong nicht entgangen war.

»Wussten Sie, dass er am 21. März in der Stadt war?«

»Nein, woher!«, antwortete er. »Ist das nicht der Tag vor dem Verbrechen im

Victoria Park?«, fragte Henry Parker jetzt ganz aufgeregt.

Zu aufgeregt für Inspektor Cheung …

»Damit wären wir fertig für heute. Wie gesagt, können Sie jetzt nach Hause. Ihre Wertsachen und Schlüssel werden Ihnen beim Empfangsschalter übergeben werden.

Ihr Fahrausweis wird Ihnen für sechs Monate entzogen, er bleibt hier. Verlassen Sie Hongkong in nächster Zeit nicht!«

Während Henry Parker von einem Beamten zum Ausgang des riesigen Gebäudes geführt wurde, unterhielten sich Inspektor Cheung und Gregory Kong über die Aussagen von Henry.

»Die Aussage über seine Eltern werden wir überprüfen«, sagte der Inspektor. »Ist er am Verbrechen im Victoria Park beteiligt? Unsere bisherigen Ermittlungen sprechen dagegen, aber Fakt ist, wir haben noch keinen eindeutigen Täter. Ob er ein Verbrechen gegen Tim Kit plant, bleibt weiterhin ungeklärt. Hat er das in Stanley vorgehabt? Wird er wieder zuschlagen?«

»Ohne Wagen dieses Mal!«, erwiderte Gregory Kong schlagfertig. »Wir müssen ihn rund um die Uhr im Auge behalten!«

»Tim Kit aber auch!«, ergänzte der Inspektor.

Kennt er George Chen wirklich nicht, fragte sich der Inspektor, nachdem sich Gregory Kong verabschiedet hatte.

Als Henry Parker das riesige Gebäude endlich verlassen hatte, atmete er tief durch und winkte einem Taxi. Erst mal nach Hause, danach zu Bill Peng. Ein Blick auf seine Uhr verriet ihm, dass sein Termin bei ihm vor zwanzig Minuten gewesen wäre. Er fühlte sich matt und abgekämpft. Seine Gedanken schwirrten in seinem Kopf wild umher. *Was sage ich bloß Pamela, wo ich war?* Er beschloss, erst am Abend in die Firma zu gehen. Er wollte ihr unter keinen Umständen begegnen. *Was hat der Inspektor gesagt, George soll am Tag vor dem Verbrechen in Hongkong gewesen sein? Also doch nicht in den Ferien, wie Mary behauptet hat? George??*

32

Bill Peng hatte an diesem Tag wieder schlechte Laune, weil Henry Parker in wenigen Minuten erscheinen sollte. Er saß bei einer Tasse Grüntee mit der Zeitung vor sich an seinem Pult. Seine Gedanken waren aber bei seinem Flughafenprojekt, welches praktisch fertig war. Er war sich sicher, dass es demjenigen von Tim Kit ebenbürtig war, wenn nicht sogar besser. Er hatte eine ganze Anzahl weiterer Projekte in Bearbeitung und war nicht auf dieses eine angewiesen. Seine Gedanken schweiften zu Henry Parker. Bei ihm sah es anders aus. Bill wusste, dass Henry dieses Projekt brauchte. Vor einem Jahr hatte seine Assistentin wegen unsicherem Geschäftsgang die Firma verlassen. Unter Architekten war bekannt, dass er sich weiterhin in Schwierigkeiten befand. *Warum will er wohl unbedingt mit mir zusammenarbeiten?* Bill musste nicht lange überlegen. Henry wusste, dass dieses Projekt ein paar Nummern zu groß für ihn war. Nur in Zusammenarbeit mit einem erfolgreichen Architekturbüro hatte er eine Chance. *Ich arbeite nur mit fähigen Leuten zusammen, das sollte er eigentlich wissen*, sagte Bill sich. Er war wütend, dass er sich auf diese Termine eingelassen hatte, er hatte Henry aber testen wollen. Mit Erfolg. Das Ergebnis war nicht mehr als ein mittelmäßiges, phantasieloses Projekt. *Wo bleibt er eigentlich?* Der Blick auf seine Uhr verriet ihm, dass Henry sich schon zehn Minuten verspätet hatte. Bill schüttelte den Kopf und wandte sich wieder der Zeitung zu. *Die Ermittlungen über das Verbrechen im Victoria Park dauern weiterhin an*, las er. Es klopfte an seiner Tür. Er seufzte, *er kommt …* Seine Stimmung hellte sich sofort auf, als er eine seiner Mitarbeiterinnen im Türrahmen stehen sah.

»Hast du nicht einen Termin?«, fragte sie Bill.

»Henry Parker sollte seit zwanzig Minuten hier sein«, antwortete er.

»Soll ich ihn anrufen?«

»Ja nicht, der soll gar nicht mehr kommen! Von unzuverlässigen Leuten halte ich nichts, wie du weißt.«

»Ja, ich weiß«, antwortete sie mit einem charmanten Lächeln. »Dann warten wir weiter?«

»Nein, auf keinen Fall! Schick ihn weg, falls er noch auftauchen sollte. Ich habe keine Zeit zum Verschwenden.«

»Gut, mache ich«, sagte sie und schloss die Tür hinter sich.

Bill atmete auf. Henry Parker war er los, dachte er, als sein Telefon klingelte.

Seine Mitarbeiterin teilte ihm mit, dass Henry Parker mit ihm sprechen wolle.

»Stell ihn ja nicht durch!«, warnte er sie.

»Was soll ich ihm sagen?«

»Stell ihn doch durch, ich sage ihm meine Meinung!«

»Hier ist Henry Parker«, meldete Henry sich.

»Oh, hatten wir nicht einen Termin vor einer halben Stunde?«, sagte Bill mit drohender Stimme.

»Ich konnte leider nicht kommen, ich ...«

Bill unterbrach ihn.

»Ich will gar nicht mehr wissen. Unsere sogenannte Zusammenarbeit ist damit beendet!«, donnerte er in die Leitung und unterbrach die Verbindung.

Henry hatte mit dieser Reaktion gerechnet, und trotzdem war er am Boden zerstört. Wie der Inspektor richtig wusste, stand seine Firma am Abgrund …

Und nun die nächste Konfrontation, sagte er sich grimmig, das Wiedersehen mit seiner Mitarbeiterin …

George war an diesem Tag mit schlechter Laune nach Hause zurückgekehrt. Mary hatte ihn wieder im Wohnzimmer mit der Zeitung vor sich erwartet und zeigte mit dem Finger auf den kurzen Bericht.

»Sie haben den Täter noch nicht gefasst«, stöhnte sie.

»Ja, leider, ich wäre diesen Inspektor endlich los!«

»Was? War er wieder bei euch in der Bank?«

»Nein, er hat mich angerufen. Montag soll ich um zehn Uhr bei ihm in der

Nathan Road sein«, antwortete er mit bissiger Stimme.

Mary verwarf die Hände.

»Warum nur?«

»Das habe ich ihn auch gefragt!«

»Und?«

»Er hätte noch einige Fragen.«

Mary spürte, wie George diese Angelegenheit belastete, und seufzte.

An diesem Abend hatte sich Henry Parker auf den Weg in seine Firma gemacht. Er bemerkte, dass Pamela den Briefkasten nicht geleert hatte. Zuhinterst fand er einen Schlüssel. »Was zum Teufel soll das?«, schimpfte er vor sich hin. Wenig später fand er das Pult von Pamela aufgeräumt. Ihre persönlichen Gegenstände wie die kleine Uhr fehlten. Er schritt zum Postfach hinüber. Er fand den Umschlag mit ihrer Kündigung. Was für ein Glück, sagte er sich. Er musste ihr nicht mehr begegnen. Sie war ihm in letzter Zeit so lästig geworden. Er griff nach seinem Mobiltelefon. Es war keine gute Idee. Mary hatte gestern versucht ihn anzurufen.

Er schaltete sein Mobiltelefon aus. Er brauchte Ruhe. Er setzte sich an sein Pult.

Trotz seines genialen Plans in Stanley war Tim Kit noch am Leben, sein Flughafenprojekt mit Bill Peng hingegen tot … Er hatte es genau umgekehrt geplant. Er raufte sich die Haare. Es wäre ein perfekt getarnter Verkehrsunfall gewesen statt dieses lächerlichen Missgeschicks. *Jetzt bin ich meinen Fahrausweis für sechs Monate los, meinen Wagen auch* … Sein Unternehmen musste irgendwie gerettet werden. Mit einem weiteren Architekturbüro? Es war viel Zeit verloren gegangen.

»Das alles habe ich diesem Inspektor zu verdanken!«, schnaubte er vor sich hin. *Jetzt gibt es nur noch eines, in die Bar des Hotels Park Lane!*

Er machte sich auf den Weg durch den Victoria Park, wie damals Paul Ling …

33

In einem alten Haus saßen zwei Männer an einem Holztisch. John und sein Mitarbeiter Yu unterhielten sich über die Frau in Weiß. Yu schilderte nochmals, wie er eine junge Frau und die Frau in Weiß auf einer Sitzbank in der Crawford Lane beobachtet hatte. Nachdem sie beide auf das Smartphone der Jüngeren gestarrt hatten, war diese in das nahe gelegene Fotogeschäft geeilt. Mit einem Blatt Papier in der Hand war sie zurückgekommen und hatte es der Frau überreicht. Die Jüngere verabschiedete sich von ihr, worauf die Frau in Weiß den Polizeiposten aufgesucht hatte. Er hatte auf sie gewartet und sie bis zur Canton Road verfolgt, wo sie in einem großen Wohnblock verschwand.

»Wann war das nochmals?«, fragte John nach einer Weile.

»Es war vor vier Tagen, letzten Mittwoch, den 6. April, heute ist Sonntag«, antwortete Yu. »Das war übrigens das zweite Mal, dass sie den Polizeiposten in der Nathan Road aufgesucht hatte, und zwar am Tag nach der Tat im Victoria Park. Alle Zeitungen berichteten darüber. Ich bin ihr damals vom Polizeiposten bis zu diesem Wohnblock gefolgt. Sie muss dort wohnen«, fügte Yu hinzu.

»Komm, wir fahren dorthin«, beschloss John. »Wenn es mit uns zu tun hat, muss sie aus dem Weg geräumt werden …«

Yu trug eine gelbe Schirmmütze, graue verwaschene Jeans und ein hellgraues Polohemd. Sein langes Haar hatte er wie immer hinten zusammengebunden. John trug schwarze Hosen und ein dunkelblaues Polohemd.

Es war, als sie auf die Ferry von Central nach Kowloon warteten, dass Yu sie sah.

»Da ist sie!«, sagte er aufgeregt zu John und zeigte auf Geraldine. »Sie muss soeben mit der Ferry von Kowloon angekommen sein«, flüsterte er.

»Wohin geht sie?«, fragte John mit gereizter Stimme, während sie ihr folgten.

Geraldine schritt zur Des Voeux Road

hinüber, wo sie sich an einer Tramhaltestelle in die Warteschlange stellte. Sie hatte
sich vorgenommen, endlich die Dusch-
brause in ihrem Badezimmer zu ersetzen.
Sie wollte eine modernere Ausführung.
In Kennedy Town gab es zahlreiche Geschäfte mit Sanitärzubehör. Die waren
auch sonntags geöffnet. Die Auswahl an
Größe und Design war riesig. Aber zuerst
wollte sie dem kleinen Lo Pan Tempel
einen Besuch abstatten. Er thronte über
dem Zentrum von Kennedy Town und war
über eine in die Straße eingelassene lange
und steile Rolltreppe zu erreichen. Außerdem freute sie sich auf die Fahrt in dem
schmalen zweistöckigen Tram aus früheren englischen Zeiten.

»Da vorn steht sie!«, stieß John hervor,
als er sie in der Warteschlange bei der
Tramhaltestelle erblickte.

Ein Tram mit dem Schild »Kennedy
Town« kam herbeigerattert. Geraldine
stieg ein und begab sich nach hinten, wo
noch ein Sitzplatz frei war. John und Yu
stiegen als Letzte ein und blieben vorne
beim Chauffeur stehen. Mit einem Ruck

setzte sich das Gefährt in Bewegung. In Kennedy Town begab sich Geraldine zur steilen Rolltreppe, die zum historischen Viertel hinaufführte. Sie war allein auf der langen Rolltreppe.

Der kleine Tempel befand sich versteckt zwischen Hochhäusern und traditionellen Häuschen an der Ching Lin Terrace. Wenig später stand Geraldine voller Freude davor. Sie bewunderte sein markantes gezacktes Dach mit den Keramikfiguren, die Fabelwesen darstellten. Die Schnitzereien und Malereien an der Fassade stellten die Lebensgeschichte des heiligen Lo Pan dar, des Schutzheiligen der chinesischen Bauarbeiter. Die kunstvollen alten Malereien an den Wänden und der Decke im Tempel, zusammen mit dem Duft der zahlreichen Räucherstäbchen, entführten Geraldine in eine andere Welt. Eine Welt ohne Verbrechen. Glücklich und entspannt spazierte sie später ohne Eile zur Rolltreppe zurück. Es war still hier oben. Unten angekommen, schritt sie zur Hauptstraße zurück. Hier war es alles andere als still. Die Menschen drängten sich auf den schmalen

Gehsteigen, dichter Verkehr staute sich auf den schmalen Straßen.

Yu und John waren ihr nicht zum Tempel gefolgt, sie hatten unten bei der Rolltreppe auf sie gewartet. Sie mussten sich anstrengen, Geraldine im Gedränge nicht aus den Augen zu verlieren.

»Unseren Plan können wir für heute vergessen«, sagte John grimmig.

»Das sehe ich auch so«, pflichtete ihm Yu bei.

»Wohin geht sie jetzt?«

Geraldine stand vor einer riesigen Auswahl an Duschbrausen und Duschschläuchen in allen Formen. Sie ging in den Laden hinein und kam nach wenigen Minuten mit dem Verkäufer zurück. Sie zeigte ihm das gewünschte Modell. Mit der Brause und dem passenden metallenen Schlauch, den der Verkäufer darangeschraubt hatte, verließ sie glücklich das Geschäft. Vor dem nächsten Geschäft hatte sich eine Gruppe von Leuten versammelt und versperrte den Weg. Geraldine beschloss, die Straßenseite zu wechseln. Sie wartete auf eine Lücke im Verkehr, als sie plötzlich von hinten gestoßen wurde. Ein Mann packte sie am Arm und zog sie zurück. Beinahe wäre sie auf der verkehrsreichen Fahrbahn gelandet.

»Vielen Dank!«, keuchte sie zu ihrem Retter.

»Mein Kollege versucht, den Täter zu fassen. Es war ein Mann«, sagte er.

Geraldine verabschiedete sich dankend. Wenig später kam sein Kollege zurück.

»Ich habe den Mann mit der gelben Schirmmütze bis zu einem Parkplatz verfolgt und ihn leider in der Menschenmenge verloren«, berichtete dieser.

John war Yu gefolgt, bis er ihn unter den vielen Leuten auf dem schmalen Gehsteig aus den Augen verlor. Er blieb stehen und wartete auf ihn. Er studierte die Auslagen der zahlreichen Werkstätten, als plötzlich ein Mann auf der anderen Straßenseite rennend versuchte, an den Leuten vorbeizukommen. John drehte sich um und verfolgte die Szene. Weitere Männer schlossen sich dem Mann an und riefen: »Polizei!« John wurde es unheimlich. »Wo steckt er nur?«, murmelte er gereizt vor sich hin. Er beschloss, ihn zu suchen. In den umliegenden Gassen war keine Spur von Yu. Die Leute gingen jetzt wieder in normalem Tempo. Zwanzig Minuten, nachdem sich die Lage beruhigt hatte, erschien Yu ohne seine Schirmmütze.

»Wo warst du? Hast du einen Mann rennend verfolgt?«, fragte John.

»Wir müssen hier weg, wir nehmen das nächste Tram Richtung Stadt«, sagte Yu und zog John am Arm.

»Und wo ist unsere Frau in Weiß?«, fragte John in bedrohlichem Ton, während er versuchte Yu zu folgen.

»Später, beeil dich!«

Yu, der seine lauten Wutausbrüche nur zu gut kannte, legte noch einen Gang zu. Außer Atem bestieg John hinter Yu das nächste Tram. Nach etlichen Stationen stiegen sie in Central aus.

»Sagst du mir jetzt endlich, was los war?«

John war außer sich. Sie schritten zu einer schmalen Seitengasse. Hier schilderte Yu, wie er Geraldine am Straßenrand stehen sah. Sie wollte offensichtlich die verkehrsreiche Straße überqueren.

»Ich stand hinter ihr. Ich musste diese Gelegenheit packen. Ich habe sie auf die Fahrbahn gestoßen und bin weggerannt.«

»Bist du denn wahnsinnig? Mit all den Leuten um dich herum?«, donnerte John. »Du warst also der Mann, der verfolgt wurde«, fügte er hinzu.

»Sie haben mich nicht erwischt! Meine gelbe Mütze habe ich natürlich ausgezogen. In einer Werkstatt habe ich mich versteckt. Die Meute rannte daran vorbei.«

»Hast du einen Polizeiwagen oder Krankenwagen gehört oder gesehen?«, fragte jetzt Yu.

»Nein!«

»Was ist mit ihr geschehen? Vielleicht hat sie jemand ins Krankenhaus gefahren«, sprach Yu jetzt nachdenklich. »Vielleicht ist sie wirklich aus dem Weg geräumt …«

»Deine ›vielleicht‹ nützen mir gar nichts!«, wetterte John wieder drauflos. »Und jetzt auf nach Peng Chau!«

Er zückte sein Mobiltelefon aus der Hosentasche und wählte Alans Nummer.

»Komm sofort mit, Peter!«

Neunzig Minuten später saßen John, Yu, Alan und Peter im alten Haus um den rechteckigen Holztisch.

»Wir müssen nochmals über das Projekt ›weiße Frau‹ reden«, sagte John mit fester Stimme.

»Warum?«, kam es von Peter.

»Weil es nicht erledigt ist!«, schrie John über den Tisch.

»Und warum nicht?«, fragte Alan nach.

»Wir hatten den Plan, sie heute Sonntag in ihrem Quartier zu überraschen. Im kleinen Park gegenüber ihrem Wohnblock wollten wir auf sie warten. Wir wären ihr gefolgt und hätten sie auf der verkehrsreichen Straße gestoßen«, schilderte Yu.

»Das habt ihr also nicht gemacht?«, fragte Peter aufgeregt.

»Doch, das haben wir gemacht«, seufzte Yu, »nur nicht in ihrem Quartier!«

»Wo denn?«

Peter ging diese Geheimniskrämerei auf die Nerven.

»In Kennedy Town«, gestand Yu und blickte zu John hinüber.

»In Kennedy Town?! Wo auch an Sonntagen Scharen von Leuten unterwegs sind?«, fragte Peter, während er John musterte, der wütend mit rotem Kopf die Hände verwarf.

»Ihr habt sie also auf die Straße gestoßen«, sagte Alan. »Und dann?«

»Das wissen wir nicht«, gab Yu zu.

Fassungslos blickten Peter und Alan zwischen Yu und John hin und her.

»Genug«, fuhr John mit beißender Stimme dazwischen. »Sie muss eliminiert werden! Warum geht sie ständig zur Polizei? Peter, da du alles besser weißt, wirst du zusammen mit Alan diesen Auftrag übernehmen!«

Peter wurde bleich. *Wie soll das gehen, wenn sogar unser Anführer gescheitert ist?*, ging ihm durch den Kopf.

»Ist sie überhaupt noch am Leben?«, warf Alan in die Runde.

»Auf Unfälle und Todesfälle stürzen

sich bekanntlich die Tageszeitungen«, erwiderte John in beißendem Ton. »Das erfahren wir morgen!«

»Also wird morgen Zeitung gelesen …«, sagte Peter und duckte sich unter den Tisch, um seine Sportschuhe angeblich fester zu schnüren.

»Ich erwarte, dass die Frau in den nächsten Tagen aus dem Weg ist!«, donnerte John über den Tisch und beendete damit die Diskussion.

Keiner rechnete mit der Überraschung, die sie am nächsten Tag erwartete …

34

An diesem Sonntag machte sich Pamela mit ihrem Picknickkorb und einer Decke auf den Weg zum weitläufigen Kowloon Park. Sie genoss die kurze Überfahrt mit der Ferry nach Kowloon. Zehn Minuten später erreichte sie die große Moschee an der Nathan Road. Treppenstufen führten neben der Moschee zum Park hinauf. Mit seinen zahlreichen Teichen, Brücken, Spielplätzen und Pavillons war er sehr beliebt in der Stadt. Jeden Sonntag trafen sich dort viele Leute. Zum großen Teil waren es junge Leute, die ihren einzigen freien Tag in der Woche dort genossen. In größeren und kleineren Gruppen saßen sie im Gras und unterhielten sich lebhaft. Auf den vor ihnen ausgebreiteten Decken standen zahlreiche Schälchen und Plättchen mit Köstlichkeiten aus ihren Herkunftsländern, die sie in ihren Körben mitgebracht hatten. Pamela schritt an den vielen jungen Leuten vorbei, bis sie einen kleinen Teich erreichte.

Hier gab es noch freie Stellen im Gras. Sie setzte sich und stellte auf der mitgebrachten Decke Snacks, Frühlingsrollen und Früchte auf. Sie holte tief Luft. Hier war die schwül-heiße Luft leichter zu ertragen. Sie schaute einem jungen Pärchen zu, das mit seinen Kindern fröhlich spielte. Enten kreisten auf dem Teich herum. Eine Frau schritt an Pamelas Decke vorbei. Die Frau gefiel ihr, mit ihrem weinroten Rock und dem schwarzen Oberteil. Pamela hörte, wie ein Telefon klingelte. Die Frau blieb stehen, während sie blitzschnell nach ihrem Smartphone in der Tasche griff.

»Wo warst du die ganze Zeit, ich habe dich mehrmals versucht anzurufen«, hörte Pamela auf Englisch. »Auch in der Firma war niemand.«

Pamela horchte auf.

»Was! Deine Mitarbeiterin hat gekündigt?«, sprach die Frau mit schriller Stimme weiter und rührte sich weiterhin nicht von der Stelle.

Pamela konnte sie nur von hinten sehen.

»Wie heißt sie schon wieder?«, fragte Mary.

»Ach so! Dann kenne ich sie auch!«

»Dein Wagen!«

»Komm in einer Stunde zur Treppe beim Kowloon Park«, waren die letzten Worte, die Pamela vernahm, bevor die Frau ihren Weg fortsetzte.

Geht es etwa um mich?, fragte sich Pamela. Hatte ihr Henry Parker angerufen? Wer war die Frau?

Genau eine Stunde später hatte sich Pamela in die Nähe der Treppe begeben. Sie stand hinter einem breiten Baum und beobachtete die Leute, die von der Treppe herkamen oder zu ihr liefen. Die Frau! Sie war auf dem Weg zur Treppe am Baum vorbeigeeilt. Wieder hatte Pamela ihr Gesicht nicht sehen können. Vorsichtig schritt Pamela zur Treppe hin, die zur Nathan Road hinunterführte. Die Frau stand unten. Ihr weinroter Rock war leicht zu erkennen. Henry Parker! Die Frau begrüßte ihn stürmisch. Er schien ihr ausweichen zu wollen. Jetzt sah sie sie von vorne. Mary! Pamela erschrak beim Anblick von Henry. Er sah schrecklich aus, bleich und abgemagert. Sie entfernten sich aus ihrem Blickfeld.

Nachdenklich machte sich Pamela auf den Weg nach Hause. Ihre Gedanken kreisten um die soeben erlebten Ereignisse. Henry Parker war auf freiem Fuß! Er hatte Mary angerufen. Er hatte von ihrer Kündigung erzählt. Mary wusste jetzt, dass sie bis vor Kurzem seine Mitarbeiterin gewesen war. Etwas mit seinem Wagen hatte Mary schockiert. *Er muss der Mann sein, der in Stanley Fahrerflucht begangen hatte*, war sie sich sicher. *Und jetzt läuft er wieder frei herum? Um seine Firma muss ich mir keine Sorgen mehr machen ...*

Siu Wa, der Mitarbeiter von Gregory Kong, war Henry Parker bis zum Kowloon Park gefolgt. Mit seinem Smartphone hatte er die Begrüßung der beiden fotografiert. Danach hatte er die Verfolgung wieder aufgenommen. Später gelang ihm ein besseres Bild der Frau. Sie war von vorne zu sehen und blickte zu Henry Parker. In reger Unterhaltung waren sie die

Nathan Road entlangspaziert. Die Frau verabschiedete sich von ihm und bog nach rechts ab, während Henry zurück in Richtung Ferry schlenderte. Siu Wa verfolgte ihn bis zu seiner Wohnung. Nach einem kurzen Telefongespräch mit Gregory Kong übernahm ein anderer Mitarbeiter seine Beschattung.

35

Am folgenden Tag, Montag, den 11. April, war George mit Inspektor Cheung im Polizeiposten verabredet.

»Wo waren Sie am Montag, dem 21. März?«, fragte der Inspektor.

»Wir waren in Stanley, wo wir unsere Ferien verbracht haben.«

»Wie lange waren Sie dort?«

»Wir waren von Freitag, den 11., bis Donnerstag, den 24. März, in Stanley«, wiederholte George seine Aussage von früher.

»Sie waren also am Montag nicht in der Stadt?«, wollte sich der Inspektor zum wiederholten Mal vergewissern.

»Ich war in Stanley!«

»Wie kommt es, dass ein Augenzeuge Sie und Ihre Frau am Montag im Stadtteil Central auf der Insel Hongkong gesehen hat?«

»Das kann nicht sein! Jemand hat uns verwechselt!«

Die Verzweiflung war George ins Gesicht geschrieben.

»Das habe ich zuerst auch gedacht«, erwiderte der Inspektor. »Aber gleich zwei Personen verwechseln? Fakt ist, dass dieser Augenzeuge weiterhin darauf besteht.«

Der stechende Blick des Inspektors bohrte sich in Georges Augen.

»Wer ist dieser Zeuge?«, wollte George wissen.

Der Inspektor ignorierte seine Frage.

»Warum geben Sie nicht zu, dort gewesen zu sein?«

George fühlte sich so in die Enge getrieben, dass er es schließlich zugab.

»Ja, wir waren kurz dort ...«

»Und warum?«

»Wir haben einen neuen Anzug abgeholt, der auf Maß geschneidert wurde.«

»Und warum haben Sie dies immer abgestritten, wenn es doch nur um einen Anzug ging?«

George schwieg.

»Sie geben also zu, an diesem Montagnachmittag nach Hongkong gefahren zu sein, nur um einen Anzug bei einem Schneider abzuholen.«

»Ja!«, antwortete George mit heiserer Stimme.

Der Inspektor schüttelte den Kopf. Es konnte ja sein, dass er beim Schneider war, aber er war sicher nicht nur deswegen den ganzen Weg nach Hongkong gefahren!

»Danach sind Sie nach Stanley zurückgefahren?«

»Ja, wir waren gegen neunzehn Uhr in Stanley zurück.«

»Gibt es Zeugen dafür?«

»Wir sind niemandem begegnet. Wir sind direkt zur Wohnung zurückgefahren, die einem befreundeten Ehepaar gehört. Sie haben sie uns für diese vierzehn Tage zur Verfügung gestellt, während sie selber im Ausland waren«, erklärte George.

Der Inspektor erhob sich und schritt zu seinem Arbeitstisch. Er kam mit der Aufnahme von Pamela zurück, die er ihm vorsetzte.

Schweigsam betrachtete George das Bild. Geraldine und zwei Männer ... war das nicht das Bild, von dem Geraldine gesprochen hatte, fragte er sich.

»Kennen Sie diese Leute?«, unterbrach der Inspektor seine Gedanken.

»Ich kenne nur die Frau, nicht die beiden Männer«, antwortete er mit ruhiger Stimme.

»Wer sind die Männer?«, fragte er.

»Das wissen wir noch nicht«, antwortete der Inspektor. »Es hätte sein können, dass Sie sie kennen.«

»Nein, ich habe sie noch nie gesehen.«

»Aber die Frau kennen Sie?«

»Sie ist eine gute Bekannte, vor allem von meiner Frau«, sagte George.

»Ich danke Ihnen für das Gespräch. Ich werde Ihre Aussagen in einem Rapport zusammenfassen. Ich möchte Sie bitten, Hongkong in nächster Zeit nicht zu verlassen.«

Der Inspektor führte George zum Ausgang, wo sie sich verabschiedeten.

Da steckt noch mehr dahinter ...

Kaum war er an seinem Arbeitsplatz zurück, klingelte sein Telefon.

»Inspektor Cheung!«

»Guten Tag, Herr Inspektor, hier ist Pamela Bright«, begrüßte ihn Pamela.

»Guten Morgen, Frau Bright!«

»Ich wollte nur sagen, dass ich gestern Henry Parker gesehen habe.«

»Wo genau?«

»Bei der Treppe des Kowloon Parks. Er hat sich mit Mary Chen getroffen.«

»Das ist ja interessant!«, sagte der Inspektor.

Siu Wa hatte ihm bereits über diese Begegnung berichtet und ihm die Aufnahmen der beiden gezeigt.

»Ich denke, er kümmert sich wieder um seine Firma«, sprach Pamela weiter.

»Es tut mir leid, dass ich mich noch nicht bei Ihnen gemeldet habe«, sagte der Inspektor verlegen. »Ja, Herr Parker kümmert sich wieder um seine Geschäfte.«

»Ich bin froh, dass er nicht der Mann ist, der Fahrerflucht begangen hat«, sagte Pamela. »Er würde ja sonst nicht frei herumlaufen«, wagte sie hinzuzufügen.

Sie hoffte, Informationen über den Verbleib von Henry Parker zu erfahren. Aber der Inspektor ging nicht darauf ein, stattdessen erkundigte er sich über ihr Smartphone.

»Ja, ich habe ein neues Smartphone. Die Nummer ist die gleiche geblieben.«

»Sehr gut! Ich denke, Sie werden sich nach einer neuen Arbeitsstelle umsehen?«

»Ja, natürlich!«

»Ich danke Ihnen für Ihren Anruf. Ich wünsche Ihnen alles Gute, und passen Sie auf sich und Ihr Smartphone auf!«

Als George am Abend nach Hause zurückkehrte, erwartete ihn Mary gespannt.

»Was wollte der Inspektor wissen?«

»Ein Augenzeuge hat uns in Hongkong an diesem Montag angeblich gesehen. Ich musste zugeben, dass wir dort waren.«

»Hast du gesagt, warum wir dort waren?«, fragte Mary mit hysterischer Stimme.

»Ja, wir hätten einen maßgeschneiderten Anzug abgeholt und sind danach nach Stanley zurückgekehrt.«

»Das hat der Inspektor geglaubt?«

»Ich weiß es nicht«, antwortete er langsam.

»Nur weil ein Verbrechen genau an diesem Abend verübt wurde, hast du den

Inspektor ständig am Hals! Das ist ja nicht zu fassen!«

»Wir konnten ja nicht wissen, dass ein Mord einige Stunden später geschehen würde«, schrie George aufgebracht.

»Ja, ganz übles Pech«, pflichtete ihm Mary halblaut bei.

»Übrigens«, sprach George nach einer Weile, »der Inspektor hat mir eine Aufnahme von Geraldine mit zwei Männern gezeigt und wollte wissen, ob ich diese Leute kenne.«

»Was?«

»Ja«, sagte George und staunte über Marys Ausbruch.

»Die Aufnahme von Pamela, von der Geraldine gesprochen hat?«, fragte Mary in einem Atemzug.

»Vielleicht, ich weiß es nicht«, antwortete George. »Jedenfalls habe ich gesagt, dass die Frau eine gute Bekannte ist, dass ich aber die Männer nicht kenne.«

»Du kennst die Männer wirklich nicht?«

»Nein, wirklich nicht«, wiederholte er ihre Worte.

»Hast du ihn gefragt, woher er das Bild hat?«

»Nein, warum sollte ich?«, erwiderte George achselzuckend. »Wir haben nichts damit zu tun!«

»Woher hat der Inspektor diese Aufnahme?«, sprach Mary vor sich hin. »Vielleicht weiß das Geraldine …«

»Oh nein, nicht schon wieder!«, stieß George alarmiert aus. »Ich will heute Abend meine Ruhe haben!«

»Ich habe sie heute angerufen. Sie hat sich gefreut und mich morgen Nachmittag zu sich eingeladen«, beruhigte sie ihn.

»Gut!«, seine Erleichterung war ihm förmlich anzusehen.

»Warum interessiert dich dieses Bild dermaßen?«, fragte George nach einer Weile.

»Wenn es dasjenige von Pamela ist, möchte ich wissen, was Geraldine so verdächtig vorgekommen ist, außer den Worten, die sie gehört hat«, antwortete Mary.

»Verdächtig?! Das kann uns doch egal sein …«

Mary begab sich zur Küche. George blickte ihr verständnislos nach …

36

Während George bei Inspektor Cheung verabredet war, war Geraldine mit ihrer Freundin Amy auf einem Ausflugsboot zur Insel Peng Chau unterwegs. Die Fahrt dauerte vierzig Minuten. Sie saßen hinten auf dem Deck und genossen die kühle Brise. Geraldine trug wie immer einen weißen Rock und eine weiße Leinenbluse. Selbst auf Ausflügen wie diesen durfte ihre lange Kette mit dem goldenen Panther nicht fehlen. Mit beiden Händen hielt sie ihren Stock vor sich. Amy hatte sich sportlich angezogen mit ihrem kurzen, korallenfarbenen Trägerkleid. Sie hatte ihre gelb-weiß gestreifte Strandtasche dabei und freute sich auf ein Bad im Meer. Geschickt bahnte sich ihr Boot seinen Weg zwischen riesigen Containerschiffen und Frachtschiffen hindurch. Je mehr sie sich der Insel näherten, desto mehr Segelschiffe und Fischerboote waren zu sehen.

»Ohne diese laute Gruppe wäre es eine sehr schöne Fahrt«, gab Geraldine seufzend von sich.

Die Leute dieser Gruppe unterhielten sich halb schreiend miteinander, standen immer wieder auf und wechselten die Plätze. Es waren Männer und Frauen im mittleren Alter. Ein Mann mit einer kleinen Mappe unter dem Arm war offensichtlich ihr Reiseführer. Das auffällige Verhalten der Gruppe schien ihn nicht zu stören, im Gegensatz zu den übrigen Passagieren, die ihnen wütende Blicke zuwarfen.

»Sie sprechen Mandarin, nicht Kantonesisch«, sagte Amy zu Geraldine.

»Das dachte ich mir, definitiv keine Hongkong-Chinesen!«

Als sich das Boot dem Landesteg von Peng Chau näherte, stürmte die Gruppe wie eine Schar Kinder zum Ausgang. Geraldine und Amy blieben sitzen und betrachteten sie kopfschüttelnd. Wenig später begaben sie sich ebenfalls zur Ausgangsrampe. Sie spazierten eine Straße entlang, die zu einem kleinen Tempel führte. Unter seinem elegant geschwungenen grünen Dach standen zwei rote Säulen, dazwischen der Eingang. An beiden Säulen schlängelte sich ein großer goldener Drache dem Himmel entgegen. Sie schritten weiter bis zum Eingang des überdachten Marktes. Durch die Mitte führte ein Weg, der auf beiden Seiten von eng aneinandergereihten Ständen gesäumt war. Neben Gemüse und bunten Früchten waren Haushaltsartikel und Spielsachen in bunten Farben ausgestellt. Sie schritten weiter. Es ging immer nur geradeaus, bis zum anderen Ende des Marktes. Dort folgten sie der schmalen Straße, die zum Meer abbog. Als sie die Bucht mit dem Sandstrand erreichten, verkündete Amy begeistert: »Ich gehe baden!«

Sie steckte ihre Haare hoch und griff nach den beiden Badetüchern in ihrer Strandtasche. Auf der kleinen Steinmauer, die die schmale Straße vom Strand trennte, breitete sie eines der Badetücher aus.

»Setz dich darauf, ich helfe dir«, sagte Amy und stützte Geraldine.

Wolken zogen am Horizont auf. *Spätestens in zwei Stunden sollten wir zurückfahren*, überlegte Geraldine, während sie

Amy zuschaute, die hin und her schwamm. Der Wind hatte sich verstärkt, die Wellen hatten zugenommen. Sie war in Gedanken versunken, als Amy, angezogen, wieder vor ihr stand.

»Bist du schon zurück? Wie war es?«

»Es war herrlich«, schwärmte Amy.

Sie begaben sich in ein Restaurant und genossen ein vorzügliches Fischgericht mit frischem Gemüse. Danach machten sie sich wieder auf den Weg zurück, durch den Markt und am kleinen Tempel vorbei bis zur Schiffstation. Dem Fahrplan nach, der an der Wand hing, startete das nächste Boot nach Hongkong Central in fünfundvierzig Minuten.

»Wir könnten jetzt in die entgegengesetzte Richtung spazieren«, schlug Geraldine vor.

»Gute Idee«, antwortete Amy.

Sie betrachteten die Häuser auf beiden Seiten der Straße, während sie sich unterhielten. Auf deren flachen Dächern waren hier häufig Pflanzen zu sehen. Es waren zum Teil überdachte Terrassen. Trotzdem machten die Häuser einen ungepflegten und oft verfallenen Eindruck. Eines war in noch schlimmerem Zustand mit allerhand unordentlichem Gartenmaterial und Fahrrädern um die Fassade herum. Auch dieses Haus wies eine bepflanzte Terrasse auf.

»Schade für das Haus«, meinte Geraldine.

Am Ende der Straße kehrten sie um. Die Wolken waren dunkler geworden. Als sie wieder an dem Haus vorbeigingen, waren Stimmen auf der Dachterrasse zu hören, männliche Stimmen. Geraldine blieb stehen und blickte nach oben. Sie konnte niemanden sehen.

»Es war doch ein Erfolg?«, hörte Geraldine.

»Der Zeitpunkt war falsch«, erwiderte die zweite Person etwas leiser.

Ein Erfolg? Wieder waren Geraldines Sinne alle geweckt. Falscher Zeitpunkt? Plötzlich erschien ein Mann auf der Terrasse. Geraldine erstarrte. Er blickte nach unten und verschwand gleich wieder.

»Was ist los?«, fragte Amy besorgt.
Sie hatte den Mann nicht gesehen.

»Gehen wir!«, sagte Geraldine in heller Aufregung.

Amy wusste gar nicht, dass Geraldine so schnell gehen konnte.

Bis zur Schiffstation drehte sich Geraldine mehrmals um. Sie stiegen in das Boot ein, das sich kurz danach vom Steg entfernte.

»Kannst du mir erklären, was los ist?«, konnte Amy endlich fragen.

»Ich glaube, ich habe jemanden aus früheren Zeiten erkannt«, antwortete Geraldine und wich damit weiteren Fragen aus.

Diese Sonnenbrille, dieser Lederhut ... Seiner Bewegung nach hatte er sie auch erkannt.

Alan hatte Geraldine gleich erkannt. Mit ihrer Statur, ganz in Weiß, und dem schwarzen Stock konnte es nur die Frau von der Crawford Lane sein. Er stürmte in das Zimmer hinein und rief aufgeregt nach John, seinem Anführer.

»Was ist los?«, fragte ihn dieser alarmiert.

Dieser saß am großen Holztisch mit

einer ausgebreiteten Zeitung vor sich. Er suchte nach einem weiteren Bericht über den Mord im Victoria Park sowie nach einem eventuellen Kommentar zum gestrigen Tag in Kennedy Town. Auch Yu saß dort.

»Die Frau in Weiß stand soeben unten auf der Straße!«

»Was! Hat sie dich gesehen?«, fragte ihn John in drohendem Ton.

»Ich bin nicht sicher«, antwortete Alan vorsichtig.

»Wann hörst du endlich auf, diesen lächerlichen Hut zu tragen?«, schrie ihn John an. »Sie hat dich sicher erkannt!«

»Was zum Teufel macht sie hier?«, schrie Alan zurück.

»Dein Anschlag gestern ist offensichtlich fehlgeschlagen!«, donnerte John zu Yu, der schweigend zugehört hatte.

John war wieder einmal außer sich.

»Ja!«, musste Yu zugeben. »Warum ist sie nicht überfahren worden?«, murmelte Yu.

»Sie hat dich hier gesehen, sie weiß, dass du mit diesem Haus zu tun hast«, fasste

John die neue Situation zusammen. »Sie muss definitiv eliminiert werden!«

Um siebzehn Uhr waren Amy und Geraldine zurück in Hongkong. Auf der Überfahrt hatten sie kein Wort mehr miteinander gewechselt. Geraldine schien trotz des starken Wellenganges in eine eigene Welt verfallen zu sein. *Die Bekanntschaft muss keine angenehme gewesen sein*, sagte sich Amy. Sie verabschiedeten sich voneinander, als es zu regnen begann. Geraldine fuhr mit einem Taxi nach Hause, wo sie gleich auf ihren Schreibtisch zuging und das Kärtchen von Inspektor Cheung herausholte. Sie setzte sich und wählte seine Nummer auf ihrem Mobiltelefon.

»Inspektor Cheung«, meldete er sich.

»Hier ist Geraldine Hope. Ich habe Neuigkeiten.«

»Kommen Sie!«, antwortete der Inspektor ohne weitere Worte.

»Ich komme gleich«, antwortete Geraldine kurzentschlossen.

»Ich warte auf Sie!«

Eine halbe Stunde später saßen sie sich im Arbeitszimmer des Inspektors gegenüber.

»Sie haben Neuigkeiten, sagten Sie?«

»Es geht um die Aufnahme von Pamela Bright mit den beiden Männern«, begann Geraldine. »Hat Ihnen das Bild bei den Ermittlungen zum Verbrechen im Victoria Park geholfen?«

»Es könnte uns weiterhelfen«, sagte der Inspektor.

»Konnten Sie die Identität der Männer feststellen?«

»Noch nicht, wir arbeiten daran.«

»Dann hilft Ihnen vielleicht meine Entdeckung. Ich war heute mit einer Freundin auf der Insel Peng Chau. In einem ziemlich verfallenen Haus habe ich den Mann mit der Sonnenbrille und dem Hut auf der Dachterrasse kurz gesehen.«

Der Inspektor beugte sich zu ihr hin.

»Sind Sie sicher, dass es dieser Mann war?«, fragte der Inspektor.

»Ja, das bin ich. Er hat mich auch erkannt.«

Sie ist groß und immer ganz in Weiß

angezogen, unverkennbar mit ihrem Stock, ging dem Inspektor durch den Kopf.

»Er sprach zu einem Mann, den ich nicht sehen konnte, aber gehört habe«, sagte Geraldine weiter. »›Es war doch ein Erfolg?‹, habe ich gehört. Der andere antwortete mit: ›Der Zeitpunkt war falsch.‹«

»Sehr interessant«, sagte der Inspektor.

Er notierte die Worte auf seinem Schreibblock und schritt zu einem Schrank hinüber. Er zog eine Schublade heraus. Mit einem Ortsplan der Insel Peng Chau in der Hand kam er zurück und breitete ihn vor Geraldine aus.

»Zeigen Sie mir genau, wo das Haus steht.«

»Dieses Haus war es«, sagte sie, ohne zu zögern, und zeigte mit dem Finger darauf.

Der Inspektor klebte eine Marke in Form eines Pfeils über das Haus.

»Das ist ein sehr interessanter Hinweis. Er könnte uns wirklich weiterhelfen, vielen Dank!«

»Sind Ihre Ermittlungen in der South China Bank abgeschlossen?«, fragte

Geraldine und blickte den Inspektor erwartungsvoll an.

»Noch nicht ganz. Melden Sie sich wieder, sobald Ihnen etwas Seltsames auffällt.«

»Sie auch!«, traute sich Geraldine zu erwidern, bevor sie sich verabschiedete.

Wahrlich eine Frau mit Charakter, sagte sich der Inspektor lächelnd und wandte sich seinen Notizen zu. Ein Erfolg? Falscher Zeitpunkt?

»Auf nach Peng Chau!«, sprach er vor sich hin und wählte eine Telefonnummer.

Geraldine hatte den gestrigen Zwischenfall in Kennedy Town nicht angesprochen. Sie war sich nicht sicher, ob es wirklich ein Anschlag war, wie ihr Retter behauptet hatte. Vielleicht war sie aus Versehen gestoßen worden. Seltsam war, dass der Mann offenbar weggerannt war …

37

Am folgenden Tag, Dienstag, waren zwei Beamte in Zivilkleidung auf einem Schnellboot in Richtung Peng Chau unterwegs. Sie legten im kleinen Yachthafen an. Sie studierten nochmals den Plan der Insel und schritten die Straße entlang, die in Richtung des Hauses führte, das Inspektor Cheung mit einem roten Pfeil gekennzeichnet hatte. Sie schritten daran vorbei. Bei der nächsten Ecke blieben sie stehen und drehten sich um. Die Straße war weiterhin menschenleer.

»Gehen wir zurück?«, fragte Ben seinen Kollegen.

»Ja, gehen wir langsam zurück«, antwortete dieser.

Auf dem Weg zurück taten sie so, als würden sie sich für die Vegetation interessieren.

Plötzlich schritten zwei Männer vor ihnen aus dem verdächtigen Haus. Sie eilten die Straße hinunter in Richtung Hafen.

»Vielleicht nehmen sie das Ausflugsboot«, sagte Ben, während sie ihnen in sicherer Distanz folgten.

»Du hast recht, sie steigen ein. Schnell zu unserm Schiff!«

Peter und Alan hatten das Ausflugsboot bestiegen, das sich wenig später in Bewegung setzte. »Hongkong Central« war auf dem Schild des Stegs zu lesen, den das Boot soeben verlassen hatte.

Alan trug eine hellblaue Schirmmütze, ein schwarzes Oberteil und helle Jeans, Peter tannengrüne Hosen und ein grünes Polohemd. Nachdem sie die Passagiere begutachtet hatten, setzten sie sich in die hinterste Reihe in der Kabine.

»Wir müssen die Frau eliminieren, hat John gestern befohlen«, seufzte Peter. »Unseren ersten Auftrag hat er noch genau geplant. Das war ihm sehr wichtig. Er ist auch geglückt! Aber jetzt …«, sprach Peter weiter.

»Ich weiß auch nicht, was er sich vorstellt … meint er, die Frau nochmals auf die Fahrbahn stoßen? Das ist sogar ihm, zusammen mit Yu, nicht geglückt! Und überhaupt habe ich genug von John und seinen cholerischen Attacken. Ich steige aus!«

Alan hatte endlich ausgesprochen, was ihn in letzter Zeit bedrückte. »Ich sage es ihm heute Abend, wenn wir zurück sind.«

»Das wird er nie zulassen! Wir bringen doch heute die Frau um ...«, stieß Peter aus, während er beobachtete, wie ein weißes Schnellboot sie überholte.

»Ja klar, wir bringen sie um«, brummte Alan, dem das Schnellboot ebenfalls aufgefallen war.

Zwanzig Minuten später erreichten die Polizeibeamten Central und hielten neben den offiziellen Anlegestellen. Sie stiegen aus und mischten sich unter die Touristen, die die Pläne zu den Inseln studierten. Als das Ausflugsboot den vorgesehenen Steg erreichte und die Passagiere ausgestiegen waren, nahmen sie die Verfolgung von Peter und Alan wieder auf. Diese schritten zur Anlegestelle der Star Ferry hinüber.

»Sie wollen nach Kowloon«, bemerkte Ben.

»Sieht so aus!«

Die Verfolgung ging auf der Ferry weiter. In Kowloon schritten die beiden die Nathan Road entlang. Nach dem Kowloon Park bogen sie nach links ab, in die Canton Road.

»Frau Hope wohnt im großen Wohnblock gegenüber dem kleinen Park«, sagte Ben und zückte sein Mobiltelefon. »Ich muss dies Inspektor Cheung melden.«

Geraldine hatte ihre Wohnung verlassen, um im Quartier Süßigkeiten zu kaufen. Sie erwartete Mary am frühen Nachmittag.

Als sie zurückkam und die Abkürzung durch den Park nahm, blieb sie wie angewurzelt stehen. Zwei Männer standen unter einem großen Baum und blickten auf den gegenüberliegenden Wohnblock. »Den einen kenne ich doch!«, stieß sie aus. War der andere derjenige, der stets einen Hut und eine Sonnenbrille trug? Sie war sich nicht ganz sicher. Sie schritt zum Eingang des Parkes zurück, von wo sie die Männer sehen konnte. Aufgeregt zerrte sie ihr Mobiltelefon aus der

Handtasche und wählte die Nummer des Inspektors.

Inspektor Cheung hatte soeben die Meldung von Ben erhalten, als Geraldine anrief.

»Die beiden Männer stehen unten im Park und beobachten den Wohnblock, in dem ich wohne!«

»Ich weiß, ich habe diese Information soeben von meinen beiden Mitarbeitern in Zivilkleidung erhalten, die ihnen folgen. Bleiben Sie, wo Sie sind, ein Streifenwagen ist unterwegs.«

Peter und Alan hatten sich unterdessen auf eine Bank gesetzt, die von üppigen Pflanzen und Sträuchern umsäumt war.

»Ist sie überhaupt in ihrer Wohnung?«, fragte Peter nervös.

»Ich weiß es nicht. Im dritten Stock hat Yu sie einmal am Fenster gesehen. An welchem Fenster es war, konnte er mir nicht sagen. Das Gebäude ist ziemlich groß«, antwortete Alan. »Auf jeden Fall kann sie uns hier nicht sehen, wenn sie dort ist!«

Ein Polizeiwagen fuhr am Park vorbei und bog in die Jordan Road ein, wo Ben wartete, während sein Kollege die beiden Männer im Auge behielt. Inspektor Cheung saß auf dem Beifahrersitz. Sie stellten den Wagen entlang des Parkes ab und der Inspektor stieg aus.

»Wo sind die Männer?«, fragte er Ben.

»Etwa in der Mitte des Parkes.«

In diesem Augenblick kam der Kollege von Ben auf sie zu.

»Die beiden sitzen auf einer Bank und scheinen auf etwas zu warten«, berichtete er dem Inspektor.

»Habt ihr Frau Hope gesehen?«, fragte der Inspektor.

»Hier ist sie«, sagte Geraldine, die von ihrem Standort aus die Frage gehört hatte. »Ich bin froh, dass Sie gekommen sind«, begrüßte sie den Inspektor.

»Frau Hope, gehen Sie jetzt langsam zu Ihrem Wohnblock hinüber und warten Sie davor. Gehen Sie ja nicht hinein«, sprach der Inspektor.

»Schau, da kommt sie«, flüsterte Peter. »Was machen wir?«

»Warten, bis sie das Haus wieder verlässt.«

»Sie scheint unschlüssig zu sein, geht sie etwa nicht hinein?«

Alan schwieg und beobachtete Geraldine. Peter drehte sich auf der Bank um. In einiger Entfernung standen zwei Männer neben einer Palme und unterhielten sich.

»Komm, wir gehen!«, flehte Peter, der eine Gefahr witterte.

»Nein, noch nicht! Worauf wartet die Frau?«, fragte Alan nervös und stand auf.

Geraldine wartete vor dem Wohnblock auf ein Zeichen des Inspektors. Endlich! Seinem Handzeichen folgend, überquerte sie die Straße und betrat den Park.

»Sie kommt wieder!«, stieß Alan aus.

»Wir müssen weg!«, wiederholte Peter und zerrte Alan am Ärmel. Die beiden Männer unter der Palme waren verschwunden. »Nichts wie weg von hier!«

»Warum?«

»Siehst du denn den Polizeiwagen dort drüben nicht! Schnell zum kleinen Ausgang auf dieser Seite!«

Alan blickte sich um.

»Ja, dort steht ein Polizeiwagen, aber das hat doch mit uns nichts zu tun!«, erwiderte

Alan. »Es muss etwas in der Jordan Road passiert sein!«

»Ich glaube, es passiert gerade hier …«, stotterte Peter, der von jemandem brutal am Arm gepackt wurde. Auch Alan wurde festgehalten. Peter erkannte die beiden Männer.

Inspektor Cheung eilte herbei.

»Was soll das?«, fragte Alan entrüstet.

»Polizeikontrolle! Ihre Ausweise, bitte!«

»Ich habe keinen Ausweis dabei, warum auch?«, fauchte Alan.

»Ich auch nicht«, verkündete Peter.

»Sie kommen beide mit uns«, sagte Inspektor Cheung und schritt hinter seinen Mitarbeitern her, die Alan und Peter fest im Griff hatten.

Als die Männer im Polizeiwagen saßen, ging der Inspektor zu Geraldine zurück, die die Szene von Weitem beobachtet hatte.

»Ich melde mich später bei Ihnen. Einen schönen Nachmittag«, verabschiedete er sich.

Geraldine ging beruhigt nach Hause.

Niemand hatte Mary im Park bemerkt.

38

In Gedanken versunken hatte sich Mary auf eine Bank in der hintersten Ecke des Parkes gesetzt. Sie überlegte krampfhaft, wie sie George auf seine mehr als fällige Beförderung ansprechen sollte. Sie wollte ihren Traum einer Luxuswohnung auf der Flughafenpiste mit Tim Kit besprechen. Die Zeit drängte, denn solche Objekte waren in Hongkong sehr begehrt.

Plötzlich hörte sie: »Polizeikontrolle!« Sie spähte durch die üppige Vegetation hindurch. Wenige Meter vor ihr sah sie einen Polizeibeamten und zwei Männer, welche von zwei Männern weggezerrt wurden. Sie hatte kurz einen Blick in die Gesichter der festgenommenen Männer werfen können. Schulterzuckend konzentrierte sie sich wieder auf ihr Problem mit George. Zwanzig Minuten später warf sie einen Blick auf ihre Armbanduhr. Es war Zeit, zu Geraldine zu gehen.

Mit ihren weißen, weiten Hosen und dem blau-weiß gestreiften Oberteil sah sie noch jünger aus als sonst. Ihre Haare hatte sie zu einem Pferdeschwanz zusammengebunden. Kaum hatte sie bei Geraldine geklingelt, ging schon die Tür unten auf. Im dritten Stock erwartete sie Geraldine im Türrahmen.

»Komm herein, schön, dich wiederzusehen!«, begrüßte sie Mary.

Wenig später saßen sie bei Kaffee und Süßigkeiten im Wohnzimmer. Sie unterhielten sich zunächst über das Wetter, das in Hongkong ganz heftig sein konnte. Dem Wetterbericht nach näherte sich ein Wirbelsturm von den Philippinen her. Ob er weiter nach Hongkong ziehen würde? Geraldine lenkte nun das Gespräch auf das Verbrechen im Victoria Park.

»In der Zeitung letzten Freitag wurde berichtet, dass der oder die Täter noch nicht gefasst worden sind«, sagte Geraldine.

»Ja, leider! Es ist immer unheimlich, wenn sich solche Leute frei herumtummeln! Die könnten wieder zuschlagen!«

»Ja, falls sie das Opfer zufällig ausgewählt haben.«

Mary schwieg.

»Aber haben sie das?«, fuhr Geraldine
fort und ließ Mary nicht aus den Augen.
»Was war der Grund für die Tat, frage ich
mich. Einen Vermögensverwalter umzubringen, muss entweder mit Geld zu tun
haben ...«

Geraldine ließ den Satz so stehen und
wartete auf eine Reaktion von Mary.

»Das ist nicht gesagt, er kann private
Probleme gehabt haben«, gab Mary zu
bedenken.

»Oder berufliche!«, fügte Geraldine
hinzu.

Damit war der Weg frei für ihre nächste
brennende Frage.

»Waren die Beamten wieder in der South
China Bank?«

Mary schwieg und wirkte nervös.

»Haben sie auch George vernommen?«,
fragte Geraldine weiter.

»Ja!«

»Weißt du, warum? Ihr wart ja zu dieser
Zeit gar nicht in Hongkong.«

»Ich weiß nicht, wonach sie suchen. George spricht nicht gerne darüber, er will sich auf seine Arbeit konzentrieren«, entgegnete Mary.

»Hat das Fehlen von Paul Ling Auswirkungen auf die Arbeit von George?«, wollte Geraldine wissen.

Dass Paul einen Monat vor dem Verbrechen befördert worden war, dass aber George mit dieser Beförderung gerechnet hatte, ging Geraldine nichts an, fand Mary. Auch sie hatte fest damit gerechnet, womit sie wieder bei ihrem Problem war. Ihr schwebte eine luxuriösere Wohnung vor. Warum nicht auf der ausgedienten Flughafenpiste ... Tim Kit hatte schon immer geniale Projekte verwirklicht, aber auch teure, musste sie sich eingestehen. Das Fest von Tim Kit im Pensinsula-Hotel wäre die perfekte Gelegenheit gewesen, kurz mit Tim darüber zu sprechen. Sie hatten ja eine Einladung erhalten, aber George hatte abgesagt. Sie war immer noch wütend darüber. Er sei müde und brauche dringend eine Pause, hatte er ihr gestanden. So waren sie nach Stanley gefahren statt zum Hotel Peninsula. Ihr Einkommen mit ihrer Beraterfirma reichte bei weitem nicht aus, eine teurere Wohnung zu finanzieren. Die Situation hatte sich unterdessen allerdings geändert … Worauf wartete der Vorgesetzte von George, um ihn zu befördern? Jetzt ohne Paul Ling …

Mary spürte Geraldines forschenden Blick und antwortete schließlich: »Wie gesagt, wir sprechen nicht darüber.«

Geraldine füllte ihre leeren Tassen mit Kaffee nach.

»Du hast von einem Bild gesprochen, das dir Pamela gezeigt hat, hast du uns das letzte Mal erzählt«, sagte Mary. »Es handelte sich um zwei Männer«, sprach Mary weiter.

»Ja!«

»Zeig es mir«, bat Mary.

»Ich habe es nicht«, antwortete Geraldine, erstaunt über diese Frage.

»Du hast es nicht?«, insistierte Mary.

»Pamela hat es mir nur auf ihrem Smartphone gezeigt«, log Geraldine.

»Warum hat die Polizei dieses Bild?«, fragte Mary weiter.

»Hat sie das?«, fragte Geraldine mit scheinbar gelassener Stimme.

Geraldine versuchte, sich nichts anmerken zu lassen.

»Es wurde in der Bank gezeigt«, antwortete Mary, obschon sie dies nicht mit Sicherheit wusste.

Sicher war nur, dass der Inspektor es George gezeigt hatte.

Geraldine musterte Mary schweigend.

»Pamela muss demnach das Bild der Polizei gezeigt haben«, sagte Mary nachdenklich. »Warum nur? Vielleicht haben sie mit dem Mord zu tun. Eine baldige Aufklärung des Falles wäre zu wünschen!«, sprach sie weiter. »Was denkst du?«

»Ich weiß nicht, was ich denken soll. Hast du Pamela wieder seit eurer Cocktailparty getroffen?«

»Nein«, antwortete Mary kurz. »Übrigens ist bei euch im Quartier ganz viel los!«

»Was meinst du damit?«, fragte Geraldine.

»Die Polizei war da. Was ist passiert?«, fragte Mary.

Vielleicht wusste Geraldine, worum es ging, hoffte Mary.

»Ja, ich habe den Polizeiwagen gesehen, der um die Ecke geparkt war. Mehr weiß ich auch nicht.«

Die Angelegenheit ging Mary nichts an, fand sie.

Sie unterhielten sich danach über diverse Themen, bis sich Mary verabschiedete. Sie hatte gehofft, Geraldine würde ihr das Bild zeigen. Blieb nur noch Pamela … und die Beförderung von George …

Geraldine setzte sich wieder in ihren Sessel, nachdem Mary gegangen war. Sie musste ihre Gedanken ordnen. *Das Bild ist offenbar Teil der Ermittlungen in der Bank*, freute sie sich. *George wird offensichtlich weiter vernommen. Warum interessiert sich Mary für das Bild? Ich hoffe, Pamela behält es für sich, dass sie mir eine Kopie hat anfertigen lassen …*

Mary hatte nach dem Besuch bei Geraldine beschlossen, einen Umweg über die Nathan Road zu unternehmen. Ihre

Gedanken waren aber noch bei Geraldine. Sie war enttäuscht, dass Geraldine ihr das Bild nicht hatte zeigen können. *Wer sind die Männer? Wie kam das Bild zu Inspektor Cheung? Warum hat sie gefragt, ob ich Pamela wiedergesehen hätte*, fragte sie sich. Wer waren die Männer, die festgenommen worden waren? »Ich muss Pamela treffen«, sprach sie leise vor sich hin. *Das habe ich schon einmal versucht …* Sie zückte das Smartphone aus ihrer Tasche und wählte die Nummer von Pamela. Sie hatte sie nach dem Gespräch mit David gespeichert. Wer hätte gedacht, dass sie die Mitarbeiterin von Henry war …

Pamela war an diesem Tag mit ihrer Freundin Josephine im Botanischen Garten auf der Insel Hongkong unterwegs. Seit einigen Stunden bewunderten sie die zahlreichen tropischen Gewächse. Es war angenehm kühl hier oben, unter dem Peak. Sie saßen zum Abschluss in der Cafeteria vor einem Singapore Sling, als Pamelas Smartphone klingelte.

»Hier ist Mary«, hörte sie.

»Oh, guten Morgen, Mary«, antwortete Pamela.

»Ich möchte dich mal treffen, wann wäre das möglich?«

Pamela blickte zu ihrer Freundin hinüber und verdrehte die Augen.

»Ich habe in nächster Zeit ziemlich viel vor. Ich bin im Botanischen Garten. Wenn du willst, können wir uns in etwa einer Stunde schnell treffen. Wo bist du?«

»Ich bin in der Nathan Road. Ich nehme gleich die Ferry.«

»Ich komme zur Ferry-Anlegestelle. Dort gibt es viele Bars und Cafeterias. Bis in einer Stunde«, verabschiedete sich Pamela seufzend. »Dann habe ich es hinter mir«, sagte sie zu Josephine. »Was will sie denn von mir? Sie hat mich schon einmal angerufen. Ich kenne sie doch kaum.«

»Reg dich nicht auf! Nimm dort nochmals einen Singapore Sling!«

»Das werde ich!«

Eine Stunde später saß Pamela in einer Bar an einem Tischchen und musterte die Leute, die soeben aus einer Ferry ausgestiegen waren und vorbeieilten. Sie blickte auf ihre Uhr. *In einer halben Stunde muss ich nach Hause gehen und mich umziehen*, überlegte sie. Sie hatte eine Verabredung mit ihrem Kollegen David zum Nachtessen. Sie freute sich immer auf ihre Treffen. Sie hatte auch einiges zu berichten …

Mary hatte Pamela am vordersten Tischchen erblickt und ging auf sie zu.

»Schön, dich wiederzusehen!«, begrüßte sie Pamela, die aufgestanden war.

»Ich hoffe, es geht dir gut«, erwiderte Pamela. »In einer halben Stunde muss ich weg, bestellen wir doch gleich etwas!«

»Ich nehme einen Gin Tonic«, sagte Mary, »und du?«

»Einen Singapore Sling!«

Wenig später wurden ihnen die Getränke gebracht. Pamela saß schweigend da und musterte Mary. *Wenn sie wüsste, dass ich sie am Sonntag mit Henry Parker gesehen und gehört habe!* Die nicht wirklich herzliche Haltung von Pamela schien Mary nicht zu stören.

»Ich habe gehört, dass du ein Bild von

Geraldine in der Crawford Lane gemacht hast«, sagte Mary vorsichtig.

Das kann nur Geraldine gewesen sein, sagte sich Pamela.

»Ist das der Grund dieses Treffens?«, fragte Pamela.

»Nein, ich wollte wissen, wie es dir geht.«

Es geht ihr nicht um mich, sondern einzig um das Bild, sagte sich Pamela und wandte sich ihrem Glas zu. *Spielt sie auf meine Kündigung an? Sie weiß es ja seit Sonntag*, ging ihr weiter durch den Kopf.

»Kannst du mir das Bild zeigen, du hast es mit dem Smartphone aufgenommen«, bat sie Pamela.

»Das kann ich nicht«, sagte Pamela nach einer Weile und nahm einen weiteren Schluck Singapore Sling.

»Warum nicht?«

»Weil ich es gelöscht habe!«

»Warum?«, krächzte Mary.

Mary konnte ihren Ärger nicht verbergen. Pamela betrachtete sie erstaunt.

»Ich lösche regelmäßig Mails und Fotos, um die Batterie zu schonen. Das machst du sicher auch ab und zu«, antwortete Pamela in ruhigem Ton.

Dass ihr Smartphone zertrümmert worden war, musste sie Mary nicht erzählen. Aber es war doch eigenartig, dass sie, nachdem sie Mary geschildert hatte, dass sie sich beim Man Mo Tempel befand, wenig später umgestoßen worden war.

»Wie war es im Botanischen Garten?«, erkundigte sich Mary, nachdem sie sich etwas beruhigt hatte.

»Es war die beste Idee bei dieser drückenden Hitze«, antwortete Pamela strahlend. »Ich muss leider weiter, ich habe noch einen Termin«, sagte sie und winkte der Bedienung.

Sie verabschiedeten sich wenig später. Pamela atmete tief durch, geschafft! Jetzt konnte sie sich auf den Abend mit David freuen.

Enttäuscht stieg Mary in die nächste Ferry nach Kowloon. Weder bei Geraldine noch bei Pamela war sie erfolgreich gewesen. *Übrig bleibt nur noch der Inspektor*, überlegte sie. *Warum sollte er mir das*

Bild zeigen? Ich muss das Bild vergessen, sagte sie sich schließlich.

Dass sie das Bild doch noch zu Gesicht bekommen würde und unter welchen Umständen, konnte sie nicht wissen …

39

Als sie wieder auf freiem Fuß waren, schritten Peter und Alan die Nathan Road hinunter zur Ferry-Anlegestelle.

»Der Inspektor musste uns wieder freilassen«, sagte Peter nicht ohne Schadenfreude, dem die Befragung des Inspektors nicht aus dem Kopf ging.

»Klar, wir saßen ja nur auf einer Bank in einem Park. Er konnte uns kein Vergehen nachweisen. Er hatte kein Recht, uns zu verhaften«, antwortete Alan.

»Er wollte wissen, warum wir ausgerechnet in diesem Park waren«, sagte Peter kopfschüttelnd. »Auf deine Antwort ›Warum nicht?‹ hat der Inspektor nichts einzuwenden gewusst«, freute sich Peter.

»Trotzdem hat er jetzt unsere Namen und die Adresse in Peng Chau«, gab Alan zu bedenken.

»Die Adresse hatte er sicher schon von

der Frau, die dich auf der Terrasse gesehen hat.«

»Die beiden Männer in Zivil müssen uns gefolgt sein, vielleicht schon von Peng Chau weg. War da nicht ein Schnellboot, das uns auf der Fahrt überholt hat? Das waren sicher die!«, überlegte Alan.

Peter schwieg. Erst auf dem Ausflugsschiff nach Peng Chau nahmen sie das Gespräch wieder auf.

»Dass er uns Fetzen unseres Gesprächs in der Crawford Lane an den Kopf geworfen hat, sagen wir John nicht ...«

»Auf keinen Fall«, erwiderte Alan. »Die Tat und ein gut situierter Mann. Diese Worte soll die Frau gehört haben und dem Inspektor weitergesagt haben.«

»Du hast ihm mit ›Haben wir das gesagt? Ich weiß gar nicht mehr, worüber wir uns unterhalten haben‹ geantwortet«, sagte Peter.

»Ist ja schon eine Weile her«, sprach Alan. »Wie du sagst, er musste uns freilassen!«

Das Ausflugsboot hatte unterdessen die Anlegestelle in Peng Chau erreicht. Sie stiegen aus und schritten langsam zum Haus, wo wahrscheinlich John und Yu auf sie warteten.

»Wo seid ihr heute gewesen?«, fragte John, ohne sie zu begrüßen.

Alan blickte zu Peter hinüber.

»Wir sind zur Wohnadresse der Frau in die Canton Road gegangen. Wir wollten euren Plan vom Sonntag in Kennedy Town in ihrem Quartier ausführen«, schilderte Peter.

»Ihr wolltet sie auf die Fahrbahn stoßen?«, fragte John erstaunt.

»Ja, das wolltet ihr ja auch«, murmelte Peter.

»Aber doch nicht ein zweites Mal!«
John schäumte.

»Und? Ist sie gestorben?«, fragte er bissig.

»Nein«, sprach jetzt Alan leise.

»Erzählt endlich weiter!«, forderte sie John in drohendem Ton auf.

»Wir haben uns auf eine Bank im Park gegenüber ihrer Wohnung gesetzt und den Wohnblock beobachtet«, sagte Alan.

»Und dann?«, fragte John ungeduldig.

»Sie ist durch den Park gekommen und zum Eingang des Blocks gelaufen, kam dann aber wieder zurück. Wir wurden von zwei Männern in Zivil gepackt und fortgeführt«, schilderte Peter.

»Wie fortgeführt!?«

»Wir wurden festgenommen«, erklärte Alan schulterzuckend.

»Ihr seid also von zwei Männern in Zivilkleidung festgenommen worden«, wiederholte John mit krebsrotem Kopf die Aussage von Alan.

»Genau!«

»In Zivilkleidung? Waren es überhaupt Polizeibeamte?«, fragte er weiter und beugte sich zu ihnen hin. »Habt ihr euch nicht gewehrt?«

»Ein Beamter in Uniform hat uns zum geparkten Streifenwagen geführt.«

»Warum seid ihr festgenommen worden?«, fragte John.

»Das wissen wir nicht. Wir saßen auf einer Bank im kleinen Park«, sagte Peter.

»Einfach so festgenommen?!«

John schien die ganze Angelegenheit

völlig absurd. *Sagen sie mir wirklich die Wahrheit*, fragte er sich, während er die beiden mit durchdringendem Blick musterte.

»Ja, einfach so. Hongkong ist zu einem Polizeistaat geworden!«, entrüstete sich Alan.

»Was wollte der Inspektor wissen?«, fragte John in heller Aufregung.

»Name und Adresse. Er wollte unsere Ausweise sehen, die wir natürlich nicht dabeihatten«, antwortete Alan in ruhigem Ton.

»Habt ihr die Adresse genannt?«

»Das mussten wir. Die Frau in Weiß hat mich schließlich auf der Terrasse gesehen«, sagte Alan. »Ihr Hobby ist bekanntlich der Gang zur Polizei«, fügte er leicht schmunzelnd hinzu.

»Du hast uns schließlich den Befehl gegeben, sie zu eliminieren!«, schrie Peter.

»Was euch bestens gelungen ist …«, fauchte John, der aufgestanden war und zur Terrasse hinüberschritt. »Die Frau muss weg, wie auch immer!«, sprach er entschlossen vor sich hin. »Also sind Yu und ich wieder an der Reihe!«

»Geht mir aus den Augen!«, tobte er wenig später, als er den Raum wieder betrat.

Sie nahmen das nächste Boot nach Hongkong Central.

»Bin ich jetzt entlassen?«, fragte Alan hoffnungsvoll und drehte sich Peter zu.

»Ich etwa auch?«, fragte dieser stutzig.

»Vergessen wir die Frau in Weiß und den Inspektor! Auf ein neues Leben!«, verkündete Alan beschwingt.

»Und John!«, rief Peter freudig aus.

»Gehen wir essen!«, schlug Alan vor.

»Genau! Wie wäre es mit einem indischen Restaurant?«

»Gute Idee!«

Voller Elan schritten die beiden die Des Voeux Road entlang auf der Suche nach einem indischen Restaurant.

»Ein richtig scharfes Curry!«, freute sich Alan und drehte sich zu Peter. »Du auch?«

»Auf jeden Fall!«

40

Henry Parker wälzte sich im Bett hin und her. An Schlaf war seit seiner vorläufigen Freilassung letzten Freitag nicht zu denken. Seine Gedanken über seine Situation hatten ihn all die Tage nicht losgelassen. Sie verfolgten ihn unaufhörlich und versetzten ihn in Panik. Finanziell war er fast am Ende, wie dieser Inspektor ihm ins Gesicht geworfen hatte. Er stand auf, schlüpfte in seinen weinroten Morgenmantel und begab sich in die Küche. Mit einer Tasse Kaffee setzte er sich wenig später an den Küchentisch. Auf dem Notizblock, der immer dort lag, begann er die Probleme aufzulisten.

Pamela hatte gekündigt, darüber war er froh. Dass er das Mobiltelefon während seiner Haft zu Hause vergessen hatte, hatte Mary leider entdeckt. Er hatte sie beim Kowloon Park getroffen. Er musste ihr sein Missgeschick und die Fahrerflucht in Stanley gestehen. Es stand ja schließlich auch in den Zeitungen. Zur Ablenkung hatte er ihr mitgeteilt, dass seine Mitarbeiterin gekündigt hatte.

Er erinnerte sich an die seltsame Frage des Inspektors, ob er gewusst habe, dass George am Tag des Verbrechens in Hongkong war. Er hatte vergessen, Mary darauf anzusprechen. Sie hatte immer behauptet, dass sie am Montag, dem 21. März, noch in den Ferien gewesen waren. »Wir sind erst drei Tage später, am Donnerstag, aus den Ferien zurückgekehrt.« *Eigenartig … Was steckt dahinter*, fragte er sich. *Wer lügt?*

Das schlimmste Problem betraf die Flughafenpiste. Mit Bill Peng war es aus. Er brauchte aber dieses Projekt unbedingt. »Deshalb brauche ich Tim Kit«, sagte er nach einer Weile vor sich hin und schlug mit der Faust auf den Tisch. Das war die Lösung! Nur eine Zusammenarbeit mit ihm, dem besten Architekten, konnte ihn finanziell retten. Er nahm einen Schluck Kaffee. *Hat Tim Kit sein Projekt fertiggestellt?*, fragte er sich. *Hat er schon Kontakt mit den Behörden aufgenommen?*

Wann ist eigentlich der Abgabetermin dieser Ausschreibung? Seine Gedanken schwirrten wild in seinem Kopf herum. Dank der Streifkollision war Tim Kit noch am Leben ... Eigentlich dank dem Inspektor! Er lehnte sich zurück und musste lachen. Die Sorgen holten ihn aber schnell wieder ein. *Wie komme ich an Tim Kit heran?* Dick Miller, sein Mitarbeiter, hätte ihm damals einen Termin mit Tim vereinbaren können. Er zögerte. *Will ich das überhaupt? Abhängig sein von Tim Kit?* Mit seiner Firma war er unabhängig. *Das muss auch so bleiben*, beschloss er.

Kann ich das Projekt wirklich nicht allein gewinnen? Nur mit einer bahnbrechenden Idee habe ich eine Chance, musste er sich eingestehen. Er raufte sich die Haare.

Ein Blitz ging durch seinen Kopf. Ein exklusiver Yachthafen in Kowloon! Der große Yachthafen befand sich auf der Insel Hongkong beim Victoria Park, in der Nähe seiner Firma. Auf der Festlandseite, Kowloon, gab es nur die Ferry-Anlegestellen und die Häfen für die großen Passagier- und Frachtschiffe, überlegte er.

Auf beiden Seiten der Flughafenpiste im rechten Winkel angeordnet, könnten Plätze für Yachten angelegt werden, Luxusyachten. Diese könnten mit luxuriösen Bungalows verbunden werden. Durch üppige Vegetation, die im tropischen Klima von Hongkong prächtig gedeiht, wären die Bungalows voneinander getrennt. In der Mitte der Piste hätten futuristische Einkaufszentren, Schwimmbäder und Tennisplätze sowie diverse exklusive Restaurants auf der ganzen Länge genügend Platz. Hongkong Village? Hongkong Riviera? Henry Parker begann zu schwitzen. War das etwa die Lösung?

Auf an die Arbeit, ich habe schon genügend Zeit verloren, sagte er sich und begab sich ins Badezimmer. Geduscht und angezogen setzte er sich an seinen Tisch im Wohnzimmer. Auf einem großen Bogen Papier begann er von neuem die Flughafenpiste zu zeichnen.

Auch Mary wälzte sich diese Nacht hin und her. Sie hatte sich vorgenommen, George am nächsten Tag auf die Beförderung anzusprechen.

41

Am nächsten Tag, Mittwoch, den 13. April, beim Frühstück startete Mary ihren Versuch. George trank seinen Kaffee und starrte ins Leere, als Mary ihm ihre Frage stellte.

»Wird dein Vorgesetzter auch immer wieder vernommen?«

»Warum fragst du? Spielt das eine Rolle? Hast du etwa das Gefühl, er ist der Mörder!?«

»Natürlich nicht«, stammelte Mary mit erstickter Stimme. »Ich habe mich nur gefragt, wie die Stimmung bei ihm und bei deinen Mitarbeitern ist.«

»Spielt das eine Rolle?«, wiederholte George in beißendem Ton.

»Was ist mit deiner Beförderung, jetzt, wo Paul Ling ...«

George schlug mit der Faust auf den Tisch.

»Genug jetzt!«, fauchte er, stand auf, zückte seine Mappe und verschwand ohne ein Wort des Abschieds.

Wie versteinert blieb Mary am Tisch sitzen. So wütend hatte sie ihren Mann noch nie gesehen. Offenbar waren die Ermittlungen in der Bank noch nicht abgeschlossen. Sie fasste einen Beschluss und griff nach ihrem Mobiltelefon. Sie suchte nach der Nummer von Tim Kit und rief an.

»Wai Fong Chang am Apparat«, kam durch die Leitung.

»Guten Morgen, hier ist Mary Chen. Ich möchte mit Herrn Kit sprechen.«

»Einen Moment, ich sehe nach, ob er frei ist«, sagte Wai Fong in freundlichem Ton.

Nach einer Weile hörte sie wieder die freundliche Stimme.

»Ich verbinde Sie mit ihm!«

»Vielen Dank, Frau Chang.«

»Hier ist Tim, guten Morgen, Mary! Du willst mich sprechen? Komm doch gleich vorbei! Den Rest des Tages bin ich mit Besprechungen beschäftigt«, schlug er ihr vor.

»In einer halben Stunde bin ich da, vielen Dank, Tim!«

In Windeseile zog sie sich um und machte sich freudig auf den Weg zur Ferry.

Kaum hatte sie mit der Ferry Honkong Central erreicht, stieg sie in ein Taxi. Zehn Minuten später hielt das Taxi vor dem eleganten Bau an der Wasserfront an.

Tim begrüßte Mary herzlich. Er trug helle Hosen, ein weißes Hemd und einen blauen Ledergurt mit goldener Schnalle. Seine hellgelbe Krawatte hatte er locker um den offenen Kragen des Hemdes gebunden. Mary wusste, dass Gelb, Weiß und Blau seine Lieblingsfarben waren. *Er sieht einfach phantastisch aus*, sagte sie sich. Und dieser Duft! Paco von Paco Rabanne. Sie liebte diesen Duft, aber George mochte ihn nicht …

Sie schritten zu seinem Arbeitszimmer mit der grandiosen Aussicht auf Kowloon hinüber. Wai Fong Chang brachte ein Tablett mit Kaffee und frischen Getränken herein und verschwand wieder.

»Wie geht es dir?«, fragte er sie und musterte sie.

In ihren weiten schwarzen Hosen und einem seidenen hellgelben Oberteil sah sie bezaubernd aus, stellte er fest.

»Gut, danke«, antwortete sie und betrachtete sein exotisches Gesicht.

Er strahlte eine ungeheure Vitalität aus. *Welch ein Unterschied zu George*, ging ihr dabei durch den Kopf.

»Und George?«

Seine Frage holte sie in die harte Realität zurück.

»Er ist völlig gestresst, seitdem wir aus unseren Ferien zurückgekehrt sind«, sagte sie mit leiser Stimme.

»Ich nehme an, es hat mit dem Mord an Paul Ling zu tun. Die Ermittlungen sind anscheinend noch nicht abgeschlossen. Der oder die Täter wurden laut den Zeitungsberichten noch nicht gefasst«, sagte Tim in nachdenklichem Ton.

»Ja, leider. Ich frage ihn oft, wie die Stimmung in der Bank ist, wie es seinen Mitarbeitern und seinem Vorgesetzten geht, aber er will nicht darüber sprechen«, antwortete Mary. »Er reagiert sogar wütend«, fügte sie leise hinzu.

Er spürte ihre Verzweiflung und wechselte das Thema.

Eheproblemen anderer Leute ging er stets aus dem Weg.

»Was führt dich zu mir?«, fragte er Mary

erwartungsvoll und streckte entspannt seine Arme vor sich auf dem Tisch aus.

»Es geht um die Flughafenpiste.«

»Die Flughafenpiste?!«

»Ich wünsche mir schon lange eine größere und luxuriöse Wohnung. Ich dachte, du könntest mir dabei helfen. Du arbeitest doch an diesem Projekt«, sagte sie.

»Du möchtest eine große Wohnung auf der Flughafenpiste, wenn ich richtig verstehe?«

»Ja genau!«, antwortete sie mit strahlenden Augen.

»Du gehst also davon aus, dass ich dort solche Wohnungen plane?«, fragte Tim und musterte sie interessiert.

»Ja, wie bei deinem letzten Projekt. Aber ich nehme an, diese Wohnungen sind bereits alle verkauft!«

»Da hast du recht, die gingen schnell weg!«, erwiderte Tim nicht ohne Stolz.

»Kein Wunder! Deine Projekte sind immer wundervoll und außergewöhnlich«, schwärmte sie.

»Danke! Aber du willst demnächst eine Luxuswohnung kaufen, mein Projekt dauert noch eine Zeit lang«, gab ihr Tim zu bedenken. »Melde dich doch bei einigen Immobilienfirmen«, schlug er ihr vor. »Du findest sicher etwas Passendes.«

Mary schwieg.

»Was meint denn George dazu?«, fiel ihm jetzt ein.

Mary hatte bisher nur von sich gesprochen.

»Mit ihm kann ich zurzeit nicht darüber sprechen«, seufzte sie.

Tim staunte. *Die Frau will eine größere Wohnung kaufen, ohne mit ihrem Mann darüber zu sprechen!? Er wird die Wohnung schließlich finanzieren müssen, als Vermögensverwalter bei der South China Bank. Ihre Beratungsfirma ist eher eine Alibiübung als eine seriöse Einkommensquelle.*

»Warte doch einfach, bis sich die Lage in der Bank beruhigt hat. George wird danach seine Energie in dieses Projekt stecken können. Solange Ermittlungen in der Bank stattfinden, wird er sich nicht mit einer neuen Wohnung abgeben wollen. Es geht immerhin um die Ermordung eines hohen Angestellten«, schlug Tim vor.

George und seine Energie! Welche Energie? Er ist nicht wie du, ging Mary durch den Kopf, während sie Tim beneidete. Er schien keine Probleme zu haben.

»Wenn ihr mir beide eure Vorstellungen genauer beschreiben könnt, können wir gerne darüber sprechen«, sprach Tim weiter und warf einen Blick auf seine Armbanduhr.

Er wollte nicht ohne George darüber reden. Schließlich hatte sich über die Jahre aus der geschäftlichen Beziehung zu George eine freundschaftliche Beziehung zum Ehepaar entwickelt.

»Es tut mir leid, aber ich muss noch ein Dokument vor der nächsten Besprechung studieren. Ich freue mich auf ein späteres Treffen zu dritt«, beendete er die Diskussion.

»Vielen Dank, dass du dir Zeit für mich genommen hast«, sagte sie und versuchte ihre Enttäuschung zu verbergen.

Kopfschüttelnd stand Tim wenig später vor dem großen Fenster und blickte nachdenklich auf die Wasserstraße hinunter.

Dass es im Team von George um einen

Mord ging, der zurzeit aufgeklärt werden musste, schien sie nicht zu begreifen! Unglaublich!

Sein nächster Schock stand kurz bevor …

42

Tim stand noch immer fassungslos vor dem Fenster, als sein Telefon klingelte. Es war sein Bodyguard Gregory Kong.

»Hallo Tim! Ich muss dich sprechen. Ich war heute Vormittag bei Inspektor Cheung.«

»Komm doch gleich vorbei!«, antwortete Tim. »Heute Nachmittag habe ich eine Besprechung nach der anderen. Ich habe auch Neuigkeiten, die dich interessieren könnten!«

»In zehn Minuten bin ich bei dir«, antwortete Gregory.

Kurze Zeit später saß Gregory Kong Tim Kit gegenüber.

»Folgendes hat mir der Inspektor geschildert«, begann Gregory. »Er hat in der Bank George sowie die Mitarbeiter von George mehrmals vernommen. Einer dieser Mitarbeiter hat dem Inspektor bei der letzten Befragung mitgeteilt, dass er

George und seine Frau am Tag des Verbrechens in Hongkong Central gesehen hat.«

»Am Tag des Verbrechens!? Sie waren doch noch in Stanley«, bemerkte Tim stirnrunzelnd.

»Ja! George hat dies immer abgestritten. Erst als der Inspektor erwähnte, dass es einen verlässlichen Augenzeugen gibt, hat er es schließlich zugegeben. Er und Mary hätten einen Maßanzug bei einem Schneider abgeholt, hatte George erklärt. Der Schneider bestätigte dem Inspektor, dass sie an diesem Tag etwa zehn Minuten lang, Mitte Nachmittag, bei ihm waren.«

»Seltsam!«, kommentierte Tim diese Schilderung. »An sich harmlos, warum hat er es denn abgestritten?«, sprach Tim nachdenklich weiter.

»Weil sie wahrscheinlich nicht nur deswegen in der Stadt waren. Von Stanley nach Hongkong Central wegen zehn Minuten? Und das in den Ferien! Nicht wirklich glaubwürdig, fand auch der Inspektor. Er wird George morgen nochmals im Polizeiposten vernehmen.«

»Ich verstehe«, sagte Tim.

»Der Inspektor hat sich natürlich auch mit dem Vorgesetzten von George unterhalten. Die Frage, ob es unter den Mitarbeitern im Team Probleme gab, verneinte dieser. Die Stimmung in seinem Team sei gut.«

Gregory legte eine kurze Pause ein, bevor er weitersprach. Tim musterte ihn gespannt.

»Einen interessanten Hinweis hat er aber dem Inspektor geliefert«, sagte Gregory. »Er hat Paul Ling ungefähr einen Monat vor dessen Tod befördert.«

»Jetzt wird es interessant«, sagte Tim, der der Schilderung von Gregory aufmerksam gefolgt war.

»Der Vorgesetzte erklärte ihm, dass für ihn sowohl Paul wie auch George für eine Beförderung in Frage kamen. Er habe sich für Paul Ling entschieden, da dieser in letzter Zeit brillante Leistungen erbracht hatte, was bei George nicht der Fall war.«

»Ach ja? Wusste George, dass er für eine Beförderung in Frage kam?«, fragte Tim aufgeregt.

»Der Vorgesetzte hat dies verneint, jedoch sehr zögerlich, gemäß dem Inspektor. Mit dieser Frage hat der Inspektor wiederum jeden einzelnen Mitarbeiter konfrontiert. Er hat keine eindeutige Antwort erhalten, Achselzucken, Erstaunen, aber nichts Konkretes, war der Schlusskommentar des Inspektors«, beendete Gregory seine Ausführungen. »George bleibt weiterhin ein Hauptverdächtiger«, fügte Gregory hinzu. »War seine verpasste Beförderung ein Grund, Paul zu eliminieren? Wusste er davon? Der Inspektor stellt sich die gleichen Fragen«, sprach Gregory weiter.

»Ich frage mich, ob Georges Frau Mary von einer möglichen Beförderung ihres Mannes gewusst hatte«, sagte Tim nachdenklich.

»Was sagst du? Wie kommst du auf Mary?«, fragte Gregory erstaunt.

»Warum will sie genau jetzt eine Luxuswohnung in teuerster Lage?«, sprach Tim mehr zu sich als zu Gregory. »Sie war hier heute Vormittag!«

»Was! Warum?«, fragte Gregory in heller Aufregung.

»Sie möchte eine Luxuswohnung auf der Flughafenpiste, hat sie mir erzählt.«

»Was! Und George?«, fragte Gregory, der aus dem Staunen nicht herauskam.

»Das habe ich sie auch gefragt. Sie kann mit ihm nicht darüber sprechen. Er werde gleich wütend, wenn sie sich nach der Stimmung im Team erkundigt.«

»Das ist ja interessant!«

Gregory musste kurz durchatmen.

»Eine Luxuswohnung auf der Flughafenpiste! Wer soll die bezahlen, wenn nicht George, der nichts davon weiß!«, ereiferte sich Gregory. »Hoffentlich hast du nichts von deinen Plänen erzählt!«

Er war ebenso entsetzt wie Tim.

»Nein, ich habe ihr geraten, Immobilienfirmen zu kontaktieren, da mein Projekt noch länger dauern würde und sie jetzt eine Wohnung kaufen will.«

»Gut gemacht!«, erwiderte Gregory erleichtert.

»Warum bist du so beunruhigt?«, fragte Tim besorgt.

»Sie hat sich letzten Sonntag mit Henry

Parker getroffen. Sie scheinen sich gut zu kennen. Wusstest du das?«

»Nein! Henry Parker …«

»Vielleicht wollte sie dich ausspionieren, um deine Ideen Henry Parker weiterzuleiten? Der steht mit seiner Firma am Abgrund, wie du weißt …«

»Ja, ich weiß, gab Tim zu. »Ich glaube nicht, dass sie mich ausspionieren wollte. Sie hat keine Fragen zu meinem Projekt gestellt. Es ging ihr wirklich nur um sich und die Wohnung«, erwiderte Tim in verächtlichem Ton. »Dass George sich mit laufenden Ermittlungen in einem Mordfall herumschlagen muss, nebst seiner Arbeit, scheint sie nicht zu interessieren!«

»Dass sie sich mit Henry Parker trifft, gefällt mir gar nicht. Wir wissen, dass er vor kriminellen Taten nicht zurückschreckt! Erst seine Gattin, deren Tod nie restlos aufgeklärt wurde, und sein misslungener Anschlag auf dich in Stanley«, sagte Gregory kopfschüttelnd.

»Ja, das ist seltsam«, gab Tim zu. »Also sowohl Henry Parker als auch George sind für den Inspektor Hauptverdächtige im

Verbrechen an Paul Ling, wenn ich richtig verstehe«, fasste Tim die Lage zusammen.

»Ja.«

»Aber aus welchem Grund hätte Henry Parker Paul umbringen sollen?«

»Auch auf diese Frage hat der Inspektor noch keine Antwort«, gab Gregory seufzend zu.

»Was macht er eigentlich? Ich meine Henry Parker? Gibt es auch Neuigkeiten, was ihn betrifft?«, fragte Tim neugierig.

»Henry Parker scheint sich zu Hause aufzuhalten. Mein Mitarbeiter Siu Wa behält ihn weiterhin im Auge. Seit Sonntag, als er sich mit Mary Chen getroffen hat, hat er die Wohnung kaum verlassen«, berichtete Gregory. »Er hat zwar zurzeit weder einen Fahrausweis noch einen Wagen, aber trotzdem! Mit dem gut ausgebauten öffentlichen Verkehr kommt man hier überall hin … Was führt er im Schilde?«

»Vielleicht entwirft er einen Plan für die Flughafenpiste«, entgegnete Tim in spöttischem Ton. »Soll sich doch Mary bei ihm melden …«

Gregory hatte unterdessen das Bild von

Pamela aus seiner Mappe gezückt und schob es auf dem Tisch zu Tim hinüber.

»Kennst du diese Leute?«, fragte Gregory.

»Nein, die kenne ich nicht«, antwortete Tim. »Wer sind sie?«

»Der Inspektor hat die beiden Männer gestern vernommen. Vielleicht sind sie die dritten Verdächtigen im Fall Paul Ling. Die Frau auf dem Bild ist nicht wichtig. Sei vorsichtig, solltest du ihnen begegnen. Das ist eine Warnung. Ich bin schließlich dein Bodyguard ... Mehr kann ich dazu noch nicht sagen. Behalt das Bild.«

Gregory erhob sich und verabschiedete sich.

Tim nahm das Bild vom Tisch und schritt damit zum Fenster hinüber.

Er fühlte sich von diesen Neuigkeiten erschlagen. Die Falschaussagen von George beschäftigten ihn am meisten. Ein Unschuldiger macht keine Falschaussagen! *Wovor hat er Angst*, fragte er sich. Und wenn dieser Mord von einem psychisch Kranken verübt worden wäre? Paul das zufällige Opfer? *George würde sich in diesem Fall nicht in Falschaussagen verstricken*, überlegte er und verwarf diesen Gedanken gleich wieder. *Was geht nur in George vor?*

Kopfschüttelnd betrachtete er das Bild, das er in der Hand hielt. Seine Gedanken blieben aber weiterhin bei George haften. *Ein Mordfall eines leitenden Angestellten einer Bank ist ein gravierendes Ereignis. Solange das Verbrechen nicht nahtlos aufgeklärt ist, wird sich George kaum nach einer Luxuswohnung umsehen wollen.*

Falls er das überhaupt will …
Falls er nicht der Mörder ist …

43

Am nächsten Tag, Donnerstag, den 14. April, machte sich George mit grimmiger Miene auf den Weg in die Nathan Road. Zwanzig Minuten später saß der Inspektor Cheung gegenüber.

»Sie haben bei unserem letzten Gespräch zugegeben, dass Sie am 21. März ein paar Stunden vor dem Verbrechen in Hongkong Central waren«, begann der Inspektor.

George schwieg.

»Der Stadtteil Hongkong Central liegt auf der Insel Honkong, wie auch Stanley«, fügte der Inspektor hinzu und ließ damit George etwas Zeit zum Antworten.

Dieser schwieg weiterhin.

»Das haben Sie zugegeben«, insistierte der Inspektor und blickte ihn dabei forsch an.

»Ja«, murmelte dieser.

»Von wann bis wann haben Sie sich an diesem Tag in der Stadt aufgehalten?«

»Es war am Nachmittag, wir haben

einen Maßanzug abgeholt, wie ich Ihnen schon berichtet habe.«

»Geht es etwas genauer?«

»Um etwa siebzehn Uhr waren wir dort, ich weiß es nicht mehr genau«, antwortete George.

»Der Schneider, bei dem Sie waren, hat mir bestätigt, dass Sie sich etwa zehn Minuten lang bei ihm aufgehalten haben. Es war gegen siebzehn Uhr, wie er mir sagte«, teilte ihm der Inspektor mit.

George schwieg.

»Was haben Sie danach gemacht?«, fragte der Inspektor in scharfem Ton.

»Wir sind nach Stanley zurückgefahren«, antwortete George ungeduldig.

»Sie sind also den ganzen Weg von Stanley in die Stadt gefahren wegen zehn Minuten?«

»Ja!«

»Das nehme ich Ihnen nicht ab! Ich will die Wahrheit!«, donnerte der Inspektor.

Betretenes Schweigen. Der Inspektor erhob sich und schritt zu ihm hin.

»Dass Sie sich damit äußerst verdächtig machen, ist Ihnen klar?«

»Ich habe niemanden ermordet!«, wehrte sich George.

»Dann erzählen Sie doch, was an diesem Tag und in dieser Nacht geschehen ist!«

»Wir sind nach Stanley zurückgefahren, nachdem wir noch einen kleinen Spaziergang im Quartier gemacht haben!«

»Gibt es Zeugen in Stanley, die bestätigen können, dass Sie den Abend und die Nacht dort verbracht haben?«, fragte Inspektor Cheung, der sich wieder gegenüber von George gesetzt hatte.

»Es gibt keine Zeugen, aber es ist die Wahrheit«, betonte George. »Wir haben in der Ferienwohnung gekocht und den Abend und die Nacht dort verbracht«, sprach er weiter. »Wir brauchen doch keine Zeugen, wir haben doch nichts Illegales angestellt«, entgegnete George, der seine Wut nur mit Mühe verbergen konnte.

»Wenn alle Ihre Aussagen stimmen, stimme ich Ihnen zu«, antwortete der Inspektor. »Ich verstehe aber nicht, warum Sie nie zugeben wollten, dass Sie an diesem Nachmittag in der Stadt waren, wenn Sie doch nur beim Schneider waren?«

»Es ging ja nur um diesen Anzug, das schien mir wirklich nicht wichtig.«

Inspektor Cheung betrachtete ihn kopfschüttelnd.

»In einem Mordfall ist alles wichtig!«

Er erhob sich. George starrte ihn bewegungslos an.

»Sie können gehen, aber bleiben Sie in Hongkong!«

Zehn Minuten später verfasste der Inspektor einen Bericht für die Tageszeitungen von morgen. »Gegen die wenigen Hauptverdächtigen wird weiter ermittelt«, schrieb er. Mal sehen, was dies für Reaktionen auslösen würde …

Er war gespannt …

44

Am Freitag, dem 15. April, las Geraldine wie jeden Tag die Zeitung. »Verbrechen im Victoria Park: Die Ermittlungen schreiten voran! Der Kreis der Verdächtigen zieht sich langsam zu!« Von wenigen Hauptverdächtigen war die Rede, gegen die weiter ermittelt werde. *Wer sind diese Verdächtigen?*, fragte sie sich. *Sind die Männer von Peng Chau auch dabei? Es wären zwei …*

Auch Mary verfolgte die spärlichen Berichte, die sich mit dem Verbrechen befassten.

Nur noch wenige Hauptverdächtige, gegen die ermittelt wird? Wer sind sie? Gibt es auch Normalverdächtige? Ist George dabei? Ihr wurde angst und bange. George hatte doch gestern einen Termin bei Inspektor Cheung gehabt. Er war mit einer solchen Wut nach Hause zurückgekehrt, dass sie sich nicht getraut hatte, ihn auf seinen Termin anzusprechen. Überhaupt sprachen sie in letzter Zeit fast nicht mehr miteinander. *Vielleicht hatte seine Wut nichts mit dem Inspektor zu tun*, versuchte sie sich zu beruhigen. *Ich werde ihn heute Abend auf den Zeitungsbericht ansprechen*, beschloss sie. *Vielleicht bei einem romantischen Nachtessen ...* Sie verwarf diese Idee schnell wieder. Von romantisch konnte zurzeit keine Rede sein, nicht mit George ...

Sie dachte an Tim Kit. Er schien keine Probleme zu haben ... Lukrative erfolgreiche Projekte eines nach dem anderen ... Sie seufzte.

Peter und Alan hatten sich seit Dienstagabend nicht mehr bei John gemeldet. Sie hatten sich in Kennedy Town bei einem früheren Nachbarn versteckt und dessen altes Haus nicht verlassen. John hatte mehrmals versucht, sie auf ihren Mobiltelefonen zu erreichen, wie darauf zu sehen war, wenn sie sie einschalteten. Sie mussten vorsichtig sein. Trotzdem beschlossen sie, am nächsten Tag in die

Stadt zu fahren. Samstags waren immer viele Leute unterwegs.

»Fahren wir nach Kowloon, ins Quartier neben der Nathan Road«, schlug Alan vor.

Es zeichnete sich durch enge Straßen voller Verkehr und schmale Gehsteige aus, auf denen die Leute im Gedränge nur mühsam vorwärtskamen. Zahlreiche Bars, Restaurants und Läden aller Art reihten sich aneinander.

»Dort werden uns John oder Yu an einem Samstag sicher nicht finden«, fügte er hinzu.

»Gute Idee, aber zieh deinen Lederhut nicht mehr an …«, konterte Peter.

Wie üblich erschien George an diesem Abend gegen neunzehn Uhr.

»Kann ich dir einen Drink vorbereiten?«, fragte Mary lächelnd und gab sich Mühe, unbeschwert zu wirken.

Überrascht blickte er sie an.

»Ein Campari Orange wäre wunderbar«, antwortete er. »Vitamine zur Beruhigung …«, fügte er hinzu.

Sie ging in die Küche. *Was meint er mit »zur Beruhigung«?*, fragte sie sich. Mit zwei Gläsern Campari Orange kam sie zurück und ließ sich scheinbar entspannt auf das schöne Ledersofa fallen.

»Es war wieder ein anstrengender Tag«, sprach George und prostete Mary zu.

»Gestern auch schon, hatte ich den Eindruck«, entgegnete Mary vorsichtig.

»Ja.«

Warum spricht er nicht weiter?, fragte sich Mary ungeduldig.

»Gibt es Probleme?«, wagte sie zu fragen.

»Es gibt Probleme«, war seine kurze Antwort.

»Was für Probleme?«

»Ein wichtiger Kunde wünscht Spezialkonditionen, die wir nicht erfüllen können«, sprach er weiter.

Mary atmete tief durch. Solange es nichts mit dem Inspektor zu tun hatte …

»Du wirst sicher eine Lösung finden, so wie ich dich kenne«, beruhigte sie ihn.

»Leichter gesagt als getan«, murmelte er vor sich hin.

Soll ich ihn auf meinen Wunsch nach einer Luxuswohnung ansprechen? Es würde ihn von seinen Gedanken ablenken. Vielleicht sogar zu einem angenehmen Abend führen, mal zur Abwechslung … Ich könnte ihm meine Vorstellungen zum Wohnzimmer beschreiben, mit der herrlichen Aussicht von der Flughafenpiste auf das Meer hinaus. Während sie diesen Gedanken nachhing, donnerte George plötzlich los.

»Was meint denn dieser Inspektor? Dass ich nichts anderes zu tun habe, als seine dämlichen Fragen zum dreißigsten Mal zu beantworten! Ich bin schließlich Vermögensverwalter, ich habe noch anderes zu tun!«

Mary erstarrte.

»Was für dämliche Fragen?«, fragte sie leise und erschrak ob seiner Gesichtszüge.

»Wann genau ich denn vor dem Verbrechen in Hongkong Central war und bis wann!«

»Was hast du ihm geantwortet?«

»Dasselbe wie das letzte Mal, wir hätten einen Maßanzug abgeholt!«

»Glaubt er es nicht?«

»Der Schneider hat ihm bestätigt, dass wir gegen siebzehn Uhr zehn Minuten lang bei ihm waren.«

»Woher weiß er denn, wer unser Herrenschneider ist?«

»Ich musste es ihm das letzte Mal sagen«, antwortete George geknickt.

»Was schnüffelt dieser Inspektor in unserem Privatleben herum!«, schrie Mary außer sich.

George blickte sie schweigend an und griff zu seinem Glas.

»Eigentlich hilft es uns, dass der Schneider deine Aussage bestätigt hat«, sagte Mary nach einer Weile. »Du hast ihm die Wahrheit gesagt, er wird dich jetzt in Ruhe lassen!«

»Danach sah es nicht aus … Er glaubt nicht, dass wir nur zehn Minuten in der Stadt waren«, erwiderte George seufzend.

»Was hast du ihm denn erzählt?«

»Wir hätten noch einen Spaziergang im Quartier gemacht, bevor wir nach Stanley zurückgefahren sind.«

»Gut«, erwiderte sie erleichtert. »Hast

du den heutigen Bericht in der Zeitung gesehen?«, fiel ihr plötzlich ein. »Es ist von
wenigen Hauptverdächtigen die Rede.«

»Ich hatte keine Zeit, Zeitung zu lesen.
Wo ist sie?«, fragte er und erhob sich nervös.

»Auf der Kommode«, antwortete sie.

»Der Kreis der Verdächtigen zieht sich
langsam zu«, las er. Nur noch wenige
Hauptverdächtige?

»Wer könnten diese Hauptverdächtigen
sein?«, fragte Mary.

George stand mit der Zeitung in der
Hand bei der Kommode.

»Ich weiß es nicht.«
Mary blickte ihn entsetzt an.
»Etwa auch du?«
»Ja leider«, kam leise zurück.
»Warum glaubst du das?«
»Weil er gesagt hat, ich soll in nächster
Zeit in Hongkong bleiben«, antwortete
George und starrte mit leerem Blick zum
Fenster hinaus.

Gregory war an diesem Abend mit einem
Kollegen im Marco Polo zum Essen

verabredet. Zufällig, als er aus dem Fenster blickte, sah er sie wieder, die Blinklichter ...

45

Am folgenden Tag, Samstagvormittag, war Tim Kit mit der Untergrundbahn nach Kowloon gefahren. Er hatte einen Termin im Peninsula-Hotel und nutzte diese Gelegenheit, entlang der Nathan Road zu schlendern. Er trug helle Hosen, ein weißes Hemd und einen leichten, blitzblauen Pullover über die Schultern.

Nach seinem Spaziergang begab er sich ins Peninsula-Hotel, wo er vom Hoteldirektor herzlich begrüßt wurde. Danach ging er in die Bar des Hotels, die sich im achtzehnten Stock befand. Bevor er sich an einen Tisch setzte, stand er vor den riesigen Fenstern und bewunderte die Aussicht auf die gegenüberliegende Insel Hongkong. Die Fensterfront seiner Büros konnte er von hier aus gut erkennen.

Kaum hatte er sich an einen Tisch gesetzt und seine Mappe auf den Boden gestellt, erschien sein Freund Michael Lee. Am Tag nach seiner Party hatten sie sich hier getroffen und den erfolgreichen Abend besprochen. Sie planten ein Wochenende in Singapur im Mai. Zu dieser Zeit fand eine Ausstellung über bekannte zeitgenössische Maler statt, an denen sie beide interessiert waren. Tim hatte sich mit diversen Unterlagen eingedeckt, die er mit Michael besprechen wollte. Bei einem Gin Tonic vertieften sie sich darin.

Als Tim eine Stunde später seine Unterlagen wieder einpackte, beugte sich Michael Lee über ein Bild, das auf dem Tisch lag.

»Woher kommt das Bild?«, fragte er Tim.

Erstaunt blickte Tim zum Tisch zurück und sah das Bild von Pamela.

»Oh, das muss ich aus Versehen mit den Unterlagen aus der Mappe gezogen haben«, entschuldigte er sich und verstaute es wieder dort.

»Kennst du diese Leute?«, fragte ihn Michael interessiert.

»Nein! Und du?«, erwiderte Tim. »Warum fragst du?«

»Diese Männer habe ich schon einmal

gesehen«, sagte Michael. »Sie sind mir aufgefallen, weil sie auf jemanden zu warten schienen zu später Stunde.«

»Die meisten Leute warten immer wieder auf jemanden«, entgegnete Tim philosophisch. »Wo war das?«, fragte er nach einer Weile.

»Vor dem Eingang des Park Lane Hotels«, antwortete Michael umgehend. »Da ich selten in dieser Gegend bin, weiß ich dies noch genau. Es muss vor etwa drei Wochen gewesen sein. Ich habe mit einem Bekannten dort abends gegessen. Die Männer waren nach dem Essen immer noch dort. Sie schienen sich im Gebüsch zu verstecken. Unter einem Scheinwerfer konnte ich kurz ihre Gesichter erkennen. Es waren die beiden. Es war gegen zweiundzwanzig Uhr fünfundvierzig«

»Moment mal, vor etwa drei Wochen, sagst du?«, entgegnete Tim aufgeregt und zückte seine Agenda aus der Mappe.

Seine Termine waren zu wichtig, als dass er sie in sein Smartphone eintragen würde. »Nur auf Papier ist Verlass«, sagte er jeweils.

»Vor etwa drei Wochen fand das Verbrechen hier ganz in der Nähe statt«, sagte Tim.

»Ja, ist das so wichtig?«, fragte Michael erstaunt über das Interesse von Tim.

»Könnte es am Abend des Verbrechens im Victoria Park gewesen sein?«

Michael antwortete nicht sofort.

»Jetzt fällt es mir wieder ein! Du hast recht, es war die Nacht, in der ein Mann ermordet wurde. Alle Zeitungen berichteten am nächsten Tag darüber«, sagte Michael nachdenklich. »Warum? Und woher hast du dieses Bild?«

»Es wurde mir von einem Sicherheitsbeamten gegeben. Darf ich diesem deinen Namen nennen? Es könnte zur Aufklärung des Mordes beitragen.«

»Ja klar, sag mir aber, wer mich kontaktieren wird«, bat Michael.

»Es wird ein Ex-Kriminalkommissar sein, Herr Gregory Kong.«

»Da bin ich ja gespannt!«, stieß Michael aus.

Nachdem sie sich wieder ihren Themen Singapur und Kunst zugewandt hatten, verabschiedeten sie sich voneinander.

Gregory war zu dieser Zeit mit Inspektor Cheung verabredet.

»Ich habe die kurze Notiz über eure Ermittlungen gestern in der Zeitung gelesen«, begann Gregory.

»Außer dass sich der Kreis der Verdächtigen zusammenzieht, steht nur, dass die Ermittlungen voranschreiten. Ich hoffe, damit Reaktionen bei den beiden Hauptverdächtigen auszulösen, das heißt, bei George und Henry Parker«, erklärte der Inspektor. »Der Fall muss endlich voranschreiten!«

Gregory nickte.

»Was wir bisher wissen, ist Folgendes«, sprach der Inspektor weiter. »Der Täter muss ein Mann sein. Ein Messer in den Rücken einer Person zu rammen und es wieder herauszuziehen, braucht Kraft. Wir gehen von zwei bis drei Tätern aus, dem Mörder, jemandem, der Wache stand, Mann oder Frau, und eventuell einem Mittäter, der möglicherweise am Steuer eines Fluchtfahrzeugs war. Befragungen der Leute im Park und in der umliegenden Umgebung haben keine Hinweise auf ein wartendes

Fluchtfahrzeug ergeben, auch nicht auf ein fremdes Fahrzeug beim Yachthafen. Wie haben die Täter den Tatort verlassen? Am ehesten mit einem Fluchtfahrzeug, zu Fuß oder per Boot vom Yachthafen aus? Auch dort haben wir unsere Ermittlungen durchgeführt. Einzig einem Gast im Hotel Excelsior ist aufgefallen, dass ein paar Boote zwischen Mitternacht und zwei Uhr nachts auf Höhe des Yachthafens in Richtung Kowloon oder Kennedy Town unterwegs waren. Er hat es aus seinem Hotelzimmer im neunten Stock beobachtet. Fußabdrücke wurden auf dem trockenen Boden keine gefunden. Aufgrund der schwachen Schleifspuren vom Weg zum Gebüsch hin konnten keine schlüssigen Ergebnisse gezogen werden. Seit der Tat waren schließlich sechs bis sieben Stunden vergangen. Die üppige Vegetation in diesem tropischen Klima hinterlässt nicht lange Spuren ...«

In diesem Moment klingelte das Mobiltelefon von Gregory.

»Tim? Was kann ich tun?«, fragte

Gregory, ohne auf eine Erklärung von Tim zu warten.

»Ich habe möglicherweise einen wichtigen Hinweis zum Verbrechen erhalten.«

»Wo bist du?«

Gregory unterhielt sich nie lange am Telefon.

»Beim Peninsula-Hotel.«

»Ich bin bei Inspektor Cheung in der Nathan Road. Kannst du kommen?«

»In zehn Minuten bin ich bei euch«, antwortete Tim und beendete das Gespräch.

Tim war noch nie in diesem imposanten Gebäude gewesen. Er meldete sich beim Empfangsschalter, wo er wenig später von Inspektor Cheung abgeholt wurde. Er führte ihn zu einem Sitzungszimmer, wo Gregory Kong wartete.

»Wie ich verstehe, sind Sie auf einen interessanten Hinweis gestoßen«, begann der Inspektor.

»Ob er mit dem Verbrechen zu tun hat, weiß ich nicht«, erwiderte Tim.

Er schilderte die Beobachtung von

Michael Lee vor dem Park Lane Hotel, am Abend des Verbrechens.

»Ich hatte dieses Bild in meiner Mappe, das ich aus Versehen mit anderen Unterlagen herausgezogen habe«, erklärte Tim und legte das Bild auf den Tisch.

»Ist Herr Lee sicher, dass er diese beiden Männer am Abend des Verbrechens beobachtet hat?«, wollte sich der Inspektor vergewissern.

»Ja, nach dem Betrachten des Bildes sagte er auf Anhieb, dass er diese zwei Männer gesehen hat und dass es am Abend vor dem Verbrechen war. Die Zeitungen hatten am nächsten Tag in allen Kiosken von diesem Mord berichtet. Michael Lee konnte sich gut daran erinnern«, bestätigte Tim die Aussagen seines Freundes.

»Das ist tatsächlich interessant«, sprach der Inspektor. »Wir wissen, dass Paul Ling an diesem Abend allein im Restaurant des Hotels Park Lane gegessen hat. Um zweiundzwanzig Uhr dreissig ist er dort erschienen. Etwa neunzig Minuten später hat er das Lokal wieder verlassen. Das heißt, gegen Mitternacht. Sein Tod wurde

zwischen einer halben Stunde und anderthalb Stunden später geschätzt.«

Tim hatte ihm aufmerksam zugehört.

»Michael hat mir gesagt, dass er die beiden Männer gegen zweiundzwanzig Uhr
fünfundvierzig Uhr das erste Mal gesehen
hat, danach eine gute Stunde später wieder.«

»Also gegen Mitternacht«, sagte der Inspektor. »Diese Angaben decken sich mit
unseren Ermittlungen. Wir haben schon
einiges über diese Männer in Erfahrung
gebracht. Diesen Hinweis werden wir auf
alle Fälle prüfen.«

»Das war purer Zufall«, sagte Tim und
blickte zu Gregory hinüber.

»Ich bin froh, dass ich dir das Bild
vor zwei Tagen gegeben habe. Ein un-
glaublicher Zufall!«, wiederholte Gregory.

»Herr Lee war damit einverstanden,
dass ich seine Daten Gregory weitergebe«,
sagte Tim und überreichte Gregory einen
Zettel mit den Kontaktdaten.

»Ich danke Ihnen vielmals für Ihre Aussagen und dass Sie sich Zeit genommen

haben vorbeizukommen«, sagte der Inspektor. »Ich weiß, wie vielbeschäftigt Sie sind«, sprach er weiter.

Nachdem sich Tim bei Gregory verabschiedet hatte, begleitete ihn Inspektor Cheung zum Ausgang, wo sie sich verabschiedeten. Er kehrte zu Gregory Kong zurück.

»Ich möchte Sie bitten, Herrn Michael Lee zu kontaktieren, damit wir uns mit ihm unterhalten können. Wir müssen nochmals im Wasser beim Yachthafen nach der Tatwaffe suchen. Ein Hotelgast hatte ein kleines Boot zwischen Mitternacht und zwei Uhr nachts beobachtet. Die Suchaktion hatte damals leider nichts ergeben. Wir müssen die beiden Männer nochmals verhören.«

»Ich werde mich so schnell wie möglich melden«, antwortete Gregory.

Danach überstürzten sich die Ereignisse.

46

Gregory wollte sich vom Inspektor verabschieden, als sein Mobiltelefon klingelte.

»Tim?«, sprach Gregory, der den Namen des Anrufers auf dem Telefon lesen konnte.

»Ich bin immer noch in der Nathan Road, habe soeben die beiden Männer gesehen. Sie scheinen jemanden zu verfolgen«, sagte Tim leise. »Sie sind auf der gegenüberliegenden Seite der Nathan Road, auf Höhe Granville Road. Der Größere der beiden trägt eine Schirmmütze, keinen Hut«, fügte er hinzu.

»Wir kommen! Behalte sie im Auge!«

Kaum hatte Gregory dem Inspektor geschildert, was er soeben von Tim erfahren hatte, hatte der Inspektor auf seinem Mobiltelefon eine Mitteilung erhalten. Die beiden Mitarbeiter, die das Haus in Peng Chau beobachteten, meldeten, dass zwei Männer aus diesem Haus das Ausflugsboot in Peng Chau bestiegen hatten, nach Hongkong Central und weiter mit der Ferry nach Kowloon gefahren waren.

»Wir befinden uns in der Kimberley Road, wo sich die beiden Männer zurzeit aufhalten. Hier zwei Aufnahmen von ihnen. Geben Sie uns Ihre Anordnungen durch. Ben«, las er weiter.

Es waren Aufnahmen von John und Yu.

Der Inspektor wählte die Nummer von Ben.

»Wir fahren mit Verstärkung im Streifenwagen zur Kimberley Road. Zwei weitere Bewohner des Hauses in Peng Chau befinden sich zurzeit ebenfalls in dieser Gegend«, verkündete ihm der Inspektor.

»Das sieht nach einem geplanten Treffen aus«, sprach Inspektor Cheung zu Gregory, während sie zum Parkfeld mit den Polizeiwagen eilten.

Bunte Geschäfte, Bars und Restaurants reihten sich an der Granville Road aneinander, die parallel zur Kimberley Road verläuft. Eine endlose Menschenmenge drängte sich auf den schmalen Gehsteigen. Tim versuchte den beiden Männern in diesem Gedränge zu folgen und drehte sich immer wieder um, um nach Gregory und dem Inspektor Ausschau zu halten. Es war heiß, er schwitzte. Er hatte noch nie Leute verfolgen müssen. Er riss sich den blauen Pullover von den Schultern, verstaute ihn in seiner Mappe und wandte sich wieder Peter und Alan zu. Wie ein berühmter Schauspieler wurde er von vielen Leuten erkannt. Sein exotisches Gesicht und seine stattliche Erscheinung waren in den Medien öfters zu sehen. Er wurde mehrmals angesprochen, was ihm in dieser Situation sehr unangenehm war. Wenn Gregory und der Inspektor nur bald kämen …

John und Yu befanden sich ebenfalls in diesem Quartier. Krampfhaft suchten sie seit Mittwoch nach Peter und Alan. Sie waren nicht mehr in Peng Chau aufgetaucht und waren auf ihren Mobiltelefonen nicht erreichbar gewesen.

»Wir müssen sie finden«, fauchte John.

»Heute ist der vierte Tag, an dem wir nichts anderes tun, als nach ihnen zu suchen«, fasste Yu die Lage zusammen. »Wir sollten uns aber auf die Dame in Weiß konzentrieren«, beklagte sich Yu.

»Nein! Konzentrieren wir uns auf Peter und Alan!«, schnaubte John.

Zu dieser Zeit befanden sich Peter und Alan immer noch in der Granville Road.

»Komm, gehen wir ein Bier trinken in dieser Hitze. Es gibt hier so viele Bars«, schlug Alan vor.

»Gute Idee! Hier ist gleich eine Bar. Setzen wir uns an den freien Tisch neben dem Eingang. Von hier aus können wir das Gedränge draußen auf dem Gehsteig be- obachten. Vielleicht kommt jemand vor- bei, den wir kennen«, scherzte Peter.

Das war der Moment, als Tim die beiden aus den Augen verlor. Und der Moment, in dem er erleichtert Gregory und den In- spektor erblickte. Sie eilten zu ihm.

»Sie waren da vorne«, keuchte Tim zer- knirscht. »Das tut mir so leid ...«

Tim war den beiden so lange gefolgt. Ausgerechnet jetzt hatte er sie verloren.

»Bei so vielen Leuten ist es schwierig, jemanden zu verfolgen. Sie können nicht weit sein«, versuchte Gregory Tim zu beruhigen.

»Ich muss weiter, ich habe noch einen Termin«, verkündete Tim und verabschiedete sich eilends von Gregory und dem Inspektor.

Für ihn war dies jetzt Sache der Polizei.

»Gehen wir hier entlang«, schlug der Inspektor Gregory vor.

Alan und Peter saßen noch immer in dem Lokal.

»Vielleicht kommt die Frau in Weiß vorbei«, sagte Alan, während er den Gehsteig vor ihnen nicht aus den Augen ließ.

»Die geht uns nichts mehr an!«, stieß Peter triumphierend aus. »Das ist jetzt Johns Sache!«

»Da hast du recht! Genießen wir das Leben! Wir müssen uns nur noch vor John und Yu in Acht nehmen«, fügte Alan hinzu.

»Die sind sicher nicht hier«, entgegnete Peter unbekümmert. »Sie wissen, dass wir nie in diesem Quartier sind. So wenig wie sie selber ...«

Sie bestellten ein zweites Bier.

»Ich müsste wirklich lachen, wenn die Frau in Weiß vorbeikäme«, sagte Alan entspannt und prostete Peter zu.

»Müssten wir es nicht John melden?«, scherzte Peter. »Der arme Yu hätte aber einen Wutausbruch mehr zu ertragen!«

»Vielleicht sind sie gerade hinter der Frau her. John hatte gesagt, dass sie eliminiert werden soll. Da wir es nicht geschafft haben, weil wir im Park vor ihrem Haus verhaftet wurden, hat John verkündet, dass er diesen Fall übernimmt. Ob sie noch am Leben ist?«, beendete Alan seine Ausführungen.

»Für nichts wurden wir verhaftet!«, ereiferte sich Peter. »Dem Inspektor haben wir Aussagen verweigert, da er uns kein Vergehen nachweisen konnte!«, fügte Peter triumphierend hinzu. »Nur unsere Namen und die Adresse in Peng Chau haben wir ihm gegeben. Aber die hatte er sicher schon, da uns die Frau in Weiß auf der Terrasse gesehen hat.«

»Wir haben es dem Inspektor zu verdanken, dass wir John und Yu los sind«, sagte Alan lächelnd.

»Wir könnten dies morgen bei einem Ausflug zur Insel Lantau feiern. Ich war schon lange nicht mehr dort«, schlug Peter vor, der sich wieder dem Gedränge vor ihnen zuwandte.

Er erstarrte.

»Was ist los?«, fragte Alan alarmiert.

»John und Yu!«

Weitere Worte brachte Peter nicht heraus. John und Yu waren an der Bar vorbeigestürmt.

»Bist du sicher?«

»Wir müssen weg von hier!«, stieß Peter in Panik aus und eilte zur Theke, wo er die Getränke bezahlte. »Ab in die andere Richtung!«

Während der Inspektor und Gregory weiterhin nach ihnen suchten, bogen Peter und Alan zwischen zwei eng stehenden Hochhäusern in den schmalen Pfad ein und stürmten zur Nathan Road zurück.

»Wo sind sie nur? Sie können nicht weit sein«, sagte der Inspektor, der mit Gregory am dunklen Pfad vorbeigeeilt war, ohne ihn zu bemerken.

»Wir haben dasselbe Problem«, hörte der Inspektor hinter sich.

Er drehte sich um. Ben und sein Kollege in Zivil standen hinter ihm.

»Welches?«, fragte der Inspektor.

»Die beiden Männer, die wir seit Peng Chau verfolgen, sind verschwunden!«

John und Yu schritten an der Bar vorbei, ohne einen Blick hinein zu werfen. Bei der nächsten Kreuzung wischte sich John den Schweiß von der Stirn.

»Machen wir eine Pause!«, schlug er vor. »Dieses teuflische Klima … gehen wir etwas trinken!«

»Gute Idee, war da nicht gleich eine Bar? Gehen wir zurück.«

Yu und John setzten sich am selben Tisch, den Peter und Alan überstürzt verlassen hatten. Am Tisch nebenan saßen noch immer die gleichen zwei Frauen, denen das abrupte Verlassen des Lokals von Peter und Alan nicht entgangen war.

»›Ab in die andere Richtung‹, hat einer der beiden gesagt, bevor sie losgerannt sind«, sagte die etwas älter aussehende Frau.

»Sie wurden offensichtlich verfolgt«, meinte die jüngere Frau, die sich freute, dass hier etwas los war.

Yu und John hatten ihre Worte gehört.

Sollen wir sie fragen, wie die beiden aussahen, fragte sich John. Er wurde jäh aus seinen Gedanken gerissen.

»Schau, wer vorbeirennt!«, stieß die ältere der beiden Frauen aus.

»Die Polizei!«, ergänzte die jüngere aufgeregt.

John und Yu hatten den Polizeibeamten ebenfalls gesehen.

»Weg von hier!«, stieß John aus.

Yu sprang zur Theke und bezahlte.

»Nur keine Polizei! Ab in die andere Richtung!«, keuchte John zu Yu, als er kam.

Dass sie seit Peng Chau von zwei Polizeibeamten in Zivil verfolgt wurden, ahnten sie nicht im Geringsten.

Der Inspektor und Gregory waren an der Bar vorbeigestürmt, ohne einen Blick hinein zu werfen.

Schockiert beobachteten die Frauen zum zweiten Mal das Treiben am Tisch nebenan.

»Die gleiche Szene!«, sprach die Jüngere schockiert.

»Die genau gleiche!«, erwiderte ihre Begleiterin. »Vielleicht kommt jetzt der Polizeibeamte, der Tisch wäre wieder frei …«

»Gut möglich bei dieser Hitze. Wir könnten ihm sagen, in welche Richtung er rennen sollte …«, ergänzte die Jüngere schlagfertig.

Der Inspektor und Gregory suchten weiter nach Peter und Alan, während sich die beiden Mitarbeiter in Zivil in entgegengesetzte Richtung auf der Suche nach John und Yu aufmachten.

Eine gute Stunde später gaben der Inspektor und Gregory die Suche auf. Per Telefon benachrichtigte Inspektor Cheung Ben und seinen Kollegen, die Suche für heute abzubrechen.

»Wir pflücken sie, wenn möglich, alle

vier, morgen in Peng Chau«, hatte er ihnen mitgeteilt.

»Übrigens war ich gestern Abend im Restaurant des Hotel Marco Polo«, fiel Gregory ein.

»Ja, schön«, erwiderte der Inspektor.

»Jemand hat wieder Blinklichter vom Financial Center gesendet.«

»Und das Boot?«, fragte der Inspektor.

»Ich habe danach kein Fischerboot gesehen. Hat es mit Henry Parker zu tun? Ist er etwa in Kennedy Town? Wir wissen nur, dass seine Eltern dort wohnen und er sie ab und zu besucht«, sagte Gregory.

»Seltsam!«, kommentierte der Inspektor diese Beobachtungen. »Morgen auf nach Peng Chau!«

Aus diesem Plan wurde nichts, denn einige Stunden später erreichte ihn eine schockierende Nachricht von Geraldine.

47

Geraldine war an diesem Samstagnachmittag ebenfalls unterwegs, allerdings in Kennedy Town.

In ihrer Tasche hatte sie den Duschschlauch dabei, den sie am letzten Sonntag dort gekauft hatte. Da die Verschraubung des neuen Schlauches nicht passte, hatte sie ihren alten Schlauch weiter benutzt. An diesem Samstag hatte sie endlich Zeit, ihn umzutauschen. In Kennedy Town stieg sie wieder zu ihrem Lieblingstempel hoch, bevor sie sich in das Sanitätsgeschäft begab. Etwas später spazierte sie entlang der Hauptstraße mit den zahlreichen Auslagen, als sie weiter vorne Mary in Begleitung eines Mannes erblickte. Mary trug einen weiten weißen Rock und ein ärmelloses gelbes Oberteil. Der Mann trug hellblaue Jeans und ein schwarzes Polohemd. Der Mann kam Geraldine unbekannt vor. Zum Schein konzentrierte sie sich auf das Schaufenster, vor dem sie gerade stand, während sie die beiden nicht aus den Augen ließ. Diese wechselten die Straßenseite und spazierten zum kleinen Hafen hinüber. Sie folgte ihnen. Sie schienen sich lebhaft zu unterhalten und setzten sich auf eine Bank. Von hinten näherte sie sich vorsichtig, bis sie ihre Stimmen hören konnte. Sie war sich jetzt sicher, dass sie den Mann noch nie gesehen hatte.

»Wir waren nicht in Hongkong am Tag des Verbrechens«, hörte sie Mary.

»Das hast du mir auch gesagt! Aber das stimmte nicht!«, antwortete Henry Parker vorwurfsvoll und starrte sie an.

»Woher willst du das wissen?«, antwortete sie verunsichert.

»George hat es der Polizei bestätigt!«

»Und woher weißt du das?«, fragte sie. »Du bist wegen deines Missgeschicks in Stanley vernommen worden«, sagte sie nach einer Weile in verächtlichem Ton.

Henry schwieg.

»Warum haben sie mit dir von George gesprochen?«, sprach sie entrüstet weiter.

»Das weiß ich auch nicht«, antwortete er achselzuckend.

»Das wirst du doch wissen! Verdächtigen sie etwa dich?«, krächzte Mary.

Geraldine wich einen Schritt zurück.

»Nicht dass ich wüsste!«, antwortete er.

»Und du meinst, George …?«

Mary rang sichtlich um Fassung.

Obwohl sie ihn nur von der Seite sah, merkte sich Geraldine seine Gesichtszüge. Leise entfernte sie sich und verschwand in die nächste Seitengasse.

Schockiert begab sich Geraldine zur Tramstation. Sie fuhr nach Central zurück, wo sie die Ferry nach Kowloon bestieg. Mary und George hatten also gelogen! Sie konnte es nicht fassen. *Was haben sie an diesem Tag in Hongkong gemacht?* In Kowloon schritt sie die Nathan Road entlang bis zur Crawford Lane. Sie hatte Glück, zwei Plätze auf einer Sitzbank waren noch frei. Sie setzte sich. Sie musste ihre Gedanken ordnen, die in ihrem Kopf durcheinanderschwirrten.

Sie zückte ihren Notizblock aus der Tasche und beschrieb in Stichworten den Mann. Weiter notierte sie die Worte, die sie gehört hatte. Sie begann mit: »Wir waren nicht in Hongkong am Tag des Verbrechens«, und hielt das weitere Gespräch schriftlich fest. Danach notierte Geraldine ihre Gedanken über diese Begegnung. George und Mary waren offenbar am Tag des Verbrechens in Hongkong gewesen. Warum stritt es Mary weiterhin ab? George hatte es dem Inspektor bestätigt. Wusste sie das nicht? Dieser Mann wusste es … *Warum hat der Inspektor diesen Mann darüber informiert? Auch mich hat sie belogen*, fiel ihr jetzt ein. Sie war fassungslos. »Der Mann verdächtigt George«, notierte sie weiter. »Der Inspektor scheint auch diesen Mann zu verdächtigen. Zählen die beiden Männer von Peng Chau ebenfalls zu den Verdächtigen?«

Während Geraldine ihre Gedanken in ihrem Block niederschrieb, hatte sie einmal mehr das Gefühl, dass sie beobachtet wurde.

John und Yu hatten ihre Suche nach Alan und Peter aufgegeben und hielten sich noch einige Zeit in diesem Quartier auf. Sie waren schließlich zur Ferry-Anlegestelle zurückgekehrt. Sie stellten sich in die Warteschlange der nächsten Ferry nach Central hin, als Yu sie erblickte.

»Die Frau in Weiß, da hinten!«, stieß er aufgeregt aus.

»Komm! Wir folgen ihr! Sie schreitet zur Nathan Road!«

Yu und John folgten ihr bis zur Crawford Lane, wo sie sich hinsetzte. Von weitem beobachteten sie Geraldine, die am Schreiben war.

»Was willst du jetzt tun?«, fragte Yu.

»Sie eliminieren natürlich«, flüsterte John. »Sie wird wahrscheinlich nach Hause gehen«, flüsterte er weiter.

»Du bist wahnsinnig! Am helllichten Tag? Ich mache da nicht mit!«

Yu schäumte.

Geraldine hatte etwas später ihren Weg nach Hause fortgesetzt. Das Gefühl, dass sie verfolgt wurde, ließ sie nicht los. Sie überquerte die Nathan Road und bog in eine Gasse ein. Sie musste nicht lange warten, zwei Gestalten erschienen um die Ecke. Langsam schritt sie weiter bis zur nächsten Kreuzung. Dort bog sie in die erste Straße ein. Nach einer Weile blieb sie stehen und warf einen Blick zurück. Die Männer tauchten auf. Sie blieben ebenfalls stehen. »Sie verfolgen mich!«, sagte sie entrüstet vor sich hin. Blitzschnell drehte sie sich um und ging auf sie zu. Wie gelähmt blieben beide kurz stehen, bevor sie fluchtartig die Straße überquerten. Geraldine hatte genügend Zeit gehabt, sich ihre Gesichtszüge zu merken.

»Sie weiß, dass wir sie verfolgen«, sagte Yu nach einer Weile wütend zu John. »Lass uns nach Hause gehen!«

»Nein, wir folgen ihr weiter.«

»Sie hat uns gesehen! Sie wird uns wiedererkennen! Ich mache das nicht mit!«, wiederholte Yu zornig.

Das war das erste Mal, dass Yu sich gegen John wehrte.

»Du bist wahnsinnig!«, schnaubte Yu weiter.

Geraldine begab sich wieder in die belebte Nathan Road. Inmitten der vielen Leute fühlte sie sich sicherer. Sie stand auf Höhe des großen Polizeipostens, der sich

auf der gegenüberliegenden Straßenseite
befand. Sie schritt zur nächsten Ampel und
überquerte dort die verkehrsreiche Straße.
*Soll ich mit einem Taxi nach Hause fah-
ren?*, fragte sie sich. Die beiden Männer
waren ihr unheimlich. »Was wollen die
von mir?«, sprach sie leise vor sich hin.
Sie beschloss, zu Fuß nach Hause zurückzukehren. *Wer weiß, was sie im Schilde
führen!*

Es war im kleinen Park gegenüber ihrem
Wohnblock, als sie die Gefahr witterte.
Kein Mensch war unterwegs. Angespannt
drehte sie sich mehrmals um. Niemand.
Sie schritt weiter auf ihren Wohnblock zu.
Yu war John nicht in den Park gefolgt. Er
wartete auf ihn vor dem Parkeingang. *Er
kommt sicher bald*, sagte er sich gelassen.
Er kann sie jetzt, hier nicht töten …
  Geraldine vernahm Schritte dicht hinter
sich. Zu dicht. Blitzschnell drehte sie sich
um. Sie hatte sich nicht getäuscht. Seine
ausgestreckten Arme versuchten sie am
Hals zu packen. Sie riss den Duschschlauch
aus der Tasche und schwang ihn mit aller

Kraft zu dem Mann hin. John blieb keine Zeit zu reagieren. Der Schlauch traf ihn hart am Hals. Er taumelte, rang nach Luft, griff sich an den Hals. Schwankend verschwand er hinter Palmen. Wo war der andere? Geraldine stand mit dem Schlauch in der Hand bereit zum nächsten Angriff. Keiner mehr da? Geflüchtet? Sie wartete. Achselzuckend schritt sie nach einer Weile zu ihrer Wohnung.

Schwer atmend mit unsicherem Gang erschien John vor Yu.

»Was ist geschehen?«, fragte Yu schockiert bei seinem Anblick. »Nicht etwa die Frau …?«

»Sie hat mich mit einem Metallschlauch am Hals getroffen«, stotterte er und wich Yus durchdringendem Blick aus.

Yu stellte keine weiteren Fragen.

Zu dieser Zeit hatten Peter und Alan die Anlegestelle der Ferry erreicht.

»Schau, wer da vorne steht?«, rief Peter Alan zu. »Die Frau des roten Smartphones!«

»Ja und?«, antwortete Alan.

»Die hat der Frau in Weiß ein Bild oder ein Dokument kopieren lassen und es ihr überreicht. Diese hat damit umgehend den Polizeiposten aufgesucht. Ich habe es gesehen! Dank meiner Schirmmütze hat sie mich nicht erkannt!«, ereiferte sich Peter.

»Und was willst du jetzt? Die Polizei hat doch das Dokument schon!«

»Wir müssen wissen, was sie in ihrem Smartphone hat!«

»Das spielt doch keine Rolle mehr. Wir haben nichts mehr mit John zu tun«, erwiderte Alan.

»Vergiss die Tat im Victoria Park nicht! Wir müssen ihr ihr Smartphone entreißen!«

Peter und Alan konnten nicht wissen, dass ihr rotes Gerät zertrümmert worden war und sie jetzt ein neues rotes Mobiltelefon besaß.

Zurück in ihrer Wohnung, wählte Geraldine die Nummer des Inspektors. Sie schilderte ihm, was geschehen war.

»Rühren Sie sich nicht von Ihrer

Wohnung!«, befahl er ihr. »Ich komme morgen zu Ihnen. Geht es um vierzehn Uhr?«

Geraldine hatte keine Wahl.

»Ich warte auf Sie morgen«, versprach Geraldine und beendete das Gespräch.

Den Schlauch wickelte sie sorgfältig in ein Papier.

»Du hast mich gerettet«, sprach sie zu ihm.

48

Nachdem sich Peter und Alan entschlossen hatten, Pamela die Tasche nicht zu entreißen, waren sie zur Ferry-Anlegestelle zurückgekehrt.

»Wir können uns kein Fehlverhalten erlauben, auch wenn die Polizei nichts gegen uns hat.«

Damit hatte Alan Peter überzeugen können, auf sein Vorhaben zu verzichten.

»Wir müssen nach Kennedy Town zurückfahren und uns weiterhin beim früheren Nachbarn Eddy verstecken«, sprach Alan weiter. »John und Yu suchen uns!«

»Klar suchen sie uns, vergiss den Victoria Park nicht! John und Yu hängen auch mit drin …«

John und Yu hatten den kleinen Park verlassen und schritten zur Nathan Road zurück. John taumelte immer noch und hielt sich den Hals, der immer dunklere Spuren des Schlauches aufwies.

»Das war der dümmste Fehler, die Frau anzugreifen! Die Polizei ist sicher schon informiert«, sagte Yu. »Sie weiß, dass wir sie verfolgt haben und du sie angreifen wolltest! Sie werden uns verhaften!«, schrie Yu in Panik.

»Es war eine Kurzschlussreaktion! Ich gebe zu, es war ein Riesenfehler … Als ich die Frau sah, sah ich rot! Ich habe meine Handschuhe angezogen, die ich immer bei mir trage, und bin auf sie los, das heißt, das wollte ich … Ich habe nicht mit ihrer Reaktion gerechnet!«

»Sie werden uns verhaften!«, wiederholte Yu hysterisch.

»Wir dürfen nicht nach Peng Chau zurück!«, gab John zu. »Wir dürfen nicht verhaftet werden, und auch Peter und Alan dürfen kein zweites Mal verhaftet werden! Wo stecken sie nur?«

49

An diesem Samstag hatte George beim Frühstück verkündet, dass er den ganzen Tag in der Bank verbringen würde. Der wichtige Kunde, der Spezialkonditionen verlangte, die die Bank unmöglich erfüllen konnte, ließ George nicht los.

»Ich muss ihm einen Kompromiss anbieten«, erklärte er Mary. »Es ist so wichtig!«, stieß er seufzend aus.

»Das kann ich verstehen«, erwiderte sie und dachte dabei an seine überfällige Beförderung. »Dann bis zum Abendessen!«, verabschiedete sie sich von George, der sich auf den Weg machte.

Sie überlegte, wie sie diesen Tag verbringen wollte. Sie verabredete sich mit Henry Parker in Kennedy Town. Sie trafen sich dort in einer Cafeteria und spazierten später zum kleinen Hafen hinüber. Sie hatten sich über die aktuelle Weltlage unterhalten, bis Henry auf das Verbrechen zu sprechen kam.

»Ihr wart in Hongkong am Tag des Mordes«, sagte Henry.

»Wir waren nicht in Hongkong am Tag des Verbrechens«, wehrte sich Mary.

»Das stimmt nicht«, warf ihr Henry Parker an den Kopf. »George hat es dem Inspektor zugegeben!«

So hatte dieses Streitgespräch seinen Lauf genommen, ohne dass sie Geraldine bemerkten.

»Und du meinst, George …?«

Henry schwieg.

»Du verdächtigst George!«, stieß Mary empört aus, »Sie verdächtigen eher dich!«, und meinte damit die Polizei.

Das war der Moment, als Geraldine sich entfernte.

Henry wollte keinen Streit mit Mary. Um sie abzulenken, stellte er ihr die folgende banale Frage.

»Hast du eigentlich meinen früheren Nachbarn wieder mal gesehen? Er hat Psychiatrie studiert, wenn ich mich richtig erinnere.«

Mary und Henry Parker waren beide in Kennedy Town aufgewachsen und wohnten nicht weit voneinander.

»Nein, ich weiß nicht, was aus ihm geworden ist«, antwortete Mary nervös.

Sie warf einen Blick auf ihre Uhr.

»Schon so spät! Ich muss gehen!«, sagte sie erschrocken, erhob sich und verabschiedete sich von Henry.

Wortlos blickte er ihr nach und schüttelte den Kopf.

Als George am Abend nach Hause kam, fragte Mary ihn: »Wie war dein Tag?«

»Ich bin etwas weitergekommen«, entgegnete er nachdenklich. »Ob der Kunde damit einverstanden sein wird, weiß ich nicht.«

Später beim Essen berichtete Mary von ihrem Ausflug nach Kennedy Town.

»Ich habe Henry Parker zufällig getroffen«, log sie.

»Ach so?«

»Stell dir vor, er wusste, dass wir am Tag des Verbrechens in Hongkong waren.«

»Wie kommt das?«, fragte George in heller Aufregung.

»Der Inspektor hat es ihm gesagt«, antwortete Mary.

»Was?! Wie kommt der Inspektor dazu, Informationen über uns an Henry Parker weiterzugeben!«, schrie George mit hysterischer Stimme.

»Das habe ich ihn auch gefragt, er hat mit ›Das weiß ich auch nicht‹ geantwortet.«

»Ich werde mir den Inspektor vornehmen, gleich Montagmorgen!«

Entrüstet verwarf George die Hände.

»Jetzt habe ich einen guten Grund, ihm keine Frage mehr zu beantworten«, zischte er.

Mary blickte ihm nach, als er sich erhob und zum Fenster hinüberschritt.

»Übrigens hat sich Henry nach einem früheren Nachbarn erkundigt«, berichtete Mary nachdenklich.

»Kennst du diesen Nachbarn?«, fragte George, der aus dem Fenster blickte.

»Ja, ich kenne ihn«, gab sie zu.

»Gut«, sagte George, den das Thema überhaupt nicht interessierte.

In Gedanken war er bei seinem Kunden und dem ausgearbeiteten Kompromiss.

Mary schwieg.

»Ist er gestorben?«, erkundigte sich

George nach einer Weile und drehte sich nach ihr um.

»Nein«, antwortete Mary.

»Ja und?«, fragte George, von ihrem Verhalten sichtlich genervt.

»Es ist der Psychiater«, kam von Mary.

»Der Psychiater ... «, wiederholte George mit tonloser Stimme.

50

Am nächsten Tag, Sonntag, klingelte der Inspektor im Wohnblock von Geraldine, statt, wie ursprünglich geplant, die vier Männer in Peng Chau festzunehmen.

»Guten Tag, Frau Hope«, begrüßte der Inspektor Geraldine.

»Guten Tag, Inspektor Cheung. Vielen Dank, dass Sie gekommen sind, es ist ja schließlich Sonntag.«

Sie führte ihn ins Wohnzimmer.

»Setzen Sie sich. Kann ich Ihnen etwas anbieten?«

»Nein danke, ich möchte Sie nicht lange stören. Ich bin sehr besorgt über die Ereignisse, die Sie mir gestern geschildert haben«, begann der Inspektor. »Sie wurden von zwei Männern verfolgt. Im Park versuchte einer der beiden, der Gummihandschuhe trug, Sie von hinten anzugreifen. Können Sie mir die Männer beschreiben?«

»Ich habe sie zwar nur kurz gesehen, aber mein Gedächtnis ist noch immer recht gut«, antwortete Geraldine.

Sie beschrieb John und Yu. Nachdem sie fertig gesprochen hatte, zückte Inspektor Cheung das Bild seines Mitarbeiters Ben vom Vortag aus seiner Mappe und hielt es ihr hin.

»Das sind genau die zwei Typen«, stieß Geraldine aufgeregt aus.

Der Inspektor schilderte ihr, dass er zwei Beamte in Zivil nach Peng Chau geschickt hatte, um die Bewohner dieses Hauses zu beschatten. Weiter berichtete er von den Ereignissen, die sich am Tag zuvor im Quartier um die Granville Road ereignet hatten.

»Es hat sich herausgestellt, dass vier Männer dieses Haus bewohnen. Der Mann mit dem Hut, den Sie auf der Terrasse gesehen haben, sein Kollege, der ebenfalls auf der Aufnahme von Frau Bright zu sehen ist, sowie die beiden Männer, die Sie heute verfolgt haben«, klärte er Geraldine auf.

»Was wollen die von mir?«, fragte Geraldine kopfschüttelnd.

»Wir haben einen Hinweis erhalten, dass die ersten beiden, sie heißen Peter und Alan, in der Nacht des Verbrechens vor dem Hotel Park Lane gesehen wurden. Alan ist derjenige mit dem Hut. Sie schienen auf jemanden zu warten. Herr Ling war zu dieser Zeit im Restaurant dieses Hotels. Hatten sie es auf ihn abgesehen? Zudem haben Sie ihre Worte ›die Tat‹ und ›ein gut situierter Mann‹ gehört. Paul Ling war ein gut situierter Mann und ist ganz in der Nähe des Park Lane Hotels umgebracht worden. In Peng Chau haben Sie folgende Worte von Alan gehört: ›Es war doch ein Erfolg‹, und die Antwort des Mannes, den Sie nicht sehen konnten, war: ›Der Zeitpunkt war falsch‹, wie Sie mir berichtet haben. War der Erfolg die Tat? Was war mit dem falschen Zeitpunkt gemeint?«

Der Inspektor sprach nach einer Weile weiter.

»Dass es die vier Männer auf Sie abgesehen haben, ist offensichtlich. Erst Peter und Alan, die Ihren Wohnblock vom Park aus beobachteten, bevor wir sie verhaftet haben, und der misslungene Anschlag der beiden anderen gestern, wiederum im Park. Die Frage ist warum? Weil Sie ihre Worte gehört haben? Peter und Alan wussten, dass Sie etwas von ihrem Gespräch mitbekommen haben und dass Sie mich im Polizeiposten aufgesucht haben. Sie haben sich auf dem Heimweg beobachtet gefühlt, wie Sie mir geschildert haben. Von Ihrem Wohnzimmerfenster aus haben Sie danach einen Mann gesehen, der den Wohnblock beobachtete. Die Männer gehen davon aus, dass Sie sie der Tat verdächtigen.«

Damit beendete der Inspektor seine Ausführungen.

»Das könnte tatsächlich der Fall sein«, gab Geraldine nachdenklich zu.

Dass in Kennedy Town ein Mann versucht hatte, sie auf die Fahrbahn zu stoßen, verschwieg sie dem Inspektor weiterhin. *Trotzdem seltsam*, sagte sie sich stirnrunzelnd. Waren es wieder diese Männer gewesen?

»Darf ich fragen, woran Sie gerade denken?«, fragte der Inspektor, dem ihre Reaktion nicht entgangen war.

Sie wollte nicht darüber sprechen, da sie nicht sicher war, ob sie zufällig oder mit Absicht gestoßen worden war. Ihre Begegnung mit Mary fiel ihr ein.

»Ich muss Sie über das weitere Ereignis von gestern informieren«, sprach Geraldine. »In Kennedy Town habe ich per Zufall eine Freundin mit einem mir unbekannten Mann beobachtet«, begann sie.

Sie griff nach ihrem Notizblock. Der Inspektor hörte ihr aufmerksam zu, als sie ihm den ersten Satz vorlas: ›Wir waren nicht in Hongkong am Tag des Verbrechens‹, hat die Frau gesagt. ›Das stimmt nicht, George hat es dem Inspektor zugegeben‹, erwiderte der Mann.«

»Wer ist die Frau?«, fragte der Inspektor scharf.

»Die Gattin von George Chen«, kam es wie aus der Pistole geschossen.

»Das habe ich mir gedacht. Wie ging es weiter?«

Geraldine las ihre Notizen weiter vor.

»Das ist ja interessant«, sprach der

Inspektor. »Der Mann verdächtigt George! Wie sah er aus?«

Ihrer Beschreibung nach wusste er auf Anhieb, dass es sich um Henry Parker handelte. Zudem hatte er diese Information am Abend zuvor von Gregory Kong erhalten. Sein Mitarbeiter Siu Wa war Henry Parker bis nach Kennedy Town gefolgt, wo er Zeuge dieses Treffens wurde. Jetzt erfuhr er von Geraldine, worüber sie sich unterhalten hatten.

Der Inspektor zeigte ihr trotzdem das Bild von der Begrüßung von Mary und Henry Parker beim Kowloon Park.

»Ist das der Mann?«, wollte er sich bei Geraldine vergewissern.

»Das ist er!«, bestätigte Geraldine seine Frage.

»Warum haben Sie von George Chen mit ihm gesprochen?«, fragte Geraldine.

»Ich wollte wissen, ob Henry Parker wusste, dass George und Mary Chen an diesem Tag in Hongkong waren. Er schien sichtlich erstaunt über diese Information. Wir wissen noch nicht, in welchem Zusammenhang beide stehen. Dass Mary diesen Umstand weiterhin bestreitet, ist seltsam«, fügte er nachdenklich hinzu. »Wusste sie nicht, dass George es mir zugegeben hat?«

»Jedenfalls war sie sehr aufgebracht, dass dieser Henry Parker über diesen Umstand Bescheid wusste«, sagte Geraldine.

»Es gibt noch viel zu tun!«, seufzte der Inspektor. »Und nun zu Ihnen. Sie brauchen ab sofort Polizeischutz. Ich werde das gleich veranlassen!«

»Nein, bitte nicht!«, wehrte sich Geraldine. »Ich kann auf mich aufpassen, wie ich im Park schließlich bewiesen habe«, sagte sie nicht ohne Stolz. »Übrigens habe ich den Duschschlauch in ein Papier eingewickelt«, sagte Geraldine und übergab ihn dem Inspektor. »Die Spuren darauf sind vielleicht hilfreich.«

»Vielen Dank. Ich möchte Ihnen aber eindringlich zum Polizeischutz raten«, wiederholte der Inspektor und erhob sich. »Geben Sie mir Bescheid, sobald Sie sich dazu entscheiden«, sagte er und verabschiedete sich.

Geraldine setzte sich wieder in ihren

Sessel und ging in Gedanken das Gespräch mit dem Inspektor nochmals durch. *Wollte mich der Mann im Park erdrosseln? Wollten mich die Männer in Kennedy Town umbringen? Die verkehrsreiche Straße würde sich für einen erfolgreichen Anschlag, als Unfall getarnt, bestens eignen …*

Die Männer müssen am Verbrechen im Victoria Park beteiligt gewesen sein, war sie überzeugt.

Schade, dass die Tatwaffe nie gefunden wurde. Irgendwo musste sie sein …

Warum waren George und Mary am Tag des Verbrechens in Hongkong gewesen?

Inspektor Cheung war nach seinem Besuch bei Geraldine in sein Büro im Polizeiposten zurückgekehrt, wo er ihre Schilderung der Ereignisse in einem Rapport zusammenfasste.

Danach rief er Gregory Kong an.

»Auf Geraldine wurde gestern ein Anschlag verübt«, informierte er ihn.

»Was ist geschehen?«

Inspektor Cheung schilderte, was Geraldine im kleinen Park zugestoßen war.

»Einer der beiden wollte sie von hinten am Hals packen, als sie sich umdrehte und ihm einen heftigen Schlag mit einem Duschschlauch am Hals verpasste. Niemand habe sich zu dieser Zeit im Park aufgehalten, berichtete sie. Sie hat mich danach von ihrer Wohnung aus angerufen. Er sei taumelnd verschwunden …«

»Mit einem Duschschlauch? Trägt sie immer einen bei sich?! Ein Tötungsversuch!«

Weitere Worte blieben Gregory förmlich im Hals stecken.

»Ja, so unglaublich es klingt! Die Frau hat Mut und Nerven«, bestätigte der Inspektor.

»Wir müssen diese Männer festnehmen, und zwar alle vier«, sprach er weiter. »Sind sie die Mörder von Paul Ling? Vor Tötungsdelikten scheinen sie jedenfalls nicht zurückzuschrecken.«

»Ich frage mich, ob die Blinklichter eine Rolle spielen«, entgegnete Gregory Kong nachdenklich. »Wenn sie getätigt werden, findet danach ein Mord oder ein versuchter Mord statt, wie mir scheint. Ist dies reiner Zufall? Freitag habe ich die Lichter gesehen, Samstag wurde auf Frau Hope ein Anschlag verübt. Zudem befand sich Henry Parker in Kennedy Town.«

»Ja, seltsam!«, gab der Inspektor zu. »Morgen schicke ich zwei Schnellboote mit sechs Polizeibeamten nach Peng Chau«, sprach er weiter. »Sie sollen sie festnehmen und hierherbringen. Ich kann leider nicht mit, da ich morgens eine Sitzung habe. Kann ich bei deren Anhörung auf Ihre Anwesenheit zählen?«

»Ja, natürlich. Kontaktieren Sie mich, wenn es so weit ist.«

»Weiter habe ich einen kurzen Bericht für die Tageszeitungen von morgen verfasst, mit einer Beschreibung von John«, verkündete der Inspektor und las ihm den folgenden Text vor: »Im King George V Memorial Park fand gestern ein Anschlag auf eine Frau statt. Ein Mann versuchte die Frau von hinten am Hals zu packen. Sie konnte sich retten, indem sie dem Mann mit einem metallischen Schlauch einen heftigen Schlag am Hals verpasste. Gesucht wird ein Mann mit asiatischen Gesichtszügen, der dunkle Streifen am Hals aufweist oder in diesem tropischen Klima einen Schal trägt. Der Mann ist gefährlich. Hinweise sind umgehend der Polizei zu melden.«

»Danke für die Nachricht«, sagte Gregory. »Als sein Bodyguard werde ich morgen Tim Kit kontaktieren. Ich muss ihn über diese Ereignisse informieren und vor allem vor diesen Männern warnen. Er weiß, wie Peter und Alan aussehen. Ich will ihm die Aufnahme Ihres Mitarbeiters mit den anderen zwei Männern geben, wenn Sie einverstanden sind«, sagte Gregory.

»Ja natürlich! Solange diese Männer nicht verhaftet sind, müssen wir davon ausgehen, dass sie weitere Anschläge verüben werden oder es versuchen werden …«

»Morgen werde ich Michael Lee kontaktieren. Sie hören von mir«, sagte Gregory abschließend.

Damit war das Gespräch beendet.

51

Montagmorgen machten sich sechs Polizeibeamte in zwei Schnellbooten auf den Weg nach Peng Chau. Wenig später stiegen sie dort aus und begaben sich zum Haus der vier Männer.

Während der Sitzung klingelte das Mobiltelefon von Inspektor Cheung.

»Das Haus scheint leer zu sein«, berichtete Ben.

»Beobachten Sie das Haus, bis jemand kommt, und geben Sie mir Bescheid«, war die Anordnung des Inspektors.

Gregory Kong hatte an diesem Vormittag Tim Kit angerufen.

»Es gibt besorgniserregende Neuigkeiten, was die Männer betrifft. Kann ich kurz vorbeikommen?«, fragte Gregory.

»Komm doch gleich«, antwortete Tim.

Gregory schilderte ihm wenig später, was Geraldine zugestoßen war.

»Ich habe den Bericht in der Zeitung gelesen«, sagte Tim.

»Ich muss dich vor diesen Männern warnen«, sagte Gregory. »Sie sind gefährlich. Ich hoffe, sie werden gerade verhaftet. Sechs Polizeibeamte befinden sich zurzeit vor dem Haus, das sie in Peng Chau bewohnen. Hier ist eine Aufnahme der beiden Typen, die Frau Hope verfolgt haben«, sprach er weiter und übergab ihm das Bild. »Dieser Mann hat versucht, sie im Park anzufallen«, berichtete Gregory und zeigte mit dem Finger auf John. »Damit hast du von allen vier Männern ein Bild.«

»Vielen Dank für deine Informationen«, entgegnete Tim und betrachtete das Bild. »Ich wüsste nicht, was die Männer gegen mich haben könnten, aber ich werde achtgeben«, versprach er.

Nachdem sich Gregory Kong verabschiedet hatte, machte sich Tim Kit zu Fuß auf den Weg zu einem Kunden. Auf dem Rückweg eine Stunde später war er in der Nähe seiner Firma auf Mary gestoßen. In diesem Moment erblickte Henry Parker die beiden.

»Guten Morgen, Tim! Ich bin froh, dich zu sehen. Hast du kurz Zeit für mich?«

»Hallo Mary!«, begrüßte Tim sie und versuchte freundlich zu wirken.

Sie trug helle Jeans und ein schwarzes Oberteil. Tim war wie immer elegant gekleidet mit hellgrauen Hosen und einem hellblauen Blazer über einem weißen Hemd.

Er blickte kurz auf seine Uhr.

»Komm mit, ich habe aber nur fünfzehn Minuten Zeit bis zu meinem nächsten Termin.«

Henry Parker hatte sich an diesem Morgen nochmals in seine Pläne betreffend die Flughafenpiste vertieft. *Der Luxusyachthafen passt genau auf dieses begehrte Grundstück*, sagte er sich zum wiederholten Male. Die exklusiven Bungalows waren durch üppige Vegetation voneinander getrennt, um die Privatsphäre der künftigen Eigentümer zu garantieren. Er war sich sicher, dass er damit die Anforderungen der gehobenen Bevölkerungsschicht traf.

Er war stolz auf sich. Über den Namen dieses Quartiers war er noch unschlüssig. Hongkong Riviera? Zu banal! The Golden Yachtclub? Er beschloss, bei einem Spaziergang durch das Quartier über einen exklusiven Namen zu brüten. Ein Gin Tonic in der Bar des Hotels Park Lane auf dem Heimweg wäre keine schlechte Idee …

Die großen Plakate, die die kommende Segelregatta, den Hongkong Cup, ankündigten, nahm er kaum wahr. Er hatte in letzter Zeit andere Sorgen gehabt, als sich um die Regatta zu kümmern. In Gedanken vertieft, schritt er ziellos im Quartier herum. Zwanzig Minuten später blieb er wie versteinert stehen, als er Tim und Mary erblickte. Mary unterhielt sich mit ihm auf der gegenüberliegenden Straßenseite. *Was zum Teufel bespricht sie mit ihm?*, fragte sich Henry Parker entrüstet. Sein gefährlichster Rivale! *Hat er seine Pläne schon eingereicht?*, fiel ihm ein. *Ich muss mich endlich um den Einreichungstermin kümmern! Ich darf den Termin nicht verpassen! Ich muss dieses Projekt gewinnen, ich stehe sonst vor dem*

Konkurs, wie der Inspektor richtig gesagt hat. Die Lust auf einen Gin Tonic war ihm vergangen.

Wusste Tim Kit, dass Mary am Tag des Mordes in der Stadt war, fragte er sich und ärgerte sich gleich über seine Frage. Warum sollte er? Tim hatte mit dem Verbrechen nichts zu tun … Seine Gedanken schwirrten wild in seinem Kopf herum.

Hätte ich ihn doch in Stanley die Klippe hinuntergeschickt! Ein Blitz ging durch seinen Kopf. Der Hongkong Cup! Er steuerte auf eines der Plakate zu und studierte es. Tim Kit nahm auf jeden Fall daran teil. Wie seine Frau könnte Tim ebenfalls verunglücken … *Tim darf sein Projekt nicht vor der Regatta einreichen,* überlegte er fieberhaft. *Mary könnte mir helfen,* sagte er sich aufgeregt. *Sie könnte ihn fragen, ob er das Projekt schon eingereicht hat oder wann er dies vorhat.*

Tim und Mary waren unterdessen verschwunden.

Beide saßen bereits in Tims Büro am großen Tisch, auf dem einige Unterlagen gestapelt waren.

»Hast du Immobilien-Firmen kontaktiert?«, fragte Tim.

»Ja, aber die Wohnhäuser, die sie mir vorschlugen, waren entweder hässlich oder in der falschen Gegend«, antwortete sie. »Wann bist du mit deinem Projekt fertig?«

Stirnrunzelnd musterte er sie und wich ihrer Frage aus, indem er sich nach George erkundigte.

»Hast du die Vorschläge der Firmen mit George besprochen?«

»Noch nicht ...«

»Hast du überhaupt mit ihm über diese Angelegenheit gesprochen?«, fragte Tim ungeduldig.

Sie verwarf die Hände und verschob dabei die obersten Unterlagen des Stapels. Ein Foto glitt vom Stapel herunter und blieb auf dem Tisch liegen. Mary hatte es gleich erkannt, Geraldine mit zwei Männern. Blitzschnell hatte Tim nach dem Bild und dem darunterliegenden neuen Bild, das ihm Gregory heute ausgehändigt hatte, gegriffen und es in einer Schublade verstaut. Er ärgerte sich, dass er sie nach Gregorys

Abschied nicht gleich versorgt hatte. Da er niemanden mehr an diesem Tag erwartet hatte, hatte er sich später nochmals damit befassen wollen.

»Dieses Bild … Kann ich es sehen?«

Ihr Verhalten machte Tim stutzig.

»Hast du mit George über deine Wohnungswünsche gesprochen?«, wiederholte er seine Frage und lenkte sie von dem Bild ab.

»Nein, noch nicht …«

»Besprich es mit ihm«, riet er ihr und erhob sich. »Ich muss weiter, meine Assistentin wird dich zum Lift begleiten.«

Mary war wütend. Von Tim konnte sie nichts erwarten, solange sie ihn nicht zusammen mit George aufsuchte. Und dieses Bild! Woher hatte er es? Warum? Sie war wütend, dass sie wegen seiner blitzschnellen Reaktion nur Geraldine erkannt hatte. Wer waren die Männer?

Zu Hause erwartete sie die nächste Überraschung. Der Zeitungsartikel. Eine Frau war im kleinen Park vor Geraldines Wohnblock angegriffen worden, las sie. Der Mann werde gesucht, hieß es, mit dunklen

Streifen am Hals ... Welcher Mann? Wer war die Frau? Etwa Geraldine?

Tim stand wie nach dem ersten Besuch von Mary fassungslos vor dem riesigen Fenster. Sie wollte weiterhin eine Luxuswohnung, und das nicht irgendwo, sondern in der teuersten Gegend, und George wusste weiterhin nichts davon! Unglaublich! Warum wollte sie das Bild sehen, das dummerweise auf die Tischfläche heruntergerutscht war? Und ihre Frage »Wann bist du mit dem Projekt fertig?« ging sie nichts an. Hatte Henry Parker sie mit dieser Frage beauftragt? *Mit dieser Frau will ich nichts zu tun haben*, beschloss er.

Meine nächste Feier zur Neugestaltung der Flughafenpiste wird ohne die beiden im Peninsula-Hotel stattfinden ...

52

Anschlag auf eine Frau im King George V Memorial Park!«, las Geraldine in der Zeitung vom Montag, dem 18. April. *Ich bin gespannt, ob Hinweise zu dem Mann bei der Polizei eingehen werden*, sagte sie sich.

Auch Pamela hatte den Bericht mit großem Interesse gelesen. War der gesuchte Mann etwa wieder Henry Parker? Mit der Verletzung am Hals wäre dies leicht festzustellen. Sie verwarf diesen Gedanken gleich wieder. Warum sollte er eine Frau erwürgen?

An diesem Montagmorgen saßen John und Yu vor einem alten Schuppen auf der wackeligen Holzbank, umgeben von dichter tropischer Vegetation. Sie waren nach dem missglückten Anschlag auf Geraldine am Samstag mit der Ferry auf die Insel Hongkong zurückgefahren. Hinter dem Stadtteil Central am Fuß des Peaks führte eine steile schmale Straße zu einigen Häusern. Auf halber Strecke stand ein verlassener Schuppen, versteckt inmitten des dicht bewachsenen Hanges. John kannte diesen Hang aus seiner Kindheit. Er wusste, dass außer der Straße ein schmaler steiler Fußweg durch das Dickicht direkt zum Schuppen führte. Nachdem sie sich mit dem Nötigsten für einige Tage in Central eingedeckt hatten, waren sie auf diesem Pfad zum Schuppen hochgestiegen. Hier hatten sie sich einquartiert.

»Vor zwei Tagen sind wir gekommen. Wir können nicht ewig hierbleiben«, beklagte sich Yu.

»Sei froh, dass wir ein Dach über dem Kopf haben. Denk an die heftigen Stürme, die Hongkong oft heimsuchen. Und zudem weißt du genau, dass wir uns von der Stadt und von Peng Chau fernhalten müssen, außer um die Schlagzeilen an Kiosken frühmorgens zu lesen«, antwortete John.

»Und die Zeitung zu kaufen, falls es uns betrifft«, ergänzte Yu. »Und es betrifft uns heute! Und wie! ›Anschlag auf eine Frau im King George V Memorial Park!‹, wie ich am ersten Kiosk mit großen roten Buchstaben gelesen habe! Du wirst gesucht! Deine Spuren am Hals können dich verraten!«

»Ich weiß«, sagte John nachdenklich. »Hätte ich die Frau zu Tode gewürgt, wäre sie für uns nicht mehr gefährlich. Ich trug Handschuhe, und es war niemand da! Ich wollte verhindern, dass sie unsere Verfolgung und unsere Beschreibung der Polizei mitteilt. Sie verdächtigt uns! Wäre sie tot, könnte sie das nicht mehr. Das hat fast geklappt ...«

»Du wärst für Mord angeklagt worden, wenn dich jemand gesehen hätte ...«

»Es war niemand da!«, schrie ihn John an. »Aber das spielt keine Rolle mehr, nach diesem Bericht ...«

Nach einer Weile sprach John weiter.

»Was mir am meisten Angst macht, ist das Messer«, murmelte er.

»Was?! Du hast doch das Messer vom Boot aus ins Wasser geworfen wie geplant!«

»Das wollte ich, aber einige Hotelzimmer an der Wasserfront waren um diese Zeit noch beleuchtet. Die Küste bei Central war praktisch hell beleuchtet, es war Vollmond. Ein Fischerboot hatte uns im Auge. Ich konnte das Messer nicht ins Wasser werfen. Wir wurden beobachtet, bis wir das Boot an Land steuerten und zu Fuß zwischen den Gebäuden verschwanden.«

»Mit dem Messer in deiner Tasche …!« Yu blieben weitere Worte im Hals stecken. Es wurde ihm angst und bange.

»Wo ist es jetzt?«, fragte er mit erstickter Stimme.

»Unter dem Wohnzimmerfenster auf der Rückseite des Hauses tief in der Erde eingegraben«, antwortete John leise.

»In unserem Garten?!«

»Es ging ja alles gut, bis die Frau in Weiß Alan auf der Terrasse gesehen hat. Niemand hat uns bis dahin irgendeiner Tat verdächtigt! Auch nicht nach dem Mord im Victoria Park. Das heißt, bis auf die Frau in Weiß!«, schrie John. »Deshalb wollte ich die Frau erwürgen! Sie ist an allem schuld!«

»Hat leider nicht geklappt, das mit dem Erwürgen … Resultat: Du wirst gesucht, die Frau ist weiterhin am Leben und spioniert uns nach, und das Messer ist im Garten begraben!«, fasste Yu die bedrohliche Lage zusammen. »Gut, dass Peter und Alan nicht wissen, dass das Messer im Garten begraben ist … obschon sie auch im Boot waren.«

»Sie saßen aber im hinteren Bereich der Kabine«, sagte John. »Ich stand vorne am Steuer. Das Messer war in einen Plastiksack eingepackt. Ich habe es in meiner schwarzen Tasche verstaut. In der folgenden Nacht, als alle schliefen, bin ich damit in den Garten gegangen und habe es im Plastiksack im Garten vergraben«, schilderte John.

»Haben sie wirklich nichts davon mitbekommen?«, fragte Yu.

»Nein! Die Entsorgung der Tatwaffe war meine Aufgabe. Sie hatten anderes zu tun«, antwortete John in forschem Ton.

»Aber die Tatwaffe ist nicht entsorgt!«, schrie Yu hysterisch.

»Mein ursprünglicher Plan war, das Messer ins Wasser zu werfen. Dazu kam ich nicht«, musste John zugeben. »Danach hatte ich vor, das Messer auf einer anderen Insel im Dickicht zu vergraben. Weil diese Frau Alan und Peter nachspioniert hat, habe ich mich nicht getraut, es auszugraben und damit auf eine andere Insel zu fahren. Es war eine Frage der Zeit, bis die Frau unser Haus entdecken würde«, sprach John weiter, »was denn auch geschah«, fuhr er grimmig fort, »und Alan auf der Terrasse sah.«

»Und jetzt?«

»Ich hoffe, ich habe tief genug gegraben«, flüsterte John.

Yu war fassungslos.

»Jetzt, wo das Haus Tag und Nacht von der Polizei bewacht wird, überlassen wir ihnen auch die Tatwaffe«, schrie Yu mit hysterischer Stimme. »Womöglich mit Blutspuren von diesem Banker!«

Yu war bei der Tat nicht dabei gewesen, aber er war Mittäter. Zusammen mit John hatte er das kleine Boot für eine Woche in Kennedy Town gemietet.

Pure Panik hatte Yu ergriffen.

Unterdessen waren auch Peter und Alan auf den Zeitungsbericht gestoßen. Der

Nachbar, Eddy, bei welchem sie sich in Kennedy Town versteckten, hatte eine Tageszeitung abonniert.

»Eine Frau ist im kleinen Park überfallen worden!«, sagte Alan zu Peter und hielt den Zeitungsbericht vor sich. »Die Frau hat den Mann in die Flucht geschlagen, der Mann wird gesucht«, fasste Alan den Rest des Berichtes zusammen und schob ihn Peter zu.

»Er hat tatsächlich zugeschlagen!«, zischte Peter. »Mit seiner Beschreibung und den Spuren am Hals kann sich John nirgendwo mehr zeigen!«

Er war fassungslos.

»Und das am helllichten Tag! Hat er die Nerven völlig verloren?!«, schrie Alan. »Jetzt haben wir die Kriminalpolizei am Hals! Wir haben seit fast einer Woche keinen Kontakt mehr mit Yu und John«, sprach er weiter. »Wir wissen nicht, was sich seither ereignet hat.«

»Trotzdem betrifft uns dieser Fall nicht, er betrifft nur John«, versuchte Peter Alan zu beruhigen. »Die kurze Festnahme, nachdem wir eigentlich friedlich im Park auf der Bank gesessen haben, hat keine weiteren Konsequenzen nach sich gezogen.«

»Das stimmt! Die Polizei hat nichts gegen uns«, sagte Alan, »obschon wir es auf die Frau in Weiß abgesehen hatten. Trotzdem müssen wir uns in nächster Zeit von Peng Chau fernhalten, denn wir wollen auf keinen Fall mit John und Yu in Verbindung gebracht werden.«

»Die beiden müssen sich jetzt auch verstecken …«, ergänzte Peter.

»Ja, das Haus steht leer und ist in den Händen der Polizei!«, fügte Alan verärgert hinzu. »Wir müssen noch eine Weile bei Eddy bleiben. Wir haben ihm gesagt, dass wir mit einem Ladenbesitzer im Streit sind, und müssen uns deshalb noch eine Weile verstecken …«

»Er hat mir aber gestern verkündet, dass ihn demnächst Familienangehörige aus Shanghai besuchen werden. Wir müssen raus …«, entgegnete Peter grimmig.

»Hoffentlich nicht bald«, seufzte Alan.
Er täuschte sich.

53

Als George an diesem Montagabend nach Hause kam, erwartete ihn eine völlig aufgeregte Ehefrau.

»Hast du den Zeitungsartikel gelesen«, fragte Mary.

»Nein, worum geht es?«

»Geraldine wurde fast von einem Mann im kleinen Park erdrosselt.«

»Fast?!«

»Sie hat den Mann mit einem Schlauch in die Flucht geschlagen! Lies hier«, sagte sie und hielt ihm den Bericht hin.

»Es steht nicht, dass es sich um Geraldine handelt.«

»Aber auch nicht, dass sie es nicht ist. Es geschah im kleinen Park vor ihrem Wohnblock ...«

»Dort gehen hunderte von Menschen spazieren, dafür sind solche Parkanlagen gedacht«, entgegnete George. »Mit einem metallenen Schlauch in die Flucht geschlagen«, wiederholte George die Aussage des Berichtes, »nicht schlecht! Gut, dass sie einen dabeihatte ...«

Der Duschschlauch war auch Mary seltsam vorgekommen. Vielleicht handelte es sich tatsächlich nicht um Geraldine. Über die Frau wurde nichts berichtet.

»Selbst wenn es sich um Geraldine handeln sollte, ist sie entkommen, und der Täter wird sicher bald gefasst werden mit seinen dunklen Spuren am Hals.«

»Aber er läuft noch frei herum!«, schrie Mary.

Er nahm keine Notiz mehr von ihr, was Mary irgendwie beruhigte. Er schien keine Angst vor einem Mörder zu haben ... Warum sollte jemand Geraldine töten wollen? Für George war das Thema erledigt. Er hatte andere Sorgen ...

Mary hatte, abgesehen davon, auch ihre Sorgen. Dass sie bei Tim Kit im Büro gewesen war, behielt sie für sich. Hätte sie ihm mitgeteilt, dass sie eine Luxuswohnung wollte, möglichst in teuerster Lage auf der Flughafenpiste, wäre der Teufel los gewesen! Dass Tim im Besitz des

Bildes von Pamela mit Geraldine und den beiden Männern war, hätte ihn auch nicht weiter interessiert. Warum hatte er dieses Bild und woher, fiel ihr jetzt ein. Kannte er die Männer? War der gesuchte Mann einer der beiden auf diesem Bild? Ihre Gedanken überschlugen sich. Warum sollte Geraldine einen Duschschlauch bei sich tragen … Sie war jetzt auch der Meinung, dass der Bericht nicht Geraldine betraf. *Ich werde sie trotzdem kontaktieren*, beschloss sie.

Der Inspektor hatte an diesem Tag einen weiteren Tauchgang beim Yachthafen angeordnet. Den ganzen Tag wurde nach der Tatwaffe gesucht.

»Wir haben wieder nichts gefunden«, meldete einer der Taucher enttäuscht dem Inspektor.

Kurz danach erhielt Inspektor Cheung die Nachricht von Ben, dass den ganzen Tag niemand in der Nähe des Hauses in Peng Chau aufgetaucht war.

»Ein Team ist zu euch unterwegs. Sobald sie eintreffen, könnt ihr zurückkommen«, las Ben die Antwort des Inspektors auf seinem Smartphone. »Morgen früh werde ich ein neues Team nach Peng Chau be- ordern.«

54

Das neue Team in Peng Chau hatte am nächsten Tag, Dienstag, den 19. April, nicht nur das Haus, sondern auch die Umgebung des Hauses nochmals unter die Lupe genommen. Dieses Team umfasste auch Spezialisten der Spurensicherung. Einer dieser Spezialisten war früher Gärtner gewesen. Dank der zahlreichen Kriminalromane, die er gelesen hatte, hatte er sich bei der Polizei gemeldet und eine entsprechende Ausbildung absolviert. Sein neuer Beruf faszinierte ihn. Als früherer Gärtner hatte er sich auf Spuren im Freien konzentriert. Mehrmals schritt er um das Haus herum und begutachtete die wildwachsenden Pflanzen auf diesem ungepflegten Areal. Eine bestimmte Stelle war ihm an der hinteren Hauswand aufgefallen. Unter einem Fenster bemerkte er leicht geknickte Äste eines Busches. Er spreizte diese Äste auseinander und beugte sich darüber. Eine Unebenheit auf der Erde war zu erkennen. Er holte seinen Spaten, den er bei solchen Einsätzen immer bei sich trug, und begann vorsichtig die Erde abzutragen. Nach einer Weile hörte er ein Knistern. Ein Stück Kunststoff kam zum Vorschein. Er arbeitete weiter, bis er eine ganze Kunststofftasche ausgegraben hatte. Er öffnete sie vorsichtig. Ein Messer! Eine Tatwaffe? Obschon er Handschuhe trug, ließ er es unberührt in der Tasche und lief damit zu seinen Kollegen, die auf der vorderen Seite des Hauses beschäftigt waren. Zwei davon hatten mit Spezialwerkzeugen die Eingangstür des Hauses aufgebrochen und durchsuchten es.

Der Inspektor war in seinem Büro, als ihn die Nachricht des Fundes erreichte.

»Ein Messer in einer Plastiktüte, sagen Sie?«

»Ja, unter einem Fenster in der Erde vergraben«, antwortete der Polizeibeamte.

»Kommen Sie gleich und bringen Sie mir den Fund. Ihre Kollegen sollen das Haus weiter inspizieren und bewachen«, befahl Inspektor Cheung.

Eine Stunde später stand Inspektor Cheung mit der Plastiktüte mit dem Messer sowie mit dem Duschschlauch von Geraldine im forensischen Labor.

»Beim Messer könnte es sich möglicherweise um die Tatwaffe im Mordfall von Herrn Paul Ling handeln«, erklärte Inspektor Cheung dem Leiter des Instituts.

»Bei der Obduktion von Herrn Ling haben wir seine DNA und sein Blut untersucht. Wir können leicht feststellen, ob das Messer Spuren von Herrn Ling aufweist. Wir werden auch den Duschschlauch auf DNA- und Blutspuren untersuchen und Sie so schnell wie möglich über die Ergebnisse informieren«, versprach der Leiter des Instituts.

55

An diesem Dienstag saßen Peter und Alan beim Frühstück in Eddys Küche. Die Tageszeitung, die sie soeben überflogen hatten, lag auf dem Tisch.

»Keine Neuigkeiten von John heute«, scherzte Alan.

»Nein, offenbar wird er weiterhin gesucht«, entgegnete Peter. »Wo verstecken sie sich wohl?«

»Sicher nicht in der Nähe des Wohnhauses der Frau in Weiß! Auch nicht in Peng Chau«, antwortete Alan.

»Meinst du, John wollte die Frau im Park wirklich töten?«, fragte Peter ungläubig.

»Sieht so aus ... Wir dürfen unter keinen Umständen mit ihm in Verbindung gebracht werden«, warnte Alan.

Eddy trat ein.

Alan war bleich geworden, Peter versuchte sich nichts anmerken zu lassen.

Wie viel hatte Eddy von ihrem kurzen Gespräch mitbekommen, fragte er sich.

»Wer ist John? Der Ladenbesitzer?«, fragte Eddy scharf. »Er wollte eine Frau töten?! Ich will nichts mit kriminellen Angelegenheiten zu tun haben!«, schrie er.

Alans Augen weiteten sich vor Entsetzen.

»Meine Gäste kommen morgen«, fuhr er fort, »das Zimmer muss bis heute Abend geräumt sein!«

»Heute!«, stieß Peter aus.

Alan hatte es die Sprache verschlagen.

»Ja, heute«, wiederholte Eddy und verließ die Küche.

Wie versteinert starrten sie sich an.

Zwei Stunden später verließen sie das Haus von Eddy.

Peter und Alan hatten in Kennedy Town das nächste Tram nach Central bestiegen. In Central stiegen sie aus.

»Gehen wir ein Bier trinken«, schlug Alan vor.

»Gute Idee«, antwortete Peter und steuerte auf eine Bar zu.

»Kannst du dich erinnern, dass John von

einem alten Schuppen gesprochen hat, den er mit seinem Vater vor Jahrzehnten aufgesucht hatte?«, fragte Peter.

»Ja, ob der Schuppen noch steht?«, entgegnete Alan.

»Vielleicht verstecken sie sich dort«, gab Peter zu bedenken. »Das wäre gut zu wissen … Sollen wir sie suchen?«

»Ich weiß nicht genau, wo er sich befindet«, antwortete Alan. »Wir müssten einer steilen Straße folgen, unterhalb des Peaks. Sollten sie wirklich dort sein, verschwinden wir gleich wieder!«

»Genau so machen wir es!«

Wenig später schritten sie in Central den dicht bewachsenen Hang entlang und suchten nach der steilen Straße. Endlich entdeckten sie ein Straßenschild, das eine Verzweigung in Richtung Peak ankündigte. Die Straße war steiler, als sie erwartet hatten. Sie war auf beiden Seiten von dichter Vegetation umgeben. In diesem tropischen Klima kamen sie nur langsam voran. Nach einer Kurve kamen ihnen zwei Mädchen entgegen.

»Hast du die Männer wiedergesehen?«, fragte eines der Mädchen.

»Ja!«, antwortete die andere.

»Wieder beim alten Schuppen?«

»Ja!«, hörten Peter und Alan die Antwort.

Die Mädchen rannten an ihnen vorbei, während sie schwitzend weiter hochstiegen.

»Sollen wir weitersteigen?«, fragte Alan außer Atem.

»Wir haben gehört, dass sich Männer beim Schuppen aufhalten. Etwa Yu und John? Das müssen wir herausfinden!«

»Wenn das bloß eine gute Idee ist ...«, stöhnte Alan.

Eine halbe Stunde später bemerkten sie einen schmalen Fußweg, der im Dickicht nach unten führte.

»Das könnte zum Schuppen führen«, meinte Peter aufgeregt.

»Wer weiß ...«, waren die einzigen Worte, die Alan noch hervorbrachte.

Er war erschöpft. Er hatte genug. Er war nicht der sportliche Typ wie Peter, der im Dickicht verschwunden war. Stöhnend folgte er ihm. Plötzlich sah er, wie Peter stehen blieb und sich duckte. Erstarrt blieb auch Alan stehen. Peter hatte Stimmen gehört. Nach einer Weile schritt Peter leise zu Alan zurück.

»Ich habe die Stimme von Yu erkannt!«

»Wir müssen hier sofort weg!«, befahl Alan.

»Yu hat von einem Messer im Garten gesprochen«, berichtete Peter weiter. »Ich hatte Angst, weiter zu lauschen. Sie hätten uns entdecken können!«

»Ein Messer?! Ich kehre um!«, gab Alan in Panik von sich und begann den Pfad zur Straße hochzusteigen. »Wir müssen uns um die nächste Nacht kümmern!«

Zurück in Central irrten sie verschwitzt und müde in den Straßen umher. Ein altes Haus mit der Aufschrift »Hotel zum Peak« stand in einer schmalen dunklen Gasse gleich unter dem Hang. Dieses Quartier schien verlassen und heruntergekommen zu sein. Die Gasse war leer.

»Das wäre genau, was wir brauchen«, sagte Peter. »Ist es noch in Betrieb?«

Die Fassade bröckelte an einigen Stellen, der Name des Hotels, falls es noch eines war, war kaum zu lesen. Die einst schwarze Farbe der Buchstaben war fast völlig verschwunden.

»Hier ist eine Eingangstür«, sagte Alan. »Wir bleiben hier! Ich gehe keinen Schritt mehr weiter! Wir werden schließlich nicht gesucht!«

Unschlüssig betrat Peter das Gebäude. Eine Theke war im Dunkeln an der hinteren Wand zu erkennen. Alan wartete draußen.

»Das Hotel ist offen«, berichtete Peter, als er wieder erschien. »Gehen wir hinein!«

Zwei Einzelzimmer wurden ihnen angeboten.

»Wir holen unsere Taschen und kommen gleich wieder«, sagte Peter der alten Chinesin hinter der Theke.

Sie kauften sich eine Tasche und das Nötigste, um nicht ohne Gepäck aufzufallen. Mit zwei Schlüsseln und der Tasche stiegen sie die dunkle Treppe in den ersten Stock hoch.

»Sie hat nicht nach Ausweispapieren gefragt«, sagte Peter erleichtert.

»Sie ist froh, dass sie überhaupt Gäste
hat«, murmelte Alan.

56

Inspektor Cheung und Gregory Kong unterhielten sich am nächsten Tag, Mittwoch, mit Michael Lee. Dieser hatte dem Inspektor bestätigt, dass er Peter und Alan vor dem Hotel Park Lane am Abend des Verbrechens beobachtet hatte. Er bestätigte damit, was er Tim Kit geschildert hatte.

Nachdem sich Michael Lee verabschiedet hatte, sprach Inspektor Cheung über die Tatwaffe und schilderte Gregory Kong, wo sie entdeckt worden war.

»Im Garten des Hauses in Peng Chau?«, fragte dieser erstaunt.

»Ja, und ich habe die Resultate der Laboruntersuchungen«, sprach der Inspektor weiter.

Gregory Kong hörte ihm aufmerksam zu.

»Die Spuren auf dem Messer sind eindeutig Paul Ling zuzuordnen. Es ist die Tatwaffe des Mordes im Victoria Park!

Endlich wissen wir, dass diese vier Männer die Täter sind!«

»Fragt sich, wer von ihnen zugestochen hat und warum«, entgegnete Gregory.

»Auf alle Fälle besteht neben Peter und Alan auch gegen diese zwei Männer dringender Tatverdacht im Mord an Paul Ling. Sie müssen unverzüglich festgenommen werden«, verkündete der Inspektor. »Ich habe mir dazu Folgendes ausgedacht«, sprach er weiter. »Wir könnten in einem kurzen Zeitungsbericht bekannt geben, dass eine Tatwaffe mit Blutspuren gefunden wurde, ohne Angaben des Fundortes und um welches Verbrechen es sich handelt. Wir stellen ihnen damit eine Falle«, erklärte er, »denn aus Erfahrung werden sie versuchen, das Territorium Hongkong zu verlassen. Da sie ab heute zur Fahndung ausgeschrieben sind und alle Grenzen, der Flughafen und die übrigen Transportmittel darüber informiert sind, können sie nicht aus dem Territorium fliehen.«

»Aufgrund der Fahndung, die Sie heute angeordnet haben, scheint mir Ihr vorgeschlagener Zeitungsbericht in dieser verkürzten Form eine gute Idee zu sein«, befand Gregory. »Ich glaube auch, dass sie in die gestellte Falle tappen werden. Ich bin gespannt, wie lange es bis zu ihrer Festnahme dauern wird!«

Unterdessen schlenderten Peter und Alan nichts ahnend in den Gassen um das Hotel herum. In einem Straßencafé setzten sie sich an einen kleinen runden Tisch. Sie bestellten Wasser und vertieften sich in die Tageszeitung, die sie zuvor an einem Kiosk gekauft hatten.

»Kein Wort über John«, stellte Peter fest.

»Die Polizei hat den alten Schuppen nicht durchsucht«, sagte Alan. »Sie hätten ihn dort pflücken können!«

»Wenn das nur nicht geschieht«, stieß Peter alarmiert aus. »Wir würden als Nächstes gesucht werden!«

»Ein Glück, dass wir nicht gesucht werden!«, erwiderte Alan.

»Noch nicht«, ergänzte Peter leise.

Womit sie sich täuschten.

Pamela hatte an diesem Vormittag ein Vorstellungsgespräch in einer Exportfirma in

Central. Eine Stelle in der Logistik musste neu besetzt werden. Nach dem vielversprechenden Gespräch beschloss Pamela, noch eine Weile in dieser Gegend zu verbringen. Gemütlich schlenderte sie zum steilen Hang, der vom Peak überragt wurde. Je mehr sie sich dem dicht bewachsenen Hang näherte, desto ungepflegter waren die Häuser und desto weniger Leute waren unterwegs. Die dunklen Gassen und die bröckelnden Fassaden luden nicht zum Verweilen ein. Kein Wunder, dass sie hier allein war. Unschlüssig stand sie an einer Straßenecke und bog schließlich nach links ab. Dieses düstere Quartier kam ihr immer unheimlicher vor. *Nur weg von hier*, beschloss sie, als sie zwei Männer erblickte, die aus einem Hauseingang traten und vorne um die Ecke verschwanden. Sie stutzte. Diese Männer? Mit einem Ruck blieb sie stehen. Waren das die Männer, die Geraldine in der Crawford Lane verfolgt hatte? Warum hatte sie sie verfolgt? *Schade, dass ich das Bild gelöscht habe,* ärgerte sie sich. *Wenn es wirklich diese Männer waren, könnte diese Information wichtig sein*, sagte sie sich. Mutig schritt sie zur Gasse zurück, wo das Gebäude stand, das die Männer verlassen hatten. »Hotel zum Peak« war schwach über dem Eingang zu lesen. Ein Hotel? Blitzschnell griff sie nach ihrem Handy, fotografierte das Gebäude und eilte davon. Nicht lange. Bei der nächsten Ecke blieb sie wie versteinert stehen. Sie sah sie. Sie saßen vorne im Straßencafé.

»Das sind sie!«, stieß sie aus. »Nur weg von hier!«

57

Am nächsten Tag, Donnerstag, den 21. April, hingen brisante Schlagzeilen an den Kiosken. »Tatwaffe mit Blutspuren gefunden!«, wurde in großen roten Buschstaben verkündet. Peter und Alan kauften eine Zeitung. Stehend auf dem Gehsteig studierten sie den kurzen Text. Angaben zum Fundort und zur Art der Waffe fehlten sowie um welches Verbrechen es sich handelte. Beiden lief es kalt den Rücken hinunter.

»Was für eine Tatwaffe?«, brachte Peter mit erstickter Stimme hervor.

»Warum wissen sie, dass es eine Tatwaffe ist?«, fragte Alan, der ebenfalls um Fassung rang.

»Das hat mit uns nichts zu tun«, antwortete Peter, nachdem er sich halbwegs vom Schock erholt hatte. »Es ist nicht von einem Messer die Rede!«

»Das stimmt, aber warum eine Tatwaffe? Was für Blutspuren? Das kann doch nur ein Messer sein!«, stieß Alan in Panik aus.

»Es betrifft uns nicht! Überleg doch! John hat das Messer vom Boot aus ins Wasser geworfen. Ein Messer mitten in der Wasserstraße zwischen Central und Kowloon zu finden, ist ohne Riesenaufwand unmöglich!«

»Wenn das so ist …«, meinte Alan ohne Überzeugung. »Wenn nicht …«, murmelte er. Seine Stimme versagte. Panik hatte ihn fest im Griff. Mit einem Ruck drehte er sich zu Peter.

»Yu hat von einem Messer im Garten gesprochen, hast du gesagt?«

»Ja, aber ich habe nur das gehört. Ich wollte nicht weiter lauschen auf die Gefahr hin, dass sie uns entdecken, das habe ich dir gesagt!«

Peter hatte beim Lesen des Zeitungsartikels gleich daran gedacht. Hatte John das Messer etwa nicht versenkt?

»Warum hat Yu von einem Messer im Garten gesprochen?«, wiederholte Alan, der immer bleicher wurde. »Das Messer muss bei uns im Garten gefunden worden sein!«

»Es ist aber nicht die Rede von einem Messer!«, brüllte Peter außer sich. »Der Fundort wird auch nicht erwähnt.«

»Das ist es ja! Sie wollen uns verunsichern … Wir müssen weg von hier!«

Sie konnten nicht wissen, dass es sich eindeutig um die Tatwaffe des Mordes an Paul Ling handelte und dass sie alle vier gesucht wurden. Nachdem sie die Zimmer bezahlt hatten, verließen sie das Hotel und suchten nach einem neuen Versteck.

Auch Yu hatte diese Schlagzeilen am Kiosk gelesen und eine Zeitung gekauft. Festgekrallt an der Zeitung, war er den Hang hochgerannt. Er war noch nie so schnell oben angekommen. Wie jeden Tag wartete John ungeduldig auf ihn und auf die Zeitung.

»Sie haben die Tatwaffe!«, keuchte Yu und ließ sich auf die Holzbank fallen. »Mit Blutspuren!«

»Gib her!«, schnaubte John und riss ihm dabei die Zeitung aus der Hand.

Zitternd las er den kurzen Kommentar.

»Es ist nicht unsere Tatwaffe!«, sagte er

erleichtert. »Es wird nicht gesagt, wo sie gefunden worden ist, was für eine Waffe es ist, und zudem fragt sich, ob es sich wirklich um eine Waffe eines Verbrechens handelt. Blutspuren können bei einem Unfall entstehen.«

Die Argumente von John überzeugten Yu in keiner Weise. Im Gegenteil.

»Es kann sich sehr wohl um unsere Tatwaffe handeln! Das Haus wird dank deines genialen Mordversuchs im Park Tag und Nacht bewacht!«, brüllte Yu. »Dass sie dabei auch im Garten herumstochern, ist anzunehmen! Du hast zu wenig tief gegraben!«

»Keine Panik! Solange wir nicht mehr wissen, studieren wir weiterhin jeden Tag die Zeitung und bleiben hier. Niemand weiß, dass wir hier sind«, entgegnete John.

John irrte sich gewaltig. Sowohl die beiden Mädchen als auch Peter und Alan wussten, wo sie waren.

Gebannt hatte Geraldine den kurzen Zeitungsbericht gelesen. »Endlich die Tatwaffe«, stieß sie aus. Kurzerhand beschloss sie Inspektor Cheung aufzusuchen. Sie setzte ihren Hut auf, griff nach ihrem Stock mit dem silbernen Griff und machte sich auf den Weg. Wenig später saßen sie sich in seinem Büro gegenüber. Der Inspektor informierte sie über die letzten Ereignisse.

»Das Messer mit den Blutspuren von Paul Ling wurde im Garten des Hauses gefunden«, wiederholte Geraldine ungläubig seine Worte. »Professionelle Kriminelle sind sie wahrlich nicht ...«

»Allerdings ...«

»Warum haben die Männer Paul Ling ermordet, frage ich mich«, sagte Geraldine nachdenklich.

»Das werden wir nach ihrer Festnahme hoffentlich erfahren«, erwiderte er.

Nachdenklich machte sich Geraldine nach diesem Gespräch auf den Weg nach Hause. Zu Hause ließ sie sich in ihren Sessel fallen. In Gedanken ging sie die Informationen des Inspektors nochmals durch. Warum hatten diese Männer einen Vermögensverwalter einer großen Bank ermordet? Waren sie von Paul Ling falsch beraten worden und hatten Geld verloren?

Sie verwarf diese Möglichkeit gleich wieder. Nach Vermögen sahen dieses ungepflegte, verwahrloste Haus und die Erscheinung dieser Männer nicht aus. Ein Auftragsmord? Mit einem Schlag wurde sie aus ihren Gedanken gerissen. Ihr Telefon klingelte.

»Hallo Geraldine, hier ist Mary«, hörte sie.

Sie verzog das Gesicht. *Es geht ihr sicher um den Zeitungsbericht*, ging ihr durch den Kopf, und sie lag nicht falsch damit.

»Hast du die Zeitung gelesen? Vor zwei Tagen war die Rede von einem Angriff auf eine Frau bei dir im Park, heute ist von einer Tatwaffe die Rede«, sagte Mary aufgeregt.

»Warst du die Frau mit dem Schlauch? Ich habe mir Sorgen um dich gemacht!«

»Warum sollte ich einen Schlauch herumtragen, ich muss meine Gelenke schonen«, antwortete Geraldine verärgert.

»Du warst es also nicht?«

»Wie gesagt, ich muss meine Gelenke schonen!«

»Und was ist mit der Tatwaffe? Wurdest du damit bedroht?«, fragte Mary weiter.

Der Vorfall im Park fand am Samstag statt, überlegte Geraldine schnell. *Drei Tage später, am Dienstag, wurde die Waffe gefunden. Ich wurde nicht nochmals bedroht*, sagte sich Geraldine wütend.

»Ich weiß nicht, was im Park geschehen ist«, log sie.

»Ich will dich nicht länger stören«, sagte Mary und verabschiedete sich enttäuscht. Geraldine atmete auf. *Ich bin sie hoffentlich für eine Weile los!*

Geraldine konnte sich wieder ihren Gedanken widmen. *Es waren also doch die Männer …*

Warum war sie so kurz angebunden, fragte sich Mary. *War es doch Geraldine im Park?*

Henry Parker saß an diesem Donnerstag an seinem Küchentisch mit dem Projekt zur Flughafenpiste vor sich. Seine Gedanken schweiften aber unaufhörlich zu Tim Kit. Die Idee, Tim Kit in einen Unfall bei der Segelregatta Hongkong Cup zu verwickeln, ließ ihn nicht los. *Leider bin ich auf dieses Projekt angewiesen*, sagte er sich wütend. Sollte er deshalb Tim eliminieren? *Bill Peng könnte ebenfalls das Rennen um die Neugestaltung der Flughafenpiste gewinnen*, überlegte er. Ein so bedeutendes Projekt hatte Bill Peng, soviel er wusste, noch nie verwirklicht. *Er ist keine Gefahr für mich*, beschloss Henry Parker. *Tim ist mein Problem ... Wäre mein Vorhaben in Stanley nur nicht gescheitert, ich wäre meinen stärksten Rivalen los!* Seufzend lehnte er sich in seinem Bürostuhl zurück und raufte sich die Haare.

Der vorgetäuschte Segelunfall, bei dem er seine Frau getötet hatte, war ein Erfolg gewesen. Er war sie los und er wurde aus Mangel an Beweisen freigesprochen, rief er sich stolz in Erinnerung. Nur Paul Ling hatte ihn weiterhin verdächtigt, seine Frau umgebracht zu haben ...

Er brauchte eine Pause. Er lief zum Briefkasten und kam mit einigen Briefumschlägen und der Zeitung zurück. »Tatwaffe mit Blutspuren gefunden!« Er setzte sich und las den kurzen Bericht. Blutspuren? Paul Ling?

Er musste unweigerlich an George

denken. Warum hatte er sich in Falschaussagen verstrickt und dem Inspektor doch noch bestätigt, dass er an diesem Tag in Hongkong gewesen war? Wer war der Täter? Blutspuren von wem? »Ein nichtssagender Bericht«, sprach er nach einer Weile kopfschüttelnd vor sich hin und schob die Zeitung beiseite. *Ich konzentriere mich besser auf meine Projekte! Das Projekt Flughafenpiste ist fertig*, sagte er sich stolz. *Bleibt Tim Kit …*

58

Nervös saß Inspektor Cheung am nächsten Tag, Freitag, in seinem Büro. Es waren noch keine Hinweise zu John mit den dunklen Streifen am Hals eingetroffen. Die Fahndung nach den vier Männern hatte ebenfalls noch keine Ergebnisse gebracht. *Sie müssen sich auf dem Territorium Hongkong befinden*, überlegte er. *Sie könnten sich auf einer der vielen Inseln von Hongkong oder in Kowloon und Umgebung verstecken.* Er beschloss, weitere Suchtrupps loszuschicken, als sein Telefon klingelte. Ein Fahndungserfolg?

»Hier ist Pamela Bright«, hörte er.

»Inspektor Cheung, guten Morgen, Frau Bright«, antwortete er enttäuscht.

»Ich weiß nicht, ob diese Information wichtig ist«, begann Pamela mit unsicherer Stimme. »Ich habe mir seit gestern mehrmals überlegt, ob ich Sie kontaktieren sollte.«

»Worum geht es?«, fragte der Inspektor

ungeduldig, der seine Telefonleitung für wichtige Hinweise freihalten wollte.

»Ich war vorgestern im Stadtteil Central. Ich bin in der Gegend unter dem steilen Hang spaziert. Ich habe die beiden Männer gesehen.«

»Was haben Sie?«, fragte der Inspektor aufgeregt.

Pamela zuckte zusammen.

»Die beiden Männer, die ich damals fotografiert habe, saßen dort in einem Straßencafé.«

»Sind Sie sicher?«

Wieder erschrak Pamela ob seiner Reaktion.

»Können Sie gleich vorbeikommen?«

»Ja, natürlich, ich mache mich auf den Weg«, antwortete sie benommen.

Pamela meldete sich beim Empfang und wurde zu Inspektor Cheung geführt. Sie berichtete ihm von ihrem Spaziergang nach dem Bewerbungsgespräch.

»Eine schreckliche Gegend! Aber da ich in der Nähe war, wollte ich dieses Quartier, das ich nicht kannte, erkunden.«

»Und Sie haben die Männer gesehen?«, fragte der Inspektor ungeduldig.

Ihre Beschreibung dieser Gegend interessierte ihn nicht im Geringsten. Pamela schilderte, wie die Männer aus einem Haus herauskamen und sie sie später wieder in einem Straßencafé gesehen hatte.

»Bei dieser zweiten Begegnung war ich sicher, dass es sich um diese Männer handelte«, betonte Pamela.

Der Inspektor schritt zu seinem Schrank hinüber und zog eine Schublade heraus. Mit einem Stadtplan von Central setzte er sich wieder zu ihr.

»Können Sie mir zeigen, wo Sie waren und wo Sie die Männer gesehen haben?«

Pamela beugte sich über den Plan und fuhr mit dem Finger über den Weg, den sie gegangen war.

»Das Straßencafé befindet sich ungefähr hier, ich stand an dieser Straßenecke.«

»Das ist ein sehr wichtiger Hinweis, Frau Bright. Schade, dass Sie mich nicht gleich kontaktiert haben. Tun Sie das das nächste Mal«, forderte er sie auf.

»Ich bin froh, dass diese Information

hilfreich ist«, sagte Pamela und erhob sich zum Abschied. »Haben diese Männer mit der aufgetauchten Tatwaffe zu tun?«

»Wir sind noch am Ermitteln, deshalb kann ich Ihnen noch keine Antwort geben«, erklärte Inspektor Cheung. »Vielen Dank für Ihre wertvolle Hilfe, und passen Sie auf sich und auf Ihr Smartphone auf!«

»Das Smartphone!«, stieß Pamela aus und wühlte in ihrer Tasche. »Fast hätte ich vergessen, Ihnen das Bild zu zeigen!«

Auf ihrem Smartphone zeigte sie ihm das Hotel zum Peak.

»Aus diesem Haus sind die Männer herausgetreten.«

Der Inspektor konnte seine Freude nicht verbergen.

»Sie wären eine ausgezeichnete Mitarbeiterin!«, lobte er sie.

»Ich habe zurzeit keine Stelle«, erwiderte sie schlagfertig.

Der Inspektor lachte und meinte: »Das wäre zum Überlegen!«

Nachdem das Bild auf dem Computer des Inspektors geladen war, verabschiedete sich Pamela.

*Der Zeitungsartikel mit der Tatwaffe
und diese Männer haben der Reaktion des
Inspektors nach miteinander zu tun*, war
sich Pamela sicher. *Sind sie Kriminelle und
laufen frei herum? Jetzt nicht mehr lange*,
versuchte sie sich zu beruhigen. Geraldine
fiel ihr ein. Was wusste sie über die Männer?

Fünfzehn Minuten später machten sich
sechs Beamte auf den Weg zum Hotel.
Der Inspektor hatte das Bild von Pamela
auf Papier ausgedruckt und es auf den
Sitzungstisch gelegt, denn er erwartete
demnächst Gregory Kong.

Sein Telefon klingelte.

»Inspektor Cheung«, meldete er sich.

»George Chen am Apparat, guten Tag,
Inspektor.«

Heute ist der Tag der Überraschungen,
sagte er sich gespannt.

»Ich wollte fragen, ob die Ermittlungen
abgeschlossen sind«, sagte George.

Der Inspektor runzelte die Stirn.

»Warum wollen Sie das wissen?«, fragte
er ihn scharf.

»Die Tatwaffe wurde gefunden, wie gestern in der Presse verkündet wurde.«

»Ja und?«

»Ich nehme an, der oder die Täter sind gefasst«, stammelte George, den die Reaktion des Inspektors verunsicherte.

»Ich habe noch einige Fragen«, bemerkte der Inspektor, ohne auf seinen Kommentar einzugehen. »Kommen Sie morgen um zehn Uhr zu mir in die Nathan Road!«

George verwarf die Hände und konnte nichts anderes, als »Dann bis morgen, zehn Uhr« knurrend zu antworten. Morgen, Samstag?! Er war wütend! *Hätte ich ihn nur nicht angerufen!* In der South China Bank gab es nur ein Gesprächsthema unter den Mitarbeitern, die Tatwaffe mit Blutspuren. Er hoffte, der oder die Täter wären jetzt bekannt und die Ermittlungen abgeschlossen. Er wäre so erleichtert ... Deshalb hatte er sich entschlossen, den Inspektor anzurufen. »Ein weiterer Termin!«, fauchte er vor sich hin. *Was will er noch wissen? Die Täter sind doch gefasst ...*

Gleich nach diesem Anruf kam Gregory herein.

»Schön, dass Sie kommen!«, begrüßte ihn der Inspektor.

»Sie haben Neuigkeiten, haben Sie gesagt?«, antwortete Gregory, der einen kurzen Blick auf das Bild des Hotels warf, das auf dem Tisch lag.

»Ja allerdings, und jetzt gleich noch eine ...«

Neugierig musterte er den Inspektor. Dieser schilderte ihm, was er von Pamela erfahren hatte. Als er fertig war, schob er das Bild Gregory zu.

»Aus diesem Hotel sind sie herausgekommen«, fuhr er fort.

»Dass sie das Hotel fotografiert hat, ist sensationell!«

»Ich habe sie dafür gelobt! Sechs Mitarbeiter sind auf dem Weg dorthin.«

»Damit sind Ihre Ermittlungen einen großen Schritt weiter. Hat die Fahndung schon Resultate gebracht?«

»Bisher noch nicht. Auch auf den Zeitungsartikel sind noch keine Hinweise eingetroffen.«

»Sie haben eine weitere Neuigkeit erwähnt«, erinnerte ihn Gregory.

»Ich habe einen Anruf von George Chen erhalten.«

»Von George Chen?!«

»Ich habe mich auch gewundert. Er wollte wissen, ob die Täter gefasst wurden!«

»Er hat Angst«, erwiderte Gregory forsch.

Der Inspektor nickte zustimmend.

»Ich habe ihm seine Frage nicht beantwortet, ihn aber morgen um zehn Uhr hierher bestellt. Verärgert hat er zugesagt. Er hatte nicht damit gerechnet!«

»Sehr gut, soll ich dabei sein?«, fragte Gregory.

»Ja gerne, wenn es Ihnen möglich ist.«

»Ich werde hier sein«, versprach Gregory, als das Telefon des Inspektors klingelte.

Einer seiner Mitarbeiter informierte ihn, dass Peter und Alan das Hotel zum Peak gestern verlassen hatten. Die Besitzerin hatte die beiden eindeutig auf dem Bild von Pamela erkannt. Sie hätten keine Adresse hinterlassen …

Enttäuscht teilte er diese Informationen Gregory mit.

»Frau Bright hätte mich gleich am Mittwoch kontaktieren sollen, nachdem sie die Männer gesehen hatte, nicht erst zwei Tage später!«

Damit war Gregory Kong auf dem neusten Stand der Ermittlungen und verabschiedete sich.

59

Um zehn Uhr saßen sich der Inspektor, Gregory Kong und George Chen an diesem Samstag am großen Sitzungstisch gegenüber. George Chen wirkte abgekämpft.

»Sie haben zugegeben, dass Sie am Tag des Verbrechens an Herrn Ling mit Ihrer Frau in Hongkong Central waren. Dort haben Sie einen Herrenschneider besucht, danach haben Sie einen Spaziergang in diesem Quartier unternommen und sind später wieder nach Stanley zurückgefahren«, begann der Inspektor.

»Ja«, bestätigte George.

»Sie waren aber nicht nur deshalb an diesem Tag in diesem Quartier«, sprach der Inspektor weiter, der George scharf beobachtete.

»Doch, nur deshalb«, antwortete George kurz.

Was weiß er noch?, fragte er sich wütend und besorgt zugleich.

»Sie wollen nichts Weiteres dazu sagen?«

»Nein!«

»Sprechen wir von Herrn Ling«, schlug der Inspektor vor. »Er wurde etwa einen Monat vor seinem tragischen Tod befördert.«

George schwieg.

»Was können Sie dazu sagen?«

»Was soll ich sagen?«, entgegnete George und versuchte ruhig zu wirken. »Diese Entscheidung wurde von meinem Vorgesetzten getroffen.«

»Gemäß Ihrem Vorgesetzten waren Sie auch ein Kandidat für diese Beförderung ...«

»In jedem Unternehmen werden Leute befördert. Da es nicht so viele Kaderstellen gibt, trifft es nicht jeden«, antwortete George, der bei diesem Thema sicherer wirkte.

»Sie waren nicht wütend auf Herrn Ling?«

»Sie meinen, wegen dieser Beförderung hätte ich Paul Ling umgebracht?«, schrie George in heller Aufregung.

»Wusste Ihre Frau, dass auch Sie für

diese Beförderung in Frage kamen?«, fuhr der Inspektor unbeirrt fort.

»Wir haben einmal darüber gesprochen, aber danach war es kein Thema mehr.«

»Haben Sie vor, eine neue Wohnung zu suchen?«

George wirkte nun sichtlich erstaunt.

»Wie kommen Sie darauf?«

»Wünscht sich Ihre Frau eine größere Wohnung?«

»Warum sollte sie sich eine neue Wohnung wünschen?!«

George war fassungslos.

»Wie kommen Sie darauf? Was sollen diese Fragen?«, stieß George entrüstet aus. »Unser Privatleben geht nur uns etwas an!«

»Ja, aber es geht um ein Verbrechen, das noch nicht restlos aufgeklärt ist«, erwiderte der Inspektor.

»Was hätte eine neue Wohnung damit zu tun?«, schnaubte George.

Der durchdringende Blick des Inspektors verunsicherte George. Wollte Mary wirklich eine neue Wohnung?

»Ich habe nichts Weiteres zu berichten«,

verkündete George und erhob sich zum Abschied. »Es ist schließlich Samstag!«

Der Inspektor musste ihn gehen lassen.

Als George von einem Beamten zum Ausgang geführt wurde, unterhielt sich der Inspektor noch eine Weile mit Gregory.

»Was halten Sie von seinen Aussagen«, fragte er und musterte Gregory.

»Er hat Angst, und er weiß offensichtlich nichts von der Suche seiner Frau nach einer luxuriösen Wohnung«, entgegnete Gregory. »Einfach unglaublich!«

»Das sehe ich auch so«, pflichtete ihm der Inspektor bei. »Die Beförderung von Herrn Ling schien er mit Fassung zu tragen.«

»Diesen Eindruck hatte ich auch«, bestätigte Gregory. »Zu seinem Aufenthalt in Central am Tag des Verbrechens schweigt er weiterhin … Was verheimlicht er?«

Etwas später verabschiedete sich Gregory Kong.

In Gedanken versunken schritt George die Nathan Road hinunter. Was hatte der Inspektor gesagt? Das Verbrechen sei nicht

restlos aufgeklärt? Noch kein Täter gefasst? Er fühlte sich erschlagen. Beim Peninsula-Hotel beschloss er, die Bar im achtzehnten Stock aufzusuchen.

Wenig später betrat er die Bar. Nur wenige Gäste saßen an den kleinen Tischen.
Er setzte sich an das hinterste Tischchen
und bestellte ein großes Bier. Das riesige
Fenster mit der atemberaubenden Sicht
auf die Insel Hongkong lenkte ihn für eine
Weile von seinen Sorgen ab. Die schönste
Stadt der Welt, musste er sich eingestehen.
Eine Wohnung mit einer solchen Aussicht?
Undenkbar, viel zu teuer! *Warum komme
ich überhaupt auf diesen Gedanken?*,
fragte er sich irritiert. Der Inspektor hatte
gefragt, ob er oder Mary eine Wohnung
suchte. Wie kam der Inspektor auf diese
Idee?

Damit war er in der harten Realität zurück. *Eine Tatwaffe mit Blutspuren wurde
gefunden*, rief sich George in Erinnerung.
Das Verbrechen des Victoria Parkes sei
aber noch nicht restlos aufgeklärt, hatte
der Inspektor verkündet. *Warum nicht?*,
fragte er sich besorgt.

In diesem Augenblick betrat Tim Kit die Bar. Die Gäste verstummten. Alle hatten nur noch Augen für ihn. Seine imposante Erscheinung ließ niemanden gleichgültig. Er war allein und steuerte auf George zu, den er gleich erblickt hatte.

»Darf ich mich zu dir setzen?«, fragte Tim.

»Natürlich, hallo Tim«, antwortete George und versuchte seinen Unmut zu verbergen.

Er wollte sich ungestört seinen Gedanken und Fragen widmen.

»Wie geht es dir?«, fragte Tim.

»Gut, danke«, antwortete George knapp.

Tim bestellte ebenfalls ein Bier.

»Den Zeitungsartikeln nach schreiten die Ermittlungen voran. Darüber seid ihr in der Bank sicher auch froh«, sagte Tim.

»Ja, natürlich«, entgegnete George.

»Es wird von vier möglichen Tätern ausgegangen«, sagte Tim weiter und musterte George.

Von vier Tätern? Woher weiß er das? Bin

ich auch dabei? Ist das der Beweis, dass der Fall nicht restlos aufgeklärt ist?

»Wie kommst du auf vier Täter?«, fragte George schließlich verunsichert.

»Es sind wahrscheinlich nur Gerüchte«, wich Tim aus, der feststellen musste, dass George nicht über die vier Männer von Peng Chau informiert war.

»Wie geht es Mary?«, erkundigte sich Tim.

»Es geht ihr gut, danke«, kam die kurze Antwort.

George blickte auf seine Armbanduhr.

»Es tut mir leid, aber ich muss jetzt gehen«, verkündete George, der keine Lust auf weitere Fragen von Tim Kit hatte.

Er verabschiedete sich und bezahlte das Bier an der Bartheke.

Tim begab sich mit seinem Glas Bier zur Bartheke, wo er sich setzte. *Was ist nur mit George los?*, fragte er sich kopfschüttelnd.

60

Nachdem sich George von Tim Kit in der Bar verabschiedet hatte, begab er sich zum Victoria Park. Er brauchte frische Luft. Vier verdächtige Täter? Die Aussage von Tim kreiste unaufhörlich und bedrohlich in seinem Kopf herum. George hatte sich auf eine Bank gesetzt und überlegte kurz, wer die beiden Männer waren, denen er begegnet war. Er stutzte. *Die habe ich schon einmal gesehen, aber wo?* Achselzuckend widmete er sich seinen drängenden Fragen. Vier Verdächtige …

Henry Parker hatte sich an diesem Samstag zu seiner Segelyacht begeben. Der Hongkong Cup, an dem er jedes Jahr teilnahm, ging ihm dieses Mal aus zwei Gründen nicht aus dem Sinn. Erstens hatte er fest vor, wieder daran teilzunehmen, und zweitens war Tim Kit ebenfalls immer dabei … Nachdem er seine Yacht nochmals auf mögliche Schäden begutachtet hatte, begab er sich in den nahe gelegenen Victoria Park und setzte sich auf eine Bank.

Zwei Männer mit Reisetaschen waren ihm auf dem Weg dorthin im nahegelegenen Quartier aufgefallen. *Habe ich diese zwei nicht schon einmal gesehen? Ich muss mich auf meine Situation konzentrieren, deshalb bin ich schließlich hier*, sagte er sich. Tim Kit und sein Projekt zur Flughafenpiste mussten aus dem Weg geräumt werden. Er hatte nicht bemerkt, dass Gregory Kong ihn die ganze Zeit verfolgt hatte und aus der Distanz beobachtete. Dieser hatte Peter und Alan gleich erkannt und sofort Inspektor Cheung kontaktiert.

Geraldine hatte sich an diesem Samstagvormittag mit ihrer Freundin Amy bei der Ferry-Anlegestelle auf der Insel Hongkong zum Mittagessen getroffen. Amy war danach nach Kowloon zurückgefahren. Geraldine hatte beschlossen, einen Spaziergang bei dieser schwülen Hitze im Victoria Park zu unternehmen. Sie winkte ein Taxi herbei und ließ sich zum Park fahren. Sie spazierte eine Allee entlang und genoss die frische Luft. Zwei Polizeibeamte waren ihr aufgefallen, die im Park patrouillierten. Nach einer halben Stunde setzte sie sich auf eine Bank und schaute den vorbeispazierenden Leuten zu. Die nächsten Sitzbänke auf beiden Seiten waren durch Sträucher und Bäume verdeckt. Dass die vier Täter die Tatwaffe in ihrem Garten vergraben hatten, ging ihr nicht aus dem Kopf.

Ein großer Mann schritt an ihr vorbei. Er riss sie aus ihren Gedanken. Sie blickte ihm nach. Tim Kit! In den Medien und im Fernsehen hatte sie ihn öfters gesehen. Eine wahrlich stattliche Erscheinung, musste sie sich eingestehen. Sie konzentrierte sich wieder auf ihre Fragen.

Pamela dachte an diesem Nachmittag an Henry Parker, ihren früheren Vorgesetzten. *Wie geht es ihm?*, fragte sie sich, während sie sich von der Straße her dem Victoria Park näherte. Sie war in ihre Gedanken versunken, als sie sie sah. Sie erstarrte. Die beiden Männer! Sie standen vorne an der

Straßenecke. Sie hatten sie nicht bemerkt. *Warum wurden sie nicht beim Hotel zum Peak verhaftet? Haben sie doch nichts mit der Tatwaffe zu tun?* Verunsichert blieb sie stehen und wusste nicht, ob sie Inspektor Cheung anrufen sollte.

»Stehen bleiben, haltet sie fest!«, hörte Pamela erschrocken hinter sich.

Sie drehte sich um.

»Polizei!«, schrie Geraldine weiter, die ihren Stock mit beiden Händen hielt. Mit einem Ruck zog sie am silbernen Knauf. Eine Pistole, die am Kopf des Panthers befestigt war, glitt aus dem Stock heraus. Sie zielte auf die Männer. Zwei Männer hielten Peter und Alan fest.

»Rufen Sie Inspektor Cheung an!«, schrie Geraldine zu Pamela, die blitzschnell reagierte.

Die skurrile Szene hatte zu einer Menschenansammlung geführt. Zeitgleich kamen Gregory Kong und Inspektor Cheung mit zwei Mitarbeitern herbeigestürzt. Sie staunten beim Anblick von Geraldine, die die Männer, welche von zwei Passanten festgehalten wurden, mit ihrer Pistole in Schach hielt. Während Peter und Alan Handschellen verpasst wurden, nickte der Inspektor Geraldine zu, die die Pistole in den Schaft des Stockes zurückschob und ihn mit dem Knauf verschloss. Mittels einer Handbewegung gab er ihr zu verstehen, dass er sie kontaktieren würde.

Peter und Alan wurden an diesem Samstagnachmittag in Handschellen in Begleitung von Inspektor Cheung abgeführt.

Brisante Ereignisse erwarteten den Inspektor …

61

Nachdem Peter und Alan in Einzelzellen gesteckt und ihre Fingerabdrücke genommen worden waren, begab sich der Inspektor in sein Büro. Er brauchte vor den ersten Vernehmungen der beiden eine Pause.

In Gedanken führte er sich nochmals die Ereignisse dieses Nachmittags vor Augen. Die Verhaftung der beiden war mit Hilfe von Gregory Kong, Geraldine und Pamela geglückt. Dank Pamela hatten er, Gregory und Geraldine ein Bild von den Männern gehabt. Es war Gregory Kong gewesen, der ihn zuerst alarmiert hatte. Weil Gregory Henry Parker in den Park gefolgt war und Peter und Alan erkannt hatte, konnte er den Inspektor frühzeitig alarmieren. Pamela hatte ihn angerufen, als er schon unterwegs gewesen war. Geraldine hielt mit ihrer Pistole die beiden Männer in Schach, die von zwei Passanten festgehalten wurden, als er und Gregory dazustießen. Dank der Pistole von Geraldine, die am Knauf befestigt und im Schaft ihres Stockes versteckt war, verhinderte sie eine Flucht der Männer. Dass dies dank Henry Parker geschehen war … Er schüttelte den Kopf. Eine wahrhaftig unglaubliche Geschichte!

Erwartungsvoll begab sich der Inspektor in das vorgesehene Dienstzimmer des Gefängnisses, wo er Peter und Alan einzeln vernahm.

Seine erste Frage lautete bei beiden: »Wo ist Ihr Mobiltelefon?«

Sie hätten es verloren, gaben sie unabhängig voneinander an. Diese ersten Vernehmungen ergaben nichts. Beide verweigerten jegliche Aussage. Sie wurden in ihre Zellen zurückgebracht.

Am Sonntag vernahm er sie gemeinsam. Sie vermieden jeglichen Blickkontakt untereinander. Sie schwiegen weiterhin.

»Ein Geständnis führt zu milderen Strafen«, empfahl der Inspektor und hoffte, ihr Schweigen damit zu brechen.

Wieder Totenstille.

»Für Mord gibt es lebenslängliche Haftstrafen!«, donnerte er.

Sie schwiegen weiter.

»Wo sind eure Kollegen?«

Keine Antwort.

»Führt sie ab!«, bat er zwei Polizeibeamte und begab sich frustriert in sein Arbeitszimmer zurück.

Für die Medien verfasste er einen kurzen Bericht über die Verhaftung der Männer, der am folgenden Tag in den Tageszeitungen zu lesen war. Er wollte damit die beiden anderen Bewohner des Hauses in Peng Chau zur Flucht aus Hongkong animieren und sie festnehmen, da alle Grenzübergänge seit Tagen streng bewacht wurden.

62

Am Montagmorgen vernahm der Inspektor Peter und Alan wieder einzeln.

»Ihr seid des Mordes an Herrn Paul Ling angeklagt!«

Diese Aussage hatte Alan sichtlich getroffen.

»Sie haben keine Beweise!«, wehrte sich dieser.

»Natürlich haben wir Beweise! Ich werde Sie Ihnen zu einem späteren Zeitpunkt vorführen!«

Alan schien verunsichert.

»Wenn Sie mir verraten, wo sich Ihre Mitbewohner aufhalten, wird sich dies strafmildernd auswirken«, versprach der Inspektor, der Alans Verunsicherung spürte.

Verstört, mit heiserer Stimme verriet Alan, dass sie sich im Schuppen unter dem Peak befanden.

Ein Streifenwagen mit bewaffneten Beamten fuhr los, während John und Yu weiterhin über den Verbleib ihrer Kollegen rätselten.

Während der Wagen die Straße hochfuhr, kamen ihnen zwei Mädchen lachend entgegen. Beim Anblick des Polizeiwagens blieben sie stehen.

Der Fahrer öffnete sein Fenster und wollte ihnen eine Frage stellen, als ihn die Ältere der beiden ansprach.

»Suchen Sie die Männer?«

»Welche Männer?«, fragte der Beamte vorsichtig.

»Die beiden, die sich im Schuppen verstecken«, antwortete die Jüngere triumphierend. »Da vorne geht's links hinunter zum Schuppen.«

»Aber nur zu Fuß!«, ergänzte das andere Mädchen, während beide ihren Weg nach unten fortsetzten.

»Danke!«, sagte der Beamte und schloss das Fenster. »Alan hat von einem direkten Fußweg von unten zum Schuppen gesprochen. Wir müssen beide Zugänge absichern. Ihr zwei macht einen Umweg durch das Dickicht und beobachtet den Schuppen von unten her«, sagte er. »Und ihr zwei kommt mit mir zum oberen Zugang. Ich hoffe, sie sind noch da« …

Sie waren noch da …

John und Yu wurden an diesem Montag in Einzelzellen gesteckt. Ihre Mobiltelefone wurden ihnen abgenommen, ihre Taschen durchsucht und Fingerabdrücke genommen. Wenig später wurden sie dem Inspektor in einem Dienstzimmer vorgeführt.

»Warum haben Sie sich versteckt?«, begann er.

Sie blickten einander an und schwiegen.

»Warum haben Sie das Haus in Peng Chau verlassen?«

Totenstille.

»Warum haben Sie«, dabei starrte der Inspektor gezielt John an, »eine Frau im King V Memorial Park angefallen?«

Deshalb wurden wir verhaftet, ging John erleichtert durch den Kopf. *Wenn es nur das ist* …

»Angefallen? Nein! Ich bin gestolpert«, korrigierte er ihn.

»Mit Gummihandschuhen an den Händen?«

Der durchdringende Blick des Inspektors verunsicherte John.

»Was soll das Ganze?«, ereiferte sich Yu, der versuchte, John zu Hilfe zu kommen.

»Das werden Sie noch früh genug erfahren!«, donnerte der Inspektor. »Führt sie ab!«, bat er zwei Polizeibeamte, die vor der Tür standen.

Er begab sich in sein Arbeitszimmer, wo die Smartphones von Yu und John auf dem Tisch lagen. Zuerst verfasste er einen kurzen Text über die letzten Ereignisse. »Zwei weitere Männer wurden in Hongkong verhaftet«, notierte er auf seinem Block. Mehr Informationen wollte er noch nicht öffentlich bekanntgeben.

Danach widmete er sich den Smartphones.

»Donnerwetter!«, zischte er wenig später laut vor sich hin.

63

George war an diesem Montagmorgen, dem 25. April, nach zwei schlaflosen Nächten wie erschlagen in der Bank erschienen. Er versuchte sich auf seine Arbeit zu konzentrieren. Er hatte sich dieses Wochenende mit Mary gestritten.

»Du willst eine neue Wohnung!«, hatte er ihr an den Kopf geworfen, bevor sie ihn über sein Gespräch mit dem Inspektor ausfragen konnte.

»Was sagst du da!? Wie kommst du darauf?«, war die heftige Reaktion von Mary.

»Nur so«, antwortete er, zufrieden, dass er sie aus der Bahn geworfen hatte.

Ihre Augen hatten sie verraten. Sie hatten sich vor Entsetzen geweitet.

»Wie kommst du darauf?«, hatte sie ihre Frage wiederholt.

»Stimmt es etwa nicht?«, fragte er mit drohender Stimme. »Was gefällt dir nicht mehr an dieser Wohnung?«

Mary war fassungslos.

»Die Wohnung gefällt mir sehr gut. Klar bleiben wir hier. Ich weiß nicht, wer dir diese Idee in den Kopf gesetzt hat. Dass du sie noch dazu geglaubt hast …«, versuchte sie sich aus der Affäre zu ziehen.

Steckte Tim Kit dahinter? Sie verwarf den Gedanken. Er würde nie vertrauliche Informationen weitergeben. Er war ein Mann mit Stil …

»Hast du Lust auf einen Gin Tonic?«, fragte sie George, um ihn abzulenken.

»Gute Idee«, willigte er murrend ein.

Mary begab sich in die Küche, während George kopfschüttelnd sitzen blieb.

Dass das Thema eine solch heftige Reaktion bei ihr ausgelöst hatte, zeigte, dass etwas Wahres dahinterstecken konnte, sagte er sich nachdenklich. *Woher hatte der Inspektor diese Vermutung? Das ist unser Privatleben*, sagte er sich wütend.

Beim Gin Tonic hatten sie sich nur noch über belanglose Themen ausgetauscht. Er hatte seine Begegnung mit Tim Kit in der Bar am Samstagnachmittag nicht erwähnt.

Dass sich die Ermittlungen auf vier Täter konzentrierten, hatte er auch für sich behalten.

In der folgenden Nacht war ihm eingefallen, wo er die beiden Männer, die ihm auf dem Weg in den Victoria Park aufgefallen waren, schon gesehen hatte. Jetzt wusste er es … Sie waren auf dem Bild, das ihm der Inspektor gezeigt hatte! Geraldine und die beiden Männer …

George wurde aus seinen Gedanken gerissen, als ein Mitarbeiter an seiner Tür klopfte. »Herein!«, schrie er.

»Ich weiß nicht, ob du die heutige Zeitung schon gelesen hast«, sagte dieser und hielt eine Zeitung in der Hand.

»Nein, warum?«

»Zwei Männer wurden beim Victoria Park verhaftet«, teilte ihm der Mitarbeiter mit und übergab ihm die Zeitung.

»Wirklich? Damit sind die Ermittlungen endlich abgeschlossen«, sagte George sichtlich erleichtert. »Nach der Tatwaffe haben sie nun die Täter«, kommentierte er die Nachricht, ohne einen Blick auf die Zeitung geworfen zu haben.

»Da bin ich nicht so sicher ... Lies den kurzen Bericht«, empfahl er ihm.

George studierte die wenigen Zeilen.

»Der Grund der Verhaftung fehlt«, sagte er. »Warum wohl?«

»Eben! Deswegen weiß man nicht, ob ein Zusammenhang zwischen diesen Männern und dem Mord an Paul Ling besteht.«

George atmete tief durch.

»Du meinst, die Ermittlungen bei uns in der Bank sind nicht abgeschlossen?«

»Es sieht so aus! Ich wollte dich nur informieren, ich muss weiter«, sagte er und verschwand.

Verzweifelt versuchte George sich wieder der Akte zu widmen, die er vor sich hatte. Seine Wut auf den Inspektor steigerte sich. Der Termin vom Samstag war schon eine Frechheit gewesen, jetzt diese völlig unzureichende Berichterstattung! *Wenn ich solche Berichte schreiben würde, wäre ich schon lange gefeuert worden! Wenn ich nur wüsste, dass sie die Mörder von Paul Ling sind ...* Waren sie nicht Geraldine verdächtig vorgekommen?

64

Am Dienstag, dem 26. April, erschien folgender Bericht auf den Titelseiten der Tageszeitungen: »Zwei weitere Männer wurden in Hongkong verhaftet!« Kaum hatte George die Bank betreten, vernahm er, dass eine weitere Verhaftung stattgefunden hatte. Dieses Mal war er überzeugt, dass es sich um die vier Täter des Mordes an Paul Ling handelte. Tim Kit hatte von vier Tätern gesprochen. Erleichtert ließ er sich auf seinen Bürosessel fallen. Endlich! Er ließ sich seine Freude in der Bank nicht anmerken.

Mary wartete gespannt auf George an diesen Abend.

»Hast du die Zeitung gesehen?«, fragte sie ihn aufgeregt.

»Ja, es war das Gesprächsthema schlechthin in der Bank«, antwortete er.

»Die Ermittlungen sind damit abgeschlossen! Sie haben die Täter!«, sprach sie erleichtert. »Jetzt habt ihr endlich wieder Ruhe in der Bank!«

Der Beförderung von George steht nichts mehr im Wege, überlegte sie. *Einer Luxuswohnung auf der Flughafenpiste auch nicht* ... Sie nahm sich vor, die Beförderung abzuwarten. Erst wenn George sich von diesen Ereignissen erholt hatte, wollte sie dieses Thema ansprechen. *Nur nichts überstürzen*, sagte sie sich. Wer hatte wohl George über ihren Wunsch benachrichtigt, rätselte sie. Er schien nicht zu wissen, dass es sich um das Projekt der Flughafenpiste handelte. Tief in ihre Gedanken versunken, erschrak sie ob des schrillen Tons des Telefons.

»Guten Abend, Frau Chen, hier ist Inspektor Cheung.«

»Guten Abend, Inspektor«, stammelte sie.

»Können Sie und Ihr Mann morgen zu mir in die Nathan Road kommen?«

»Einen Moment, ich muss ihn fragen«, antwortete sie und blickte zu George hinüber.

Dieser nickte ihr zu und zeigte mit seinen Fingern vierzehn Uhr.

»Um vierzehn Uhr können wir bei Ihnen sein.«

»Vielen Dank, Frau Chen, und bis morgen«, sagte er und verabschiedete sich.

»Du ärgerst dich nicht?«, fragte sie George und betrachtete ihn neugierig.

»Er wird uns mitteilen, dass die Ermittlungen abgeschlossen sind. Diese zwei Verhaftungen und die Tatwaffe haben wohl zur Aufklärung des Mordes geführt. Er hat sicher schon meinen Vorgesetzten darüber informiert.«

»Wenn das so ist ...«

65

Am nächsten Tag um acht Uhr morgens saßen Gregory Kong und Inspektor Cheung in einem Dienstzimmer des Gefängnisses.

»Führen Sie bitte Peter und Alan zu uns«, bat der Inspektor zwei Gefängniswächter.

»In den Medien habe ich in beiden Fällen die Namen der festgenommenen Männer nicht erwähnt, wie Sie festgestellt haben«, sagte der Inspektor zu Gregory.

Gregory nickte.

»Ich habe Ihnen gestern die Resultate der Ermittlungen vorgeführt. Die Tat wurde demnach eindeutig von den vier Männern verübt. Das werden sie heute erfahren.«

»Behalten Sie die Männer scharf im Auge. Konzentrieren Sie sich auf ihre Reaktionen und ihre Körpersprache. Nachdem sie sich bisher so unkooperativ gezeigt haben, werde ich sie provozieren!«, klärte er Gregory auf.

»Sehr gut!«

»Heute Nachmittag findet eine weitere Vernehmung statt«, fuhr der Inspektor fort. »Sie und Frau Geraldine Hope werden neben den vier Tätern anwesend sein.«

»Ich werde kurz vor vierzehn Uhr hier sein«, versprach Gregory neugierig.

Es klopfte an der Tür.

Die zwei Beamten führten Peter und Alan in Handschellen herein. Der Inspektor wies ihnen die Plätze am Tisch zu. Die Beamten verließen den Raum und schlossen die Tür hinter sich, wie mit dem Inspektor vorgängig besprochen. Schweigend saßen sie am Tisch, als es wieder klopfte.

»Herein!«, schrie der Inspektor.

John und Yu, ebenfalls in Handschellen, wirkten beim Anblick ihrer Mitbewohner entsetzt. Wieder wies ihnen der Inspektor ihre Plätze am Tisch zu. Gregory Kong stellte sich als Assistent von Inspektor Cheung vor.

»Ihr seid des Mordes an Herrn Paul Ling angeklagt!«, begann der Inspektor und legte eine Pause ein.

»Was haben wir mit diesem Mord zu tun?«, brüllte John.

Er war rot vor Wut.

»Sie haben Herrn Ling ermordet!«, verkündete der Inspektor John.

»Was?! Ich lasse mir keinen Mord in die Schuhe schieben, den ich nicht begangen habe! Wie kommen Sie darauf, dass ich mit diesem Verbrechen zu tun habe?«, brüllte John weiter.

»Das erkläre ich Ihnen gerne. Beginnen wir mit der Tatwaffe. Sie haben sicher aus der Zeitung erfahren, dass eine Tatwaffe gefunden wurde.«

»Eine Tatwaffe …«, stieß Alan verächtlich aus.

»Im Garten eines Hauses wurde ein Messer in einer Plastiktüte vergraben«, sprach der Inspektor in ruhigem Ton weiter.

Peter und Alan wurden sichtlich bleich. Yu hatte von einem Messer im Garten gesprochen, ging beiden durch den Kopf … Warum hatte John das Messer nicht aus dem Boot geworfen, fragte sich Alan wütend und warf ihm einen Blick zu, was Gregory Kong nicht entging.

»Sie wissen sicherlich, um welches Haus es sich handelt«, warf der Inspektor nach einer Weile in die Runde, während sich sein Blick in jeden der vier Männer bohrte.

Totenstille.

»Im Zeitungsbericht war die Rede von Blutspuren auf der Tatwaffe«, fuhr der Inspektor fort. »Es stellte sich heraus, dass es sich um Blutspuren von Herrn Ling handelte!«

Regungslos verharrten die Männer auf ihren Stühlen. Der Inspektor wandte sich John zu.

»Sie haben Herrn Ling mit dem Messer erstochen!«, provozierte er ihn nochmals.

»Ich lasse mir keinen Mord anhängen, den ich nicht begangen habe!«, wiederholte John außer sich.

»Wer war es dann?«, schrie ihn der Inspektor an.

Johns hasserfüllter Blick schweifte zu Alan hinüber. Dieser wurde noch bleicher, als er schon war.

»Geben Sie zu, dass Sie es waren!«, fauchte der Inspektor dieses Mal zu Alan.

Alan schwieg.

»Dann sage ich es Ihnen! Sie und Peter haben Herrn Ling durch den Victoria Park bis zum Hotel Park Lane verfolgt. Um zweiundzwanzig Uhr dreissig hat er das Hotel betreten. Etwa neunzig Minuten später hat er es wieder verlassen, also gegen Mitternacht«, sprach der Inspektor weiter. »Sein Tod wurde zwischen einer halben und anderthalb Stunden später geschätzt. Sie und Peter wurden von zweiundzwanzig Uhr fünfundvierzig bis gegen dreiundzwanzig Uhr fünfundvierzig vor dem Hotel Park Lane beobachtet. Sie haben auf Herrn Ling gewartet. Sie haben ihn zurück in den Victoria Park verfolgt und dort erstochen.«

»Wir waren im Park«, musste Alan zugeben, »aber wir haben niemanden umgebracht«, wehrte er sich.

»Doch das haben Sie, und zwar genau Sie«, schrie ihn der Inspektor an.

»Das ist nicht wahr!«
Alan schien verzweifelt.

»Warum waren Ihre Fingerabdrücke auf dem Griff des Messers?«
Beim Ausziehen der Handschuhe hatte

er in der Eile kurz den Griff berührt. Er sah keinen Ausweg mehr.

»Ja, ich war es ...«, murmelte er schließlich.

»Und jetzt zu Ihnen!«, donnerte der Inspektor und fixierte John.

»Sie haben ein kleines Boot zusammen mit Ihrem Kollegen Yu in Kennedy Town gemietet. Damit sind Sie, John, in der Tatnacht zusammen mit Peter und Alan von dort zum Yachthafen gefahren, wo Peter und Alan ausgestiegen sind. Sie haben im Boot auf Peter und Alan gewartet. Zu dritt sind Sie in Richtung Central zurückgefahren. Nachdem sie dort aus dem Boot gestiegen sind, haben Sie es stehen lassen und sind zu Fuß weitergegangen.«

»Das stimmt nicht!«, schrie John.

»Wir haben die Aussage des Bootsvermieters in Kennedy Town, der Sie und Yu auf den Aufnahmen, die wir von Ihnen haben, erkannt hat.«

»Ich habe nichts mit dem Verbrechen zu tun!«, versuchte John sich zu retten.

Alan wurde es zu viel.

»Es war genau so, wie der Inspektor es geschildert hat«, bestätigte Alan.

John warf ihm einen hasserfüllten Blick zu. *Der hat ja ohnehin nichts mehr zu verlieren …*

»Geben Sie es zu! Wir haben Augenzeugen!«

Das verunsicherte John. Das Fischerboot, das ihnen gefolgt war … Auch er sah jetzt keinen Ausweg mehr.

»Ja«, stammelte er.

Totenstille.

»Wir haben den Haupttäter, Alan, der mit Peter zusammen war, und Sie, John, haben sie zum Yachthafen gefahren und ihnen zur Flucht verholfen«, fasste der Inspektor die Fakten zusammen. »Nochmals die Frage: Warum in einer Vollmondnacht?«

»Es war die erste Gelegenheit nach dem Wochenende«, murmelte John.

Gregory Kong musterte den Inspektor fragend.

»Hiermit ist diese Vernehmung beendet«, verkündete dieser und erhob sich.

»Heute Nachmittag treffen wir uns um vierzehn Uhr wieder!«

Mit einem Schalter unter der Tischplatte klingelte er den Gefängniswächtern.

Die vier Angeklagten wurden in ihre Einzelzellen abgeführt.

66

Um zehn vor zwei Uhr nachmittags saß Inspektor Cheung zusammen mit Gregory Kong im selben Sitzungszimmer wie am Vormittag.

»Ich habe neben Frau Hope auch George und Mary Chen gebeten, anwesend zu sein. Bei dieser Vernehmung geht es um den Grund der Tat. Was hat die vier Täter bewogen, Herrn Ling umzubringen?«

Gregory hörte ihm aufmerksam zu.

»Ich bin auf Ihre Ausführungen gespannt«, entgegnete er.

Fünf Minuten später wurde Geraldine Hope zu ihnen hereingeführt. Sie setzte sich an den ihr zugewiesenen Platz und legte ihren Stock mit dem silbernen Panther sorgfältig auf den Boden neben sich.

Später stießen George und Mary Chen zu ihnen. Verdutzt begrüßten sich Geraldine und das Ehepaar Chen. Der Inspektor hatte Geraldine nicht verraten, dass er

George und Mary aufgeboten hatte. Diese blickten fragend zu Geraldine hinüber.

Um Punkt vierzehn Uhr wurden die vier Täter in Handschellen hereingeführt. Wortlos betrachteten die Besucher die vier Männer, während sie sich setzten. George hatte Peter und Alan gleich erkannt. Die Männer und Geraldine auf dem Bild …

Geraldine hingegen war den Männern bereits begegnet. *Die Spuren am Hals von John sind noch erkennbar*, sagte sie sich nicht ohne Stolz. Sie war auch Gregory Kong bereits begegnet. Er war bei der Verhaftung von Peter und Alan dabei gewesen, als sie sie mit ihrer Pistole in Schach gehalten hatte.

»Ich begrüße Sie zu dieser Vernehmung und danke Ihnen, dass Sie gekommen sind«, begann der Inspektor.

Gregory Kong hatte sich wieder als Assistent des Inspektors vorgestellt. Dass Tim Kit von einem Bodyguard bewacht wurde, ging niemanden etwas an.

»Ich beginne mit den Ergebnissen unserer Ermittlungen«, fuhr er fort. »Herr Paul

Ling wurde von diesen vier Männern brutal ermordet.«

Er fasste den Tathergang und die Beweise, die zu diesem Schluss geführt hatten, kurz zusammen. Die vier Täter saßen regungslos auf ihren Stühlen und vermieden jeglichen Blickkontakt.

Der stechende Blick des Inspektors ruhte nacheinander auf George, Mary und Geraldine. Mary wirkte nervös, während ihr Mann entspannt seine Beine unter dem Tisch ausstreckte und sich nach hinten lehnte. Geraldine blickte zu George hinüber und freute sich über seinen sichtlich erleichterten Gesichtsausdruck.

»Was hat die Täter bewogen, Herrn Ling umzubringen?«

Die Anspannung der Anwesenden war förmlich greifbar. Nur George saß weiterhin zurückgelehnt auf seinem Sessel. Der Grund der Tat interessierte ihn nicht im Geringsten. *Hauptsache, die Täter sind gefasst*, sagte er sich.

»Beginnen wir mit den Worten, die Frau Hope von Alan gehört hat, während sie ihn dabei auch gesehen hat. ›Es war doch ein

Erfolg.‹ Eine zweite männliche Person erwiderte: ›Der Zeitpunkt war falsch.‹ Diese zweite Person hat Frau Hope nur gehört. Dies hat sich auf der Terrasse eines Hauses auf der Insel Peng Chau zugetragen.«

Der Inspektor legte eine Pause ein und beobachtete das Ehepaar Chen.

Warum ist sie so nervös?, rätselte Geraldine beim Anblick von Mary.

»Alan, können Sie uns erklären, was mit dem falschen Zeitpunkt gemeint war?«, bat der Inspektor.

Alan schwieg.

»Weiß jemand, was damit gemeint war?«, warf der Inspektor seine Frage in die Runde.

Allgemeines Achselzucken …

»Der Mord fand in der Nacht vom Montag, dem 21. März, auf Dienstag, den 22. März, statt, bei Vollmond! Warum wurde der Mord bei Vollmond verübt?«

Die Besucher blickten gebannt zum Inspektor.

»Sie waren in Stanley in den Ferien zu diesem Zeitpunkt«, sprach der Inspektor zum Ehepaar Chen. »Wir haben unsere

Ermittlungen auch in Stanley durchgeführt. Am Samstagabend haben Sie in einem berühmten Club einige Freunde zum Nachtessen eingeladen«, fuhr der Inspektor fort. »Erst um Mitternacht haben Sie und Ihre Gäste den Club verlassen.«

George nickte.

»In dieser Nacht wurde Hongkong von einem starken Sturm heimgesucht. In dieser Nacht war der Mord an Herrn Ling vorgesehen. Warum wurde das Verbrechen bei Vollmond ausgeführt?«, wiederholte der Inspektor seine Frage und wandte sich Mary zu.

»Können Sie etwas dazu sagen?«

Mary erschrak.

»Wie kommen Sie dazu?! Wir waren gar nicht da, wie Sie soeben geschildert haben! Fragen Sie die Täter!«, warf George dem Inspektor entrüstet an den Kopf.

Es war nicht das erste Mal, dass er sich über den Inspektor ärgerte.

Der Inspektor stand vor Mary und wartete noch immer auf eine Antwort.

»Dazu kann ich wirklich nichts sagen«, stammelte sie.

Geraldine wunderte sich ebenfalls über diese Frage an Mary.

»Während das Verbrechen Samstagnacht geplant war«, sprach der Inspektor weiter, »haben Sie mit Ihren Gästen in Stanley gefeiert. Die Feier im Club war als Alibi gedacht. In den Zeitungen wurde aber erst am Mittwoch von einem Mord berichtet, da das Verbrechen wegen des Sturmes auf Montagnacht verschoben wurde. Das war mit den Worten ›Der Zeitpunkt war falsch‹ gemeint.«

»Ja und?«, fragte Mary mit schwacher Stimme.

George erinnerte sich, dass Mary am Sonntag und am Montag nach der Feier die Zeitungen fieberhaft durchforstet hatte. Mary versuchte ihre Nervosität zu verbergen. George kam ihr wieder zu Hilfe.

»Meine Frau hat damit nichts zu tun. Wir können Freunde einladen, wann immer es uns gefällt!«, stieß er zornig aus.

»Da gebe ich Ihnen recht«, pflichtete ihm der Inspektor bei. »Ich frage mich nur, warum Ihre Frau vor dem Verbrechen diesen Herrn, John, kontaktiert hat.«

George drehte sich zu Mary. Ihre Augen weiteten sich vor Entsetzen.

»Woher haben Sie diese Information?«, fragte George.

»Aus dem Smartphone von John.«

»Was?!«, stieß George aus und starrte auf Mary und zu John hinüber.

Dieser saß regungslos mit gesenktem Blick am Tisch.

»Kennst du diesen Mann?«, fragte George empört.

Von Entspannung war bei George keine Rede mehr. Mary war bleich geworden, was nicht zu übersehen war.

»Woher kennst du diesen Täter?«, fragte George mit schriller Stimme.

Versteinert saß Mary neben ihm.

»Wir waren in derselben Klasse. Es war in der Primarschule in Kennedy Town.«

George verwarf die Hände.

Geraldine folgte gebannt der Szene und den Ausführungen des Inspektors. Sie hatte George noch nie in einer solchen Verfassung gesehen. Die Situation hatte es aber in sich, musste sie sich eingestehen.

»Geben Sie zu, dass Sie John den Auftrag gegeben haben, Herrn Paul Ling zu töten!«

»Warum hätte ich das getan?«, stammelte sie schwach.

Warum hat der Idiot dies nicht schon längst gelöscht?, sagte sie sich. George verschlug es gänzlich die Sprache.

»Ich sage es Ihnen«, donnerte der Inspektor los. »Sie wollten eine neue Wohnung, eine Luxuswohnung auf der Flughafenpiste. Die Voraussetzung dafür war die Beförderung Ihres Gatten, mit der Sie gerechnet hatten!«

»Was!?«, krächzte George, der einem Herzinfarkt nahe schien.

»Frau Chen wollte, dass ihr Mann befördert wird«, fuhr der Inspektor unbeeindruckt von Georges Aufschrei fort. »Die Beförderung hatte aber Paul Ling erhalten. Herr Ling musste eliminiert werden, damit ihr Mann befördert werden konnte.«

»Was erzählen Sie da?«, schrie George ungehalten.

»Warum sollte ich dies zugeben?«, fragte Mary verunsichert.

»Weil Sie zwei Tage vor dem geplanten Mord in einem SMS, in kodierter Form, John an den Termin von Samstagnacht erinnert haben!«

»Du?!«

George war fassungslos.

»Geben Sie es zu!«, wiederholte der Inspektor. »Der Beweis steht schwarz auf weiß!«

Der Inspektor griff zu seinen Unterlagen und zog das Smartphone von John aus einer Hülle hervor.

»Wollen Sie es sehen?«, drohte er damit.

»Nein!«

»In zwei Tagen, ich zähle auf dich«, sprach er die Worte des SMS aus.

»Mein Wunsch war immer eine Luxuswohnung auf der Flughafenpiste gewesen«, sprach Mary mit zitternder Stimme. »Dieses große Areal in bester Lage lag seit Jahren brach. Jetzt ist eine Neugestaltung darauf geplant. Es werden sicher Luxuswohnungen errichtet werden.«

»Also geben Sie es zu«, wiederholte der Inspektor seine Forderung.

Sie fühlte sich so in die Enge getrieben, dass sie es zugab.

»Wie hast du das finanziert?«, fuhr George dazwischen.

»Ich habe zwei Schmuckstücke meiner Mutter verkauft«, murmelte sie.

»Warum haben Sie immer abgestritten, dass Sie ein paar Stunden vor dem Mord in Hongkong waren?«, fragte der Inspektor weiter.

Mary war einem Zusammenbruch nahe.

»Meine Frau hat Depressionen. Sie hatte an diesem Nachmittag einen Termin beim Psychiater«, flüsterte George. »Zusammen sind wir zu ihm gefahren. Wer konnte wissen, dass in dieser Nacht ein Mord stattfinden würde!«

»Sie!«, stieß Geraldine entrüstet leise aus. »Sie hatte es geplant!«

Geraldine war fassungslos. *Ein Mord wegen einer Wohnung ... Nur depressiv ... Die Frau ist krank ... Und dieser Psychiater ... Wohl nicht der beste ... Unfassbar! Die Frau eines Vermögensverwalters ... Der perfekte Skandal!*

Der Inspektor wandte sich wieder John zu.

»Warum wurde Herr Ling ausgerechnet in einer Vollmondnacht umgebracht?«

Damit wiederholte er seine Frage.

Johns Blick wich allen Anwesenden aus. Alan kam dem Inspektor zu Hilfe, um seine Strafe nochmals zu mildern.

»Wir haben Herrn Ling seit längerem beobachtet. Immer, wenn er spät abends die Bank verließ, ging er zum Essen ins nahegelegene Hotel Park Lane. Danach schritt er die wenigen Meter zur Hauptstraße durch den Victoria Park zurück. Das war an diesem Montag wieder der Fall. Samstagnacht hatte es ja gestürmt. Leider war dies eine Vollmondnacht ...«

Sowohl George als auch Geraldine war nun klar, warum Mary die Aufnahme von Pamela unbedingt sehen wollte. Sie hatte Angst gehabt!

Im Dienstzimmer herrschte Totenstille.

Es klopfte an der Tür.

Inspektor Hui trat ein. Nach einer kurzen Begrüßung von Inspektor Cheung und Gregory Kong setzte er sich zu ihnen.

»Zurück zu Ihnen, Frau Chen«, sagte

Inspektor Cheung. »Warum musste Herr Paul Ling sterben? Ich will jetzt den wahren Grund hören!«

Verwirrt starrte Mary den Inspektor an. *Was soll diese Frage?*, fragte sich George erstaunt. Er hatte Mary als Auftragsmörderin entlarvt. Reichte das nicht? Mary stand der blanke Horror im Gesicht.

»Ich sage es Ihnen!«, donnerte Inspektor Cheung. »Sie hatten panische Angst vor Paul Ling!«

Mary sackte noch tiefer in ihren Sessel hinein.

»Inspektor Hui, Leiter der Drogenfahndung, einer Sondereinheit der Polizei, wird Ihnen sein Gespräch mit Herrn Paul Ling schildern, das wenige Tage vor dessen tragischem Tod stattfand«, verkündete Inspektor Cheung.

»Es war in einem Park außerhalb von Hongkong, kurz vor Sonnenuntergang«, begann Inspektor Hui. »Paul Ling absolvierte sein Lauftraining, als er Stimmen hinter dichten Pflanzen hörte. Er blieb stehen und spreizte vorsichtig die großen Blätter vor sich. Ein Mann mit einer Mütze stand vor einer Frau. Er überreichte ihr ein kleines weißes Päckchen. Sie überreichte ihm einen Stapel Geldscheine. Verstört entfernte er sich und setzte sein Training fort, wie er mir berichtete. Wer war die Frau? Ging es um Drogen? Um Eigenbedarf, der Größe des Päckchens nach? Die Fragen quälten ihn tagelang, wie er mir erzählte. Warum hatte er das Gefühl, dass sie ihm nicht ganz fremd war? Es geschah in einer Nacht. Mit einem Ruck setzte er sich auf, wie vom Blitz getroffen. Mary Chen ... Die Frau eines Vermögensverwalters, seines Arbeitskollegen ...

Nach drei quälenden Tagen, wie er mir schilderte, überwand er sich und meldete uns den Vorfall.«

Fassungslos stieß Geraldine die Worte »Der perfekte Skandal!« aus.

In Gedanken rief sich Mary das Ereignis im Park auf.

Sie hatte Paul Ling erkannt, bevor er in einer Kurve verschwand. Sie hatte gewusst, dass sie jetzt in großer Gefahr war. Lebenslange Haftstrafen wurden in Hongkong bei Drogenbesitz sowie Drogenhandel und -Konsum verhängt, wie die zahlreich aufgestellten Warntafeln im ganzen Territorium verkündeten. Eine Anzeige von Paul Ling konnte sie für den Rest ihres Lebens hinter Gitter führen. Aber ohne Cannabis verfiel sie in Panikattacken. Sie brauchte die Droge. Es war ihr tiefstes Geheimnis. Sie hatte es niemandem verraten. Weder George noch der Psychiater wussten davon. Nie war sie bisher erwischt worden. Ausgerechnet der, der George die Beförderung weggeschnappt hatte, war dahintergekommen ...

Er musste unverzüglich aus dem Weg geräumt werden!

»›War die Frau tatsächlich die Gattin des Vermögensverwalters George Chen?‹, habe ich Paul Ling gefragt«, setzte Inspektor Hui seine Schilderung fort. »›Ich bin ganz sicher, dass sie es war‹, bestätigte er mir.«

»Seit zwei Monaten ermitteln wir gegen eine Bande von Drogenhändlern«, fuhr Inspektor Hui fort. »Wir konnten bisher sieben Mitglieder dieser Gruppe festnehmen. Es handle sich um eine Gruppe von acht Leuten, wurde uns berichtet. Dank den Aussagen von Herrn Paul Ling konnten wir das letzte Mitglied dieser Bande festnehmen. Wir haben ihn und den Käufer des Cannabis nachts auf frischer Tat im selben Park erwischt.

Nach dem Mord von Paul Ling standen wir, Inspektor Cheung und ich, in regem Kontakt. Durch ihren Gatten George Chen hatte es Inspektor Cheung auch mit Mary Chen zu tun. Die Hinweise auf eine Mittäterschaft von Frau Chen haben uns bewogen, ihre Verhaftung erst nach der Aufklärung des Mordes zu vollziehen, das heißt heute«, beendete Inspektor Hui seine Ausführungen.

Mary wurde festgenommen.

Wenig später, im Büro des Inspektors, schilderte ihm Gregory, was es mit den Blinklichtern auf sich hatte. Im sechzigsten Stock des Financial Centers arbeitete eine junge Frau, Cheryl Lee. Mit Hilfe einer starken Lampe signalisierte sie jeweils ihrem Freund, ob sie jetzt oder erst später nach Hause gehen konnte. Im ersten Fall fuhr der Freund beim Hotel Marco Polo mit seinem alten Fischerboot los und hielt kurz in der Nähe des Financial Centers an, wo Cheryl einstieg. Zusammen fuhren sie nach Kennedy Town weiter, wo sie wohnten. Andernfalls fuhr er direkt nach Hause. Der Code bestand aus zweimal oder dreimal Blinken.«

»Damit sind auch diese Fragen geklärt«, erwiderte der Inspektor.

Sie kamen wieder auf Mary Chen zu sprechen.

»Dass sie die Auftraggeberin des Mordes an Paul Ling ist und zudem cannabis-abhängig ist, ist unfassbar«, sprach Gregory Kong, noch ganz benommen von den Neuigkeiten dieses Tages. »Ein perfekter Skandal!«

»Wahrlich der perfekte Skandal ...«, sprach der Inspektor kopfschüttelnd. »Sowohl der Mord an Paul Ling wie die Zerschlagung eines Drogenringes sind hiermit vom Tisch ...«

67

D er perfekte Skandal!«, war am nächsten Tag auf allen Anzeigen an den Kiosken in großen roten Buchstaben zu lesen.

»Mord im Victoria Park! Was wirklich geschah!«, stand in der zweiten Zeile.

»Der Mord an Herrn Paul Ling wurde von einer Frau in Auftrag gegeben«, hieß es weiter. »Von einer drogenabhängigen Frau ..., der Gattin eines Vermögensverwalters ...«

Es folgte eine Zusammenfassung der Ergebnisse der Ermittlungen. Gebannt hatten Pamela und Henry Parker den Artikel gelesen. *Wer war die Frau?*, rätselten beide. Ihr Name fehlte.

68

Neugestaltung der Flughafenpiste!«, verkündeten alle Zeitungen in Hongkong drei Tage nach diesen dramatischen Ereignissen.

Henry Parker saß an seinem Küchentisch. Vor ihm lag die Zeitung. In großen roten Buchstaben wurde dem Stararchitekten Tim Kit gratuliert.

Tim war mit seinem bestechenden Projekt auserwählt worden, die Flughafenpiste neu zu gestalten. Er hatte eine neue Parkanlage inmitten eines botanischen Gartens entworfen. Zahlreiche Sitzgelegenheiten waren vorgesehen sowie Eisdielen und Verpflegungsstände. Es sollte eine Oase der Erholung sein, im Schatten großer Bäume und üppiger Gewächse. Keine einzige Wohnung war geplant. Ein ruhiger Ort für die Bürger von Hongkong.

Henry Parker war fassungslos.

Er hatte den Einreichungstermin verpasst …

69

Einen Monat später fand eine große Feier zu Ehren der Flughafenpiste im Hotel Peninsula statt. Tim Kit hatte zahlreiche prominente und weniger prominente Gäste eingeladen.

Elegante Männer und Frauen in langen und kurzen Kleidern erstrahlten in den Blitzlichtern der Fotografen vor dem prestigeträchtigen Gebäude und verschwanden durch den prächtigen Eingang.

Im langen Gang und in den großen Sälen reihten sich auf chinesischen Kommoden monumentale Blumensträuße aneinander. Die gelben und weißen Gladiolen strahlten in den eleganten Vasen, die blaue Drachen auf weißem Hintergrund aufwiesen. Die Lieblingsfarben von Tim …